버드나무
·
웬디고

버드나무
·
웬디고

앨저넌 블랙우드
장용준 옮김

The Willows·The Wendigo

고딕서가

차례

일러두기

소설에 나오는 주석은 모두 내용 이해를 돕기 위한 옮긴이 주입니다.

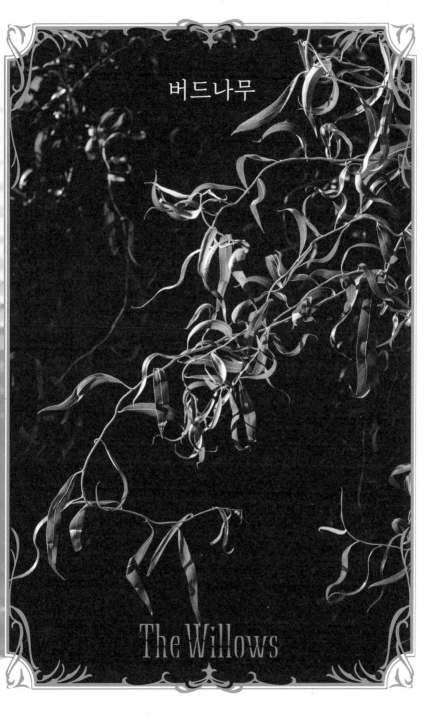

버드나무

The Willows

I

다뉴브강은 빈을 떠나 부다페스트에 도달하기 한참 전 독특하게 적막하고 황량한 지역을 만난다. 그 지역은 물줄 기가 주류主流에 상관없이 사방으로 뻗어나가며 대지를 수 십 킬로미터의 늪지대로 만든다. 그곳은 온통 버드나무 바 다로 뒤덮여 있다. 대형 지도를 보면 이 황량한 지역은 솜털 느낌의 푸른색으로 칠해져 있는데, 강둑에서 멀어질수록 점점 더 색깔이 옅어진다. 그 지역을 가로질러 습지라는 뜻 의 '줌페'라는 단어가 크고 길게 뻗어 있는 것을 볼 수 있다.

모래와 조약돌과 버드나무 섬들로 이루어진 이 거대한 지역은 홍수가 지는 시기에는 대부분 물에 잠기지만 일반 적인 계절에는 버드나무 숲이 불어오는 바람에 고개를 숙 이고 흔들리며 사사삭 소리를 낸다. 보는 이의 넋을 빼앗을 만큼 묘한 아름다움을 간직한 채 끊임없이 변화하는 평원 에서 은빛 나뭇잎들이 햇빛을 받아 반짝거린다. 그곳의 버 드나무들은 나무의 위엄에 도달하지 못한다. 그것들은 굵

건한 줄기가 없고 둥근 머리와 부드러운 외형을 지닌 소박한 관목으로 살아가며 아주 희미한 바람에도 가느다란 줄기로 대담하듯 몸을 흔든다. 풀처럼 유연하고 끊임없이 모습을 바꾸어서 평원 전체가 살아 움직이는 듯한 인상을 준다. 바람이 숲 전체 표면을 오르내리는 파도를 일으킨다. 실제 물결은 아니지만 바다처럼 나뭇잎의 파도가 치며 녹색의 이랑을 이룬다. 그러다가 가지들이 몸을 틀고 위로 솟으면 하면부가 햇빛을 받아 은백색을 드러낸다.

다뉴브강은 여기서 굳건한 강둑의 통제에서 벗어나 사방에 널려 있는 섬들 사이를 교차하는 복잡한 물줄기를 따라 제멋대로 뻗어나간다. 섬들 사이에 난 큰길들을 따라 물이 엄청난 소리를 내며 내달린다. 소용돌이치고 회오리가 되고 급류가 되어 거품을 뿜는다. 그러면서 모래 강둑을 찢어발기고 연안의 쓰레기들과 버드나무 덤불 잔해를 휩쓸고 지나가며 크기와 모양이 하루가 다르게 변하는 새로운 섬들을 수도 없이 만들어낸다. 그런 섬들은 홍수가 지면 존재 자체가 지워지기 때문에 그 생애는 일시적일 뿐이다.

정확하게 말하자면 다뉴브강의 생애에서 매력적인 이 부분은 프레스부르크*를 벗어나자마자 시작된다. 그리고

---

*
브라티슬라바의 독일명으로 현재 슬로바키아 수도다.
슬로바키아-오스트리아-헝가리 삼국의 국경선에 접경한 곳으로
과거에는 헝가리 왕국의 수도 포쇼니였다.

우리는 집시 텐트와 프라이팬을 실은 캐나다 카누를 타고 7월 중순쯤 큰물이 지는 절정기에 그곳에 도착했다. 바로 그날 아침 해가 뜨기 전 하늘이 붉어지고 있을 때, 우리는 여전히 잠들어 있는 빈을 관통하기 시작해 몇 시간 뒤 비너발트 숲의 푸른 언덕이 보이는 지평선에 한 점 연기의 흔적만을 남기며 빠져나왔다. 우리는 피샤멘트 남쪽 자작나무가 바람에 포효하는 숲 그늘에서 아침 식사를 했다. 그러고 나서 포효하는 급류를 타고 오르트, 하인부르크, 페트로넬(고대 로마 마르쿠스 아우렐리우스의 주둔지)을 지난 후 카르파티아 산맥의 한 지맥에 있는 위압적으로 드높은 텔센 밑으로 진입했다. 거기서부터 물길이 조용히 왼쪽으로 꺾이며 오스트리아와 헝가리 사이의 국경을 흐른다.

우리는 시간당 12킬로미터로 달려 금세 헝가리 영토에 진입했다. 홍수의 표시인 흙탕물을 타고 나아가다 보니 배가 자주 자갈 바닥에 부딪혔다. 게다가 여기저기 갑자기 분출하는 소용돌이 때문에 배가 코르크처럼 뒤틀렸다. 그러다가 프레스부르크의 탑이 하늘에 나타났다. 카누는 기운찬 말처럼 도약하며 회색 벽 아래에서 최고 속도로 나아갔다. 플리겐데 브뤼케 페리*의 가라앉은 체인을 안전하게 지나친 다음 왼쪽으로 급하게 굽은 모퉁이를 돌아 노란 거품 속으로 돌진했다. 이제 섬들과 모래톱과 늪지대로 이루

*

바젤의 라인강 다리 사이를 지나는 네 척의 작은 운반선.

어진 지역에 들어섰다. 바로 버드나무 지대였다.

변화는 영사기에 든 사진들이 찰칵찰칵 마을의 길가로 떨어지듯 예고도 없이 급작스럽게 일어났다. 호수와 숲의 풍경이 펼쳐졌다. 우리는 사뿐히 황무지로 들어섰다. 30분도 안 되어 배도 낚시 움막도 붉은 지붕도, 그 어떤 인간이나 문명의 흔적 모두가 모조리 사라졌다. 인간 세상과 동떨어진 느낌, 완전한 고립, 이 독특한 버드나무와 바람과 물로 이루어진 매혹적인 세상이 즉각 우리에게 마법을 걸었다. 우리는 서로에게 우리만이 이곳에 들어올 수 있는 일종의 특별한 여권을 가졌노라고 웃으며 떠들었다. 그러면서 신비롭고 마법 같은 작은 왕국에 허락도 없이 대담하게 진입했다. 이 왕국은 이곳에 권리가 있는 이들만 들어올 수 있는 제한된 장소로, 감히 이곳을 탐험하겠다는 상상력을 품고 침입하는 자들에게 건네는 보이지 않는 경고들을 곳곳에 품고 있었다.

아직 이른 오후였지만 맹렬한 바람이 끊임없이 우리를 난타했다. 피로를 느낀 우리는 즉시 밤을 보낼 적당한 야영지를 물색하기 시작했다. 그러나 섬들이 매우 어지럽고 혼란스럽게 흩어져 있어 상륙이 어려웠다. 휘감아 도는 큰물이 우리를 연안으로 떠밀고 연이어 내모는 형국이었다. 카누를 멈추려고 붙잡은 버드나무 가지에 둘 다 손을 베었다. 우리는 몇 미터에 달하는 모래톱을 뚫고 간신히 육지 쪽으로 상륙할 수 있었다. 그러고는 옆에서 불어오는 바람을 뚫고 육지에 부딪혀 되밀리는 물을 가르며 겨우 배를 댔다. 그 바람에 물보라를 흠뻑 맞았다. 우리는 숨을 헐떡거리고 녹초가 되었지만 뜨거운 노란 모래 위에 웃으며 벌렁 드러누웠다. 구름 한 점 없는 하늘에서 쏟아지는 작열하는 햇빛을 고스란히 받았다. 춤을 추고 고함을 지르는 버드나무 관목들이 거대한 군단을 이루어 사방에서 우리를 조여 왔다. 그들은 우리의 성공을 칭찬하듯 수천 개의 작은 손을 반짝반짝 빛내며 손뼉을 치고 있었다.

"정말 대단한 강이야!"

나는 슈바르츠발트의 발원지부터 내내 이어온 여행길을 떠올렸다. 또 동료가 6월 초에 상류 여울에서 카누를 끌고 물속에서 얼마나 고군분투했는지를 생각하며 그에게 말을 건넸다.

"이젠 더 이상 힘든 일은 없을 거야, 그렇겠지?"

그는 모래밭에서 조금 더 위로 카누를 안전하게 끌어올리고 나서 낮잠을 자기 위해 자리를 잡았다.

나는 그의 옆에 누웠다. 4원소 자연력─물과 바람, 모래와 태양이라는 거대한 불─에 둘러싸인 이곳은 평화로웠다. 그러고는 지나온 긴 여행길과 우리 앞에 놓인 흑해까지 쭉 뻗은 길을 상상했고, 매력적인 스웨덴 친구가 내 여행 동료라는 게 정말 멋진 행운이라고 생각했다.

우리는 함께 비슷한 여행을 많이 했다. 그러나 다뉴브강은 시작부터 내가 알고 있는 그 어떤 강보다 독특한 활력으로 우리를 사로잡았다. 발원지가 있는 도나우에싱엔의 솔밭 정원 사이 그 작은 거품으로 세상에 나와 이곳 황량한 늪지대에 이르러 지켜보는 이도 없이, 하등의 제약도 없이 사방으로 뻗어 춤을 추는 이 거대한 강은 우리에게 살아 있는 생명체의 성장을 따라온 듯한 느낌을 안겼다. 강은 처음에는 졸린 듯 나른했으나 나중에는 자신의 깊은 영혼을 의식하며 격렬한 욕망을 키우더니 거대한 액체 괴물처럼 강력한 제 어깨에 우리의 작은 배를 싣고는 여기저기 광활한 지역을 훑었다. 그러면서 때로는 우리에게 거친 장난을 치기도 했지만 대부분 친절한 선의를 베풀었다. 마침내 우리는 이 강을 위대한 어떤 인물로 여기지 않을 수 없게 되었다.

실로 강은 우리에게 비밀스러운 제 삶에 관해 무수히 털어놓았다. 어찌 그러지 않을 수 있겠는가? 우리는 밤에 텐트에 누워 강물이 강바닥에 놓인 자갈들을 빠른 속도로 휩쓸고 지나가며 내는 그 기묘한 사사삭 소리로 달에게 노래하는 소리를 들을 수 있었다. 우리는 또한 잠잠하다가 급작스레 콸콸거리며 수면으로 거품을 내뿜는 소용돌이 소리도 알고 있었다. 여울과 급류의 서로 다른 포효도 들었으며, 표면에서 이는 소리 아래 끊임없이 이어지는 우렛소리도 들을 수 있었다. 거기에 더해 얼음같이 차가운 물이 강둑을 때리는 소리도 끊임없이 이어졌다. 빗물이 제 얼굴에 똑바로 내리꽂힐 때 강이 우뚝 서서 고함을 내지르는 소리란! 또 바람이 상류를 향해 거슬러 오르며 점점 커지는 유속을 저지하려고 할 때 강이 쏟아내는 그 힘찬 웃음소리란! 우리는 그 모든 강의 목소리, 우르르 쏟아지는 소리, 거품 소리, 다리에 부딪혀 헛되이 철썩거리는 소리를 모두 알게 되었다. 구경할 언덕이 있을 때 내는 자의식을 품은 듯한 재잘거림, 작은 마을을 관통해 지나갈 때 웃음기 없이 진지한 태도로 내는 감동과 위엄을 품은 소리, 천천히 흐르는 완만한 곡선 구간에서 햇볕이 내리쬘 때 수증기가 오르며 내는 그 모든 희미하고 달콤한 속삭임들.

강은 큰 세상에 알려지기 전 초반 생애부터 마법으로 가득했다. 슈바벤 숲속 상류에는 발원지가 여럿 있다. 아직 강의 운명을 결정할 첫 속삭임이 닿지 않은 곳이다. 강은 그곳에서 지면의 구멍으로 사라지기를 택했다가 다시 구멍이 많은 석회암 언덕의 반대편에서 나타나 또 다른 이름으로 새로운 강을 시작한다. 그곳은 바닥을 다 채우지도 못할 만큼 물이 부족해 우리는 수 킬로미터 구간의 여울을 카누를 끌고 걸어야만 했다.

그 무책임한 어린 시절에 가장 큰 기쁨은 알프스에서 내려온 작고 거친 지류들과 합류하기 직전까지 브레어 폭스*처럼 은신하듯 살살 기어가는 것이다. 강은 지류들과 합류하면 그들을 인정하지 않고 분리선을 분명하게 나눈 채

*

아프리카계 미국인들의 구전 설화 속 악당 여우. 우둔한 곰 캐릭터인 브레어 베어와 함께 토끼 브레어 래빗을 사냥하지만 번번이 골탕만 먹는다.

수위조차 달리하며 수 킬로미터를 나란히 달린다. 다뉴브는 신입을 철저하게 무시한다. 그러나 파사우* 아래에 이르면 이 특별한 묘기를 포기한다. 그곳에선 인강이 무시할 수 없는 엄청난 힘으로 합류하여 모강母江을 방해하며 떠밀어버리기 때문이다. 길게 이어지는 뒤틀린 골 속에서 다뉴브강은 이리저리 휩쓸리며 벼랑에 부딪다가 거대한 파도를 일으키며 속도를 붙이고 앞뒤로 떠밀리다 앞으로 나아간다. 그렇게 두 강이 싸우는 동안 우리 카누는 제 어깨에서 가슴까지 물속에 가라앉아 포효하는 파도 속에서 최고의 시간을 보냈다. 그곳에서 인강은 늙은 강에게 제대로 본때를 보여주었다. 다뉴브강은 파사우를 지난 시점부터는 새로운 지류의 합류를 더 이상 무시할 수 없게 되었다.

그 모든 일들은 물론 여러 날 전이었다. 그때 이후 우리는 이 거대한 생명체의 또 다른 면모를 알게 되었다. 강은 슈트라우빙의 바이에른 밀 평원을 지나 작열하는 유월의 태양 아래 너무나 천천히 흘렀다. 우리는 그저 수면 아래 몇 센티미터만 물이고 그 아래로는 은빛 망토 속에 숨은 한 무리 물의 요정 운디네들이 바다에 이르기까지 발각될까 봐 조용히, 또 매우 느긋하게 흘러가고 있다고 상상했다.

또한 우리는 강이 연안에 출몰하는 새들과 짐승들에게 친절을 베풀기에 강의 변덕을 용서했다. 적막한 지역에

*

독일 바이에른 동남부에 위치한 오스트리아와 국경을 맞댄 도시.

서는 가마우지들이 짧고 검은 말뚝처럼 강둑을 따라 일렬로 늘어서 있었다. 회색 까마귀들은 자갈밭에 몰려 있었고, 황새들은 섬들 사이 얕은 물이 쭉 펼쳐진 곳에서 물고기를 낚고 있었다. 매와 백조와 온갖 종류의 습지 새들이 날개를 반짝거리며 노래도 하고 성마른 울음소리를 내기도 하며 하늘을 메웠다. 해가 뜰 때 사슴 한 마리가 펄쩍펄쩍 물속을 첨벙거리다가 카누의 뱃머리를 지나치는 모습을 보고 나서 강의 변덕스러운 모습에 짜증을 느낀다는 것은 불가능했다. 우리는 덤불에서 새끼사슴들이 우리를 쳐다보는 모습을 자주 목격했다. 또 우리가 완전히 기울어진 자세로 모퉁이를 돌아 강의 또 다른 일직선 구간에 진입할 때 수사슴 한 마리의 갈색 눈과 정면으로 마주하기도 했다. 강둑 사방에서 유목流木 사이를 우아하게 뛰놀다가 갑자기 사라지는 여우들을 목격하기도 했다. 도대체 어떻게 저런 재주를 부리는지 신기하기만 했다.

그러나 프레스부르크를 벗어난 지금 모든 게 급변했다. 다뉴브강은 좀 더 진중해졌다. 강은 경쾌한 장난을 멈추었다. 흑해로 가는 길 중간쯤이었는데 그 어떤 묘기도 허락되지 않고 이해되지도 않는, 여러 낯선 고장들이 눈에 보이는 위치였다. 강은 갑자기 성숙해져 우리에게 존경, 심지어 경외심을 요구했다. 우선 강은 세 개의 지류로 나뉜다. 그러다가 100킬로미터가 지난 후에야 다시 만난다. 우리는 그중 어떤 지류를 따라가야 할지 몰랐다.

"측면 지류를 따라가면 홍수가 잦아드는 지점까지 쭉 나아갈 수 있습니다. 하지만 거긴 그 어느 곳에서도 65킬로미터 이상 떨어진 곳이라오. 배가 뜰 수 없을 정도로 물이 얕아요. 그냥 굶어 죽기 십상이라오. 거긴 어부도 농장도 아무것도 없소. 그 길로는 절대 가지 말 것을 경고합니다. 물이 계속 불고 있고 바람도 더욱 거세질 것이오."

양식을 사기 위해 들른 프레스부르크의 한 가게에서 만난 헝가리 관리의 말이었다.

우리는 물이 불어나는 점은 조금도 개의치 않았다. 그러나 갑작스럽게 물이 줄어 물 밖으로 배가 드러나는 건 심각한 문제이기에 양식을 넉넉히 마련했다. 관리의 예언은 사실로 드러났다. 완벽하게 맑은 하늘에 바람이 꾸준히 강해지다가 마침내 강한 서풍의 위력을 드러냈다.

우리는 평소보다 이른 시각에 텐트를 쳤다. 해가 지기까지 족히 한두 시간은 남아 있었다. 나는 뜨거운 모래밭에 아직 잠들어 있는 친구를 남겨두고 야영지 주변을 이리저리 둘러보았다. 섬은 넓이가 4,000제곱미터가 안 되고 수면에서 60~90미터 정도로 솟은 모래언덕이었다. 해가 지는 쪽 섬 끝에선 강한 바람이 파도를 일으켜 물보라가 공중에 흩날렸다. 모래섬은 삼각형 모양이었는데, 그 정점이 상류를 향하고 있었다.

나는 그곳에 몇 분간 서서 진홍빛 물보라가 커다란 소리로 포효하며 통째로 강둑을 집어삼키는 모습을 바라보았다. 그러고 나서 양옆으로 두 줄기 물줄기가 거품을 뿜으며 소용돌이쳤다. 그 충격으로 땅바닥이 흔들리는 것 같았다. 거친 바람을 맞고 격렬하게 흔들리는 버드나무 관목을 보고 있자니 섬 자체가 실제로 움직이는 것 같은 기이한 환각에 빠졌다. 저 멀리 2~3킬로미터 위로 거대한 강이 덮칠 듯 나를 향해 달려오는 모습이 보였다. 그 광경이 마치 물거품으로 하얘진 구릉지의 경사면 같았다. 물줄기들이 태양에 닿으려는 듯 사방에서 날뛰었다.

섬의 나머지 부분은 버드나무가 너무나 빼곡해서 산책이 쉽지 않았으나 그래도 둘러보았다. 낮은 쪽 끝에서부터 빛이 변하더니 강이 어둡고 화난 듯 보였다. 거품으로 기다란 줄을 이룬 파도는 후면만이 보였다. 뒤에서 불어오는 거친 돌풍이 파도를 강하게 떠밀고 있었다. 그 모습은 섬 안쪽 1.6킬로미터 정도까지 보였는데, 섬 안쪽으로 더 깊숙이 들어서자 사방을 온통 에워싼 거대한 버드나무 숲 때문에 더 이상 보이지 않았다. 버드나무 숲은 무슨 대홍수 이전의 괴물 같은 생명체 무리처럼 한데 몰려 물을 마시러 다가오는 것 같았다. 그 풍경을 보니 버드나무 숲이 마치 거대한 스펀지 생명체처럼 강을 빨아들이는 그림이 연상되었다. 숲은 시야에서 강을 사라지게 만들었다. 버드나무들은 그렇게 수적으로 압도하며 빼곡하게 밀집해 있었다.

절대적 적막감, 기괴한 연상을 불러일으키는 너무나 인상 깊은 장면이었다. 호기심에 차서 오래 바라보고 있으려니 내면 깊은 곳에서 매우 특이한 감정이 일기 시작했다. 야생의 아름다움에 기뻐하던 마음 한중간에 갑자기 나도 모르게 기이할 정도로 공포에 가까운 불안감이 스멀스멀 피어났다.

물이 부는 강은 언제나 무언가 불길함을 암시하는 건지도 모른다. 눈앞에 보이는 많은 작은 섬들은 어쩌면 아침이면 휩쓸려 사라질 수도 있을 것이다. 이렇게 쉼 없이 포효하는 물길이 경외심을 불러일으켰다. 그러나 나는 이 불안감이 경외심과 경탄의 감정을 넘어 훨씬 더 깊은 곳에 자리하고 있음을 의식했다. 그것은 그저 느낌이 아니었다. 또한 몰아치는 바람의 힘과 직접적으로 관련된 것도 아니었다. 고함을 질러대는 돌풍은 수천수만 제곱미터에 달하는 버드나무 군락을 휩쓸어버려 나무를 왕겨처럼 대기 중에 산산이 흩날려버릴 수도 있을 것이다. 바람은 저 스스로 즐기고 있었다. 그 평평한 땅에는 바람을 막을 것이 아무것도 없기 때문이었다. 그리고 나는 즐거운 흥분으로 바람의 놀이를 함께 공유하고 있음을 의식했다. 그러나 이러한 생소한 감정은 바람과는 아무 관련이 없었다. 실로 내가 경험한 스트레스 같은 불안감은 너무나 모호하여 그 원천을 알아내기가 불가능했다. 따라서 대처할 수도 없었다. 물론 나는 그게 내 주변을 둘러싼 이 무제한의 자연력 앞에서 느끼는 완벽한 무력감과 연관이 있다는 걸 알고 있었다. 거대하게 부풀어 오른 강 또한 관련이 있었다. 그건 우리가 이 대자연의 힘을 농락했다는 모호하고 불쾌한 느낌이었다. 밤이건 낮이건 그 손아귀에 무기력하게 놓여 있을 수밖에 없는 이 상황에서, 실로 이곳에서는 이 대자연의 힘들이 서로 엄청난 규모로 작동하고 있었다. 그 광경을 목격하니 상상력이 날카롭게 자극받았다.

그러나 내가 이해할 수 있는 한에서 내 감정은 특별히 버드나무 숲, 끝없이 펼쳐진 이 광활한 버드나무 숲의 땅에 더 집착하는 듯했다. 너무나 빼곡히 자란 버드나무 군락은 시선이 닿을 수 있는 모든 곳에서 질식이라도 시키려는 듯 강을 포위하고 서 있었다. 하늘 아래 수십 킬로미터를 빈틈없이 들어찬 숲은 바라보고, 기다리고, 듣고 있었다. 그리고 자연력과는 별개로 버드나무들은 내 막연한 불안과 미묘하게 연결되어 그 거대한 수를 무기로 나도 모르는 사이에 내 마음을 공격하는 것 같았다. 버드나무 무리는 새롭고 거대한 힘, 우리에게 절대 우호적이지 않은 어떤 힘을 대변하는 듯했다.

물론 위대한 자연의 계시는 어떤 식이건 우리에게 감명을 주는 데 절대 실패하지 않는다. 그리고 나는 그런 종류의 기분을 인식하지 못하는 사람이 아니다. 산은 위압하고, 바다는 공포를 고취하며, 거대한 숲의 미스터리는 특별히 저만의 방식으로 주문을 건다. 그러나 이 모든 것들이 어느 순간 어딘가에서 인간의 삶이나 경험과 매우 긴밀하게 연결된다. 그것들은 불안을 초래하더라도 인간이 이해할 수 있는 감정을 고취한다. 그리고 일반적으로 마음을 고양하기 마련이다.

그러나 이 무수한 버드나무들은 완전히 달랐다. 나는 느꼈다. 어떤 정수精髓가 그 버드나무들에서 분출해 내 가슴을 에워쌌다. 경외심이 들었던 건 확실하지만 그 경외심 어딘가에 막연한 공포가 일었다. 그림자가 깊어질수록 내 주변 사방에서 점점 더 검게 물들며 빽빽이 늘어선 그 행렬, 광포한 바람 속에서 기묘할 정도로 부드럽게 움직이는 버드나무들이 내 안 어딘가에 달갑지 않은 암시를 보내고 있었다. 우리의 존재가 필요치 않은 낯선 세상에 초대받지도 않은 우리가 무단 침입했다는 암시였다. 우리는 침입자였다. 위험한 모험을 품은 이 낯선 세상에서!

그 느낌은 의미를 분석에 내맡기기를 거부했다. 어쨌든 당시엔 위협까지 느낄 정도로 나를 괴롭히지는 않았다. 그러나 절대 내게서 떠나지도 않았다. 돌풍 속에서 텐트를 치거나 스튜를 끓이기 위해 불을 지피거나 하는 식의 아주 실용적인 일에 빠져 있을 때도 마찬가지였다. 그 느낌은 마음을 괴롭히고 혼란에 빠뜨리고 야영의 기쁜 매력을 빼앗을 만큼 매우 강하게 남아 있었다. 하지만 나는 동료에게는 아무런 말을 하지 않았다. 그가 상상력이 부족한 사람이라고 여겨졌기 때문이었다. 게다가 나는 그에게 내 느낌을 절대로 정확하게 설명할 수 없을 것 같았다. 만약 내가 설명한다 하더라도 그는 나를 보며 멍청하게 웃어넘길 것 같았다.

섬의 중앙에서 약간 함몰된 부분에 텐트를 쳤다. 주위를 둘러싼 버드나무들이 바람을 다소 막아주었다.

"참 허술한 야영지로군."

텐트를 팽팽하게 쳤을 때 태연한 표정의 스웨덴 친구가 말을 꺼냈다.

"돌도 없고 귀중한 땔감도 별로 없네. 내일 아침 일찍 움직이는 게 낫겠어. 이 모래땅이 뭘 지탱해주겠어, 안 그래?"

우리는 이미 한밤중에 텐트가 무너진 경험을 하며 여러 가지 대비책들을 익힌 바가 있기에 최대한 안전하고 아늑하게 집시 텐트를 쳤다. 그런 다음 잠자리에 들 때까지 쓸 장작을 구하러 나섰다. 버드나무 관목은 가지를 떨어뜨리지 않기에 유목流木에 기댈 수밖에 없었다. 우리는 연안을 훑다시피 했다. 불어난 강물이 사방에서 찰싹거렸다. 콸콸거리는 물살에 강둑이 무너져 내리고 있었다.

"섬이 우리가 상륙했을 때보다 훨씬 작아졌어."

스웨덴 친구의 지적이 옳았다.

"이런 속도라면 오래 가지 않을 거야. 카누를 텐트 근처로 끌어와야겠어. 여차하면 바로 출발할 수 있게 준비해야 할 것 같아. 아무래도 옷을 입고 자야겠어."

그는 조금 떨어진 곳에서 강둑을 따라 오르며 말했다. 나는 그의 말 사이에서 재미있다는 듯 웃는 소리를 들을 수 있었다.

"어이쿠!"

그가 이내 소리를 질렀다. 나는 그 소리를 듣고 돌아보았으나 버드나무에 가려 동료의 모습이 보이지 않았다. 어디 있는지 가늠할 수 없었다.

"대체 저게 뭐야?"

그가 다시 소리 질렀다. 이번에는 심각한 목소리로 바뀌어 있었다.

나는 잽싸게 뛰어가 강둑에 서 있는 그를 찾았다. 친구는 강물을 굽어보며 손가락으로 무언가를 가리켰다.

"세상에, 사람이야! 저길 봐!"

흥분한 그가 소리 질렀다.

검은 물체가 거품이 이는 물결에 몸을 뒤집고 또 뒤집으며 빠르게 휩쓸리고 있었다. 그것은 사라졌다가 수면 위로 다시 나타나기를 계속해서 반복했다. 연안에서 6미터쯤 떨어진 거리였다. 우리가 서 있는 곳 정반대편에 도달했을 때 그게 급격하게 한쪽으로 기울더니 우리를 똑바로 바라보았다. 그것의 눈이 햇빛에 반사되더니 몸을 뒤집으며 기이한 노란색으로 빛났다. 그러고 나서 재빨리 쿨럭쿨럭 물속으로 처박히는 소리를 내더니 한순간에 시야에서 사라지고 말았다.

"저런, 수달이잖아!"

우리는 언제 긴장했냐는 듯 그렇게 소리 지르며 웃었다.

그것은 수달이었다. 사냥 중인 살아 있는 수달. 그러나 얼핏 보면 꼭 급류에 휩쓸려 무기력하게 뒤집히는 익사한 인간의 시체와 똑같았다. 저 멀리서 그게 다시 한번 수면 위로 떠오르자 물에 젖어 햇빛에 번쩍거리는 검은 피부가 드러났다.

긴장을 푼 우리가 유목을 한 아름 팔에 안고 막 돌아가려고 몸을 돌릴 때, 또 다른 것이 강둑으로 우리를 불러 세웠다. 이번에는 진짜 사람이었다. 더욱이 배를 탄 남자였다. 다뉴브강에서 작은 배를 목격하는 건 어느 철이고 특이한 광경이었다. 게다가 이곳 버려진 황무지에서, 더더군다나 물이 불어나는 이 시기에 너무나 예상치 못한 일이라 진짜 현실이라고 믿기 어려웠다. 우리는 가만히 서서 그 남자의 모습을 응시했다.

해가 사선으로 내리쬐고 있어서 그런지 아니면 경이롭게 반짝거리는 물의 굴절 작용 때문인지 모르겠지만, 나는 그 유령 같은 존재에 초점을 맞추기가 어려웠다. 어쨌든 바닥이 편평한 배에 똑바로 서서 긴 노를 저으면서 어마어마한 속도로 반대편 연안 쪽으로 떠내려가고 있는 남자로 보였다. 우리 쪽을 바라보는 것 같았으나 거리가 너무 멀고 빛이 불분명해 그가 뭘 하려는지 또렷하게 분간할 수 없었다. 그 남자는 우리에게 몸짓 손짓으로 무언가를 알리려는 것 같았다. 맹렬하게 무언가를 말하고 있는 듯한 목소리가 물을 건너오긴 했으나 바람이 그 소리를 집어삼켜 단 한마디도 알아들을 수 없었다.

그 모든 것이 무언가 굉장히 호기심을 자극하는 광경이

었다. 남자와 배, 신호와 목소리. 무언가 전혀 균형이 맞지 않는다는 인상을 주었다.

"가슴에 십자를 그리고 있어! 저길 봐! 십자가 표시를 하고 있어!"

내가 소리 질렀다.

"네 말이 맞는 거 같군."

스웨덴 친구가 손으로 이마에 차양을 만들어 시야에서 사라지고 있는 남자를 바라보며 맞장구쳤다. 남자는 한순간에 굽어지는 물길을 따라 자라는 버드나무의 바다로 사라졌다. 태양이 그곳을 거대하고 아름다운 진홍빛 벽으로 물들이고 있었다. 스멀스멀 오르는 안개 때문에 대기가 뿌옜다.

"그런데 도대체 저 사람은 해가 지는 마당에 이렇게 홍수로 불어난 강에서 뭘 하는 거지?"

나는 거의 혼잣말하듯 중얼거렸다.

"이런 때 어딜 가는 거며, 또 저 몸짓과 외침은 뭘 의미하는 거지? 우리에게 뭔가 경고를 하려는 건가?"

"우리가 피운 연기를 보고는 어쩌면 우리를 숲의 정령이라고 생각했을지도 모르지."

친구가 웃으며 말을 이었다.

"여기 헝가리 사람들은 별 허튼소리들을 다 믿잖아. 프레스부르크의 가게 점원이 우리한테 말한 거 기억나? 이곳이 인간 세상 밖 존재가 사는 땅이라서 아무도 여기 안 온다는 말? 여기 사람들은 요정이니 정령이니 그런 존재를 아직도 믿는 거 같아. 악마도 믿는 것 같고. 아까 그 배에 탄 남자는 아마도 이 섬에서 사람을 처음 본 게 아닐까.”

그는 잠깐 말을 멈추었다가 다시 이었다.

“아무래도 그게 무서웠나 보네.”

스웨덴 친구의 말투에는 확신이 없었다. 그리고 그의 태도에는 보통 때 보이던 뭔가가 빠져 있었다. 나는 그가 말하는 동안 즉각 그 사실을 눈치챘다. 물론 그게 무언지는 정확히 파악할 수 없었다.

“저 사람들 상상력이 풍부했다면 아마 고대부터 이곳엔 온갖 신들이 출현했을 텐데.”

나는 크게 웃으며 떠들었다. 당시에는 최대한 큰 소리를 내고 싶었던 것 같다.

“로마인들이라면 분명 사당이니 성스러운 숲이니 4원소의 신들 따위로 이 지역을 가득 채웠을 거야.”

우리는 거기서 이야기를 끝내고 식사를 준비했다. 내 친구는 대체로 상상으로 이어가는 대화를 그리 좋아하지 않았다. 더욱이 그때의 나는 그가 상상력이 풍부하지 않은 점이 오히려 아주 반갑게 느껴졌다. 그의 무신경하고 실용적인 기질이 어느 순간 위안이 되고 달갑게 여겨졌다. 나는 그게 경탄할 만한 기질이라고 생각했다. 친구는 북아메리카 원주민인 레드 인디언처럼 카누로 급류를 잘 탔다. 내가 본 그 어떤 백인보다 위험한 다리나 소용돌이를 잘 타고 넘었다. 그는 탐험의 대가였으며 곤란한 일이 생길 때마다 강건한 힘을 보여주었다. 나는 땔감을 지고 끙끙거리며 나아가는(내가 진 짐의 두 배였다!) 그의 강인한 얼굴과 옅은 금발 곱슬머리를 바라보면서 안도감을 느꼈다. 그렇다, 바로 그때 나는 그 스웨덴 친구가 그런 사람이란 게, 그가 이면에 다른 뜻을 품지 않고 문자 그대로 표현하는 사람이라는 게 너무나 안심이 되었다.

"그래도 물이 아직 불어나고 있어."

그는 숨을 크게 내뱉으며 땔감을 내려놓고는 생각을 이어가듯 말했다.

"이런 식으로 가면 이 섬은 이틀이면 물에 잠기겠어."

"바람이라도 잦아들면 좋겠네. 강물이야 붇든 말든 상관없어."

내가 대답했다.

실로 우리는 큰물 따위 두렵지 않았다. 10분이면 충분히 철수할 수 있는 데다, 우리 여행에는 물이 많을수록 더 좋았다. 물이 불어나면 조류가 더 세진다. 그러면 시시때때로 카누 바닥을 찢어놓는 골칫덩어리 자갈 바닥에서 벗어날 수 있기 때문이었다.

하지만 우리 기대와는 반대로 해가 져도 바람은 잦아들지 않았다. 어둠이 내리자 오히려 더 거세지며 머리 위에서 윙윙거렸다. 바람은 우리를 둘러싼 버드나무들을 마치 지푸라기처럼 마구 흔들어댔다. 때로 그 소리에 중기관총을 쏘는 것 같은 기이한 다른 소리가 섞여 들리곤 했다. 그것은 어마어마한 힘으로 강과 섬을 타격했다. 나는 그 소리를 들으며 혹시 우주공간을 도는 행성의 소리가 아닌가 하는 생각마저 들었다.

그러나 하늘에는 구름 한 점 없었다. 저녁 식사를 마치자 이내 동쪽 하늘에서 보름달이 떠올라 대낮처럼 밝게 고함치는 버드나무의 평원과 강을 비췄다.

우리는 모닥불 옆 모래밭에 드러누워 담배를 피우고 우리를 둘러싼 소리에 귀 기울이며 지나온 여정과 앞으로의 일정에 대해 흐뭇하게 이야기를 나누었다. 지도는 텐트 입구에 펼쳐놓았지만 세찬 바람으로 보기가 힘들었다. 그리하여 우리는 이내 커튼을 치고 랜턴을 껐다. 모닥불만으로도 담배를 피우며 서로의 얼굴을 들여다보기에 충분했다. 불꽃이 불꽃놀이처럼 머리 위를 날아다녔다. 몇 미터 앞에 있는 강물이 쿨럭쿨럭, 쉬쉬 소리를 내다가 이따금 둔탁하게 쏴 하는 소리를 내며 둔덕이 크게 허물어지는 소식을 알렸다.

가만 보니 우리는 슈바르츠발트에서 처음 시작한 야영처럼 먼 곳에 관한 이야기만 나누고 있었다. 또는 아예 지금의 상황과는 거리가 먼 다른 일들에 대해서만 말하고 있었다. 나나 친구나 현재 상황에 대해서는 필요 이상의 말을 꺼내지 않았다. 마치 암묵적으로 지금의 야영지, 야영지를 둘러싸고 일어나는 일들에 대해서는 말을 꺼내지 않기로 합의를 본 것처럼 행동했다. 가령 수달이나 배를 탄 남자 이야기는 단 한 번도 꺼내지 않았다. 일반적인 상황이라면 저녁 시간 대부분을 할애해 그런 일들에 대해 떠들었을 것이다. 그 일들은 물론 이런 곳에서는 눈에 띄게 특별한 사건이었다.

나무가 부족해 불이 꺼지지 않도록 유지하는 게 힘들었다. 바람이 우리가 어디에 앉건 연기를 우리 얼굴로 몰아붙이는 데다 강제통풍 역할을 했기 때문이었다. 우리는 나무를 구하러 교대로 어둠 속을 헤맸다. 매번 스웨덴 친구가 가져오는 나무의 양을 보면서 그 친구가 터무니없이 긴 시간 동안 땔감을 구하는 게 아닌가 하는 생각까지 들었다. 나는 홀로 남겨지는 게 싫었기 때문이었다. 그런 가운데 또 한편으로는 달빛 속에서 관목을 뒤지고 미끄러운 둔덕을 기어오르는 게 항상 내 차지라 느끼기도 했다. 바람과 물과 씨름한 긴 하루—아, 그렇게 지독한 바람과 물이라니!—를 보낸 터라 우리는 둘 다 녹초가 되었고, 따라서 일찍 잠자리에 들어야 했다. 그러나 그도 나도 텐트로 향하지 않았다. 우리는 그곳에 앉아 불을 살피며 두서없이 이런저런 이야기를 나누었다. 그러면서 빽빽한 버드나무 관목 안쪽을 자주 흘긋거렸고, 또 바람과 강물의 포효에 귀를 기울였다. 이곳의 적막감이 뼛속까지 파고들었다. 고요가 자연스럽게 느껴졌다. 이내 우리 목소리마저 다소 비현실적이고 무리한 소리로 들렸다. 조용히 속삭이는 게 이곳에 어울리는 소통방식이라는 생각이 들었다. 자연력의 포효 한가운데에서 언제나 어리석은 인간의 목소리는 지금 거의 위법적인 것처럼 느껴졌다. 마치 교회나 법적으로 금지된 곳에서 시끄럽게 떠드는 느낌이었다. 어쩌면 누군가 엿들을 수 있을 만큼 큰 소리를 내는 게 안전하지 않은 장소랄까.

폭풍에 휩쓸리는 무수한 버드나무들 한가운데 위치한 이 적막한 섬, 재빠르게 흐르는 깊은 물로 둘러싸인 이 섬이 우리 둘 모두에게 어떤 영향을 끼쳤다. 나는 그렇게 느꼈다. 인간의 발길이 닿지 않고 거의 알려지지도 않은 이곳이 달빛 아래 빛나고 있다. 인간의 영향력에서 멀리 떨어진 곳, 또 다른 세계의 경계에 있는 이곳, 이방의 세계, 오직 버드나무와 버드나무의 영혼만이 존재하는 세계. 그리고 우리, 무모하게도 감히 이곳에 침입해 이용하려 들다니! 모닥불 앞 모래밭에 누워 나뭇잎 사이로 별들을 올려다볼 때 신비한 이곳의 힘, 무언가 미스터리를 뛰어넘는 강한 힘이 내 마음을 휘저어놓았다. 나는 마지막으로 땔감을 구하러 자리에서 일어났다.

"이 나무가 다 타면 잠자리에 들 거야."

나는 단호한 어투로 말했다. 친구는 내가 어둠 속으로 사라지는 모습을 나른한 눈으로 바라보았다.

나는 그날 밤 그가 상상력이 없는 남자치고는 유난히 예민해 보인다고 생각했다. 오감으로 느껴지는 것 외의 것들을 받아들이는 감수성이 열려 있다고 느꼈다. 그도 또한 그곳의 아름다움과 적막감에 감동을 받은 듯했다. 나는 그에게 보이는 그런 변화를 알아차리고 온전히 기쁘지만은 않았다. 나는 즉각 나뭇가지를 줍는 대신 평원과 강에 비치는 달이 더 잘 보이는 섬의 끝 쪽으로 나아갔다. 갑자기 혼자 있고 싶은 욕망이 찾아들었다. 아까 느꼈던 두려움이 강하게 밀려왔다. 두려움을 똑바로 직면해 들여다보고 싶다는 막연한 느낌이 들었다.

강물을 뚫고 쭉 뻗어나간 모래사장에 도착했을 때 그곳의 마력이 내게 강한 충격으로 와닿았다. 그저 단순한 '풍경'만으로는 그런 효과가 일어날 수 없었다. 이곳엔 경고를 던지는 무언가가 있었다.

나는 거칠고 황량한 물길을 바라보았다. 또한 속삭이는 버드나무들을 보았다. 지치지도 않는 바람이 끊임없이 휘몰아치는 소리를 들었다. 그 모든 것들이 각각 자기만의 방식으로 내 안에 이상한 고통을 일으켰다. 특히나 버드나무가 심했다. 버드나무들은 끊임없이 서로 재잘거리거나 대화를 나누며 웃거나 날카로운 비명을 질렀다. 때로는 한숨을 토하기도 했다. 그러나 그것들이 그렇게 큰 소란을 피우는 이유가 뭔지는 그들이 거주하는 대평원의 비밀스러운 삶에 속한 것이었다. 그것은 내가 알고 있는 세계와는 완전히 이질적인 세상이었다. 또한 야생이지만 쾌적한 자연력의 세계와도 다른 세상이었다. 그것은 내게 또 다른 생명의 차원에 속하는 존재들을 환기시켰다. 완전히 다른 차원의 진화, 어쩌면 자기들만 아는 미스터리를 속삭이고 있는 존재들. 나는 버드나무들이 그 큰 관목의 머리를 기이하게 흔들며, 바람이 없을 때조차 무수한 잎사귀들을 휙휙 날리며 분주하게 움직이는 모습을 바라보았다. 그들은 마치 살아 있는 것처럼 제 의지대로 움직였고, 헤아릴 수 없는 방식으로 내 예리한 공포감을 건드렸다.

거기 그들은 우리의 야영지를 둘러싼 거대한 군단처럼 달빛 아래 서서 헤아릴 수 없이 많은 은빛 창을 도전적으로 휘두르며 공격 태세를 갖추고 있었다.

장소의 심리는 적어도 상상력이 풍부한 일부에게는 매우 생생하다. 특히 방랑자에게 야영지는 야영지만의 '음색'이 있는데, 환영이건 거부건 그 음색이 다 다르다. 매번 처음부터 명백히 드러나는 것도 아니다. 왜냐하면 텐트를 치고 요리를 준비하는 데 정신이 없기 때문이다. 그러나 분주한 일이 지나가고 첫 번째 쉬는 시간이 오면—보통 저녁 식사 후— 그게 다가오며 자신을 스스로 드러낸다. 그리고 이 버드나무 야영지의 음색은 이제 의심의 여지없이 선명해졌다. 바로 우리가 침해한 자들, 무단침입자라는 것이다. 우리는 환영받지 못했다. 거기 서서 바라보고 있자니 낯선 감각이 점점 커져갔다. 우리는 들어와서는 안 될 곳에 들어온 것이다. 어쩌면 하룻밤 정도 머무는 건 묵인될 수 있을지도 모른다. 그러나 그 이상 머물면서 탐험하려고 든다면, 그것은 아니 될 일이다! 나무와 황야의 모든 신들에 의해,

아니 될 일이다! 우리는 이 섬에 처음으로 인간의 영향력을 들여온 것이다. 우리는 환영받지 못했다. 버드나무들은 분명 우리를 적대시했다.

그렇게 귀를 기울이며 서 있을 때 어디서 유래한지 모를 이처럼 이상한 생각들, 괴이한 공상들이 내 마음속에 꽉 들어찼다. 결국 이 웅크리고 있는 버드나무들이 살아 움직이는 걸로 드러나면 어떻게 해야 하나? 그들이 우리가 침범한 영토의 신들에게 명을 받고 움직이는 생명체 무리처럼 갑자기 일어나 거대한 늪지대에서 한밤중에 우르르 몰려와 우리를 휩쓸어버리면 어쩌나? 가만히 보고 있자니 그들이 실제로 움직이는 것 같았다. 서로 덩어리를 이루어 살금살금 가까이 다가오다가 다시 조금 물러나 마침내 자신들에게 추진력을 줄 크나큰 바람이 일기를 기다리고 있는 버드나무들. 나는 그들의 모습이 조금 바뀌었다고 장담할 수 있었다. 그들은 색깔이 더 짙어졌고 서로 더 빽빽하게 몰려 있었다.

머리 위에서 날카롭고 울적한 밤새의 울음소리가 들렸다. 나는 갑자기 불어난 물로 약해진 강둑 일부가 첨벙 소리를 내며 무너져 내리자 균형을 잃고 쓰러질 뻔했다. 간신히 뒤로 물러나 다시 땔감을 모으기 시작했다. 마음속으로 압도해 들어온 이상한 공상들이 내게 주문을 걸었다고 생각하니 살짝 웃음이 나기도 했다. 다음 날 곧바로 떠나자는 스웨덴 친구의 말을 떠올리며 그게 얼마나 합당한 견해인지 깨달았다. 그러다가 뒤돌아보니 당사자가 바로 내 앞에 서 있는 것을 보고 깜짝 놀랐다. 그는 꽤 가까운 곳에 있었다. 자연의 포효가 그가 다가오는 소리를 집어삼킨 것이다.

"나간 지 꽤 됐는데 안 돌아오기에 무슨 일이 있나 했어."

그가 바람 소리 너머로 소리치듯 말했다.

그러나 그의 말투와 표정에서 내뱉은 말 이상의 것이 느껴졌다. 나는 순간 그가 다가온 진짜 이유를 파악했다. 이곳의 주문이 그의 영혼에까지 닿아 혼자 있기 싫었던 것이다.

"강물이 부풀어 오르고 있어."

그가 달빛을 받은 강물을 가리키며 말했다.

"바람이 정말 지독한데."

그가 반복하는 말의 진정한 의미는 함께 있자는 호소였다.

"다행이야. 우리 텐트가 분지에 있어서. 그래도 내 생각엔 잘 버틸 거 같아."

나는 오래 자리를 비운 이유를 설명하기 위해 나무 구하기가 어려웠다는 말을 덧붙였다. 그러나 바람이 내 말을 삼켜 강 건너편으로 집어던졌다. 그는 내 말을 듣지 못했지만 나뭇가지 사이로 나를 쳐다보며 그저 고개를 끄덕였다.

"큰일을 당하지 않고 이곳을 빠져나갈 수 있다면 다행일 거야!"

그가 목소리를 높여 그런 취지의 말을 했다. 그때의 나는 불길한 생각을 말로 옮긴 그에게 화가 났던 것 같다. 나 또한 그렇게 느꼈기 때문이었다. 어딘가에서 재앙이 닥쳐오고 있다는 불길한 예감이 나를 덮쳤다.

우리는 텐트로 돌아가 발로 모닥불을 툭툭 차며 마지막으로 불꽃을 일으켰다. 그리고 마지막으로 주변을 둘러보았다. 바람이 불지 않았다면 열기가 불쾌했을 것이다. 나는 그 생각을 말로 옮겼는데 친구의 답변을 듣고 놀라지 않을 수 없었다. 그는 이 "악마 같은 바람"보다는 차라리 열기, 7월의 정신 나간 무더위가 더 나을 거라고 말했다.

그래도 밤을 지새우기엔 모든 게 다 편안한 상태였다. 카누를 텐트 옆에 뒤집어놓고 노란 노 두 개는 그 밑에 두었다. 식량을 담은 자루는 버드나무 가지에 묶어 매달아 놓았다. 설거지한 식기들은 아침 식사에 바로 쓸 수 있게 불에서 안전한 거리에 놓아두었다.

우리는 모래로 잔불을 끄고 잠자리에 들었다. 텐트 입구 날개를 위로 올려놓으니 나뭇가지와 별과 흰 달빛을 볼 수 있었다. 흔들리는 버드나무들과 팽팽히 쳐진 우리의 작은 텐트를 거칠게 난타하는 바람 소리가 잠에 빠져들기 직전 내 마지막 기억이었다. 잠은 부드럽고 달콤하게 모든 걸 망각으로 몰아넣었다.

2

나는 갑자기 잠에서 완전히 깼다. 모래가 잔뜩 묻은 잠자리에서 텐트의 입구를 통해 밖을 내다보았다. 나는 텐트 천에 핀으로 고정해놓은 시계를 보았다. 밝은 달빛에 비추어보니 12시가 넘어 새날의 문턱이었다. 두어 시간 잔 셈이었다. 스웨덴 친구는 옆에서 아직 곤히 잠들어 있었다. 바람은 여전히 포효하는 중이었다. 그때 무언가 내 가슴을 잡아당기는 것 같았다. 겁이 났다. 바로 내 옆에서 알 수 없는 교란이 일어나는 듯한 느낌이 들었다.

나는 재빨리 일어나 밖을 내다보았다. 돌풍이 몰아치고 있어 나무들이 격렬하게 앞뒤로 흔들리고 있었지만, 우리의 작은 녹색 텐트는 움푹 팬 분지에 자리해 안전했다. 바람은 텐트 위로 불어 그다지 영향을 미치지 않았다. 그러나 불안한 느낌이 사라지지 않았다. 그리하여 나는 물건들이 다 멀쩡한지 살펴보기 위해 살그머니 텐트 밖으로 기어 나갔다. 친구를 깨우지 않기 위해 조심스럽게 움직였다. 내면에서 기이한 흥분이 일었다.

네발로 기어 반쯤 텐트 밖으로 빠져나왔을 때 처음 눈에 들어온 건 맞은편 관목의 정수리가 움직이는 나뭇잎들로 하늘에 문양을 새기는 모습이었다. 나는 웅크리고 앉아 그 모습을 바라보았다. 분명 놀라운 광경이었다. 거기 내 머리 위쪽 맞은편 버드나무 숲에 무언가 또렷하지는 않지만 어떤 문양들이 만들어지고 있었다. 바람에 흔들리는 버드나무들이 그 문양 주위로 몰려들어 달빛 아래 일련의 무시무시한 윤곽을 만들고는 수시로 모양을 바꾸고 있었다. 내 앞쪽으로 대략 15미터 거리였다.

순간 나는 본능적으로 친구를 깨워 내게 보이는 것이 그에게도 역시 보이는지 알아보려고 했다. 그러나 왠지 망설여졌다. 어쩌면 사실을 확인하지 않는 게 나을지도 모른다는 갑작스러운 깨달음이 들었다. 나는 그렇게 망연자실 웅크리고 앉아 눈이 따끔거릴 정도로 그 광경을 노려보았다. 나도 모르게 내가 꿈을 꾸는 게 아니라고 중얼거렸다. 잠은 완전히 깬 상태였다.

처음에 그 거대한 문양들은 관목 숲 꼭대기 위에서 제대로 보였다. 청동색 거대한 문양들이 관목의 흔들림과는 완전히 별개로 움직이고 있었다. 나는 그것들을 또렷이 확인한 후 좀 더 차분하게 살펴보았다. 그리고 그것들이 인간보다 훨씬 크다는 사실을 깨달았다. 실로 그들의 문양에는 자신들이 인간이 아님을 분명히 드러내는 무언가가 있는 것 같았다. 그것들은 움직이는 나뭇가지들이 달빛에 닿아 만들어내는 문양이 아니었다. 그것들은 분명 독립적으로 움직였다. 그것들은 땅에서 하늘을 향해 끊임없이 이어지는 흐름을 이루며 올라가고 있었는데, 어두운 하늘에 닿자마자 시야에서 완전히 사라졌다. 그것들은 서로서로 얽혀 거대한 기둥을 이루고 있었다. 나는 그것들의 사지와 엄청난 몸체가 서로의 안팎으로 녹아들며 뱀 같은 줄을 형성하는 모습을 보았다. 그러면서 바람이 흔들어대는 나무들의 뒤틀리는 모습과 함께 구부러지고 흔들리고 나선형으로 꼬였다. 그것들은 발가벗은 유동체로 관목을 타고 위로 올랐다. 살아 있는 기둥이 되어 천상으로 오르고 있었다. 나는 그것들의 얼굴을 볼 수 없었다. 그것들은 거대한 곡선을 따라 흔들리며 끊임없이 위로 솟구쳤다. 그 거죽은 둔탁한 청동색을 띠었다.

나는 시야에 들어오는 모든 것을 놓치지 않기 위해 눈 한 번 깜박이지 않고 노려보았다. 그것들이 매 순간 사라지듯 나뭇가지의 움직임 안으로 녹아드는 것을 보고 처음에는 착시현상이라고 생각했다. 나는 현실의 증거를 찾아 사방을 둘러보는 내내 현실의 기준이 바뀌었다는 사실을 알아차렸다. 눈앞의 현실은 물론 카메라와 생물학자가 주장하는 기준과 맞지 않았다. 하지만 나는 오래 바라볼수록 이 문양들이 현실이며 살아 있는 존재임을 확신할 수 있었다.

내가 느낀 건 두려움과는 거리가 멀었다. 나는 그저 한 번도 경험해보지 못한 경외감과 신비로움에 사로잡혔다. 나는 이 정령이 깃든 원시 지역에서 의인화된 자연력을 응시하고 있었다. 우리가 침범하는 바람에 이곳의 힘이 활동력을 얻게 된 것이다. 교란의 원인은 바로 우리다. 내 머리는 세계사 모든 시대의 사람들이 인정하고 숭배했던 정령 이야기와 신화, 수많은 전설로 터질 것 같았다. 그때 무언가가 그 어떤 설명 가능한 결론에 이르기 전에 나에게 더 나아가라고 종용했다. 그래서 나는 모래밭에서 앞으로 기어가 자리에서 일어났다. 맨발에 닿는 지표면은 여전히 따뜻했다. 바람은 내 머리와 얼굴을 찢을 듯 몰아쳤다. 강은 갑작스러운 포효로 귀를 찢어놓을 듯했다. 이 모든 일은 분명 현실이었다. 바람과 강의 포효는 내 감각이 정상적으로 작동한다는 증거가 되었다. 그러나 그 문양들은 조용하고 장엄하게 품위와 힘을 지닌 거대한 나선형을 이루며 여전히 땅에서 하늘로 오르고 있었다. 그 모습은 마침내 진정 깊은 숭배의 감정으로 나를 압도했다. 나는 무릎을 꿇고 숭배해야 한다고, 절대적인 숭배를 올려야 한다고 느꼈다.

나는 이내 그렇게 하려 했다. 그런 찰나 돌풍이 크나큰 힘으로 나를 때렸다. 나는 옆으로 밀려나 비틀거리다가 쓰러질 뻔했다. 그러자 그것이 내 안에서 격렬한 힘으로 꿈을 밀어내는 것 같았다. 적어도 내게 또 다른 관점을 선사했다. 그 문양들은 여전히 밤의 심장에서 하늘로 오르고 있었다. 그러나 마침내 내 이성이 작동하기 시작했다. 그건 분명 주관적인 경험일 거라고 스스로를 달랬다. 어쨌든 실재하는 것처럼 보이더라도 여전히 주관적인 경험일 뿐이라고 주장했다.

달빛과 나뭇가지들이 결합해 그러한 그림들을 내 상상력의 거울에 비추었을 것이다. 이유는 모르겠지만 내가 그것들을 밖으로 투영해 객관적으로 보이게끔 했을 것이다. 나는 그게 합리적 설명이라는 걸 알았다. 그리고 용기를 내어 앞에 펼쳐진 모래밭으로 나아가기 시작했다. 맙소사! 그래도 그게 다 환각이란 말인가? 그저 주관적인 착시라고? 보통 세계에서만 통용되는 그 보잘것없는 기준으로 내 이성이 부질없는 주장을 하는 건 아닐까?

나는 그저 매우 오랫동안 거대한 기둥을 이룬 문양들이 어두운 하늘로 오르는 모습을 바라보았다는 사실과, 대부분 사람처럼 현실을 판단하는 멀쩡한 척도를 가지고 그것을 판단했다는 사실만을 알 뿐이다. 그때 그것들이 갑작스럽게 사라졌다!

그렇게 그것들이 사라지고 위대한 존재가 주는 즉각적인 신비감도 사라지자 차가운 두려움이 밀려들었다. 정령이 들끓는 이 적막한 지역의 비전秘傳이 주는 의미가 내 안에서 갑자기 불타오르자 내 몸은 무섭도록 떨리기 시작했다. 나는 재빨리 주위를 휙 둘러보았다. 공황에 가까운 공포의 시선으로 막연히 탈출할 길을 계산하는 헛된 눈길이었다. 그런 후 실제로 도움이 될 만할 걸 찾는 데 내가 얼마

나 무력한지 깨닫고서 다시 조용히 텐트 안으로 기어 들어
갔다. 그런 다음 모래투성이 매트리스에 몸을 뉘었다. 눕기
전에 텐트 입구의 날개를 내려 달빛에 비치는 버드나무들
을 시야에서 모조리 차단했다. 그런 다음 두려운 바람 소리
를 막으려 이불 속으로 최대한 깊숙이 머리를 파묻었다.

3

내가 꿈을 꾼 게 아니라는 걸 스스로 확인이라도 하려는 듯 나는 오랫동안 다시 잠을 이루지 못했다. 그러다가 다시 뒤숭숭한 잠에 빠졌다. 잠이 든 상태에서조차 오직 의식 맨 위층만 잠들었을 뿐 그 아래 의식을 완전히 잃지 않았다. 예민한 경계 상태였다.

그러나 두 번째로 잠에서 깼을 때 나는 완전히 순전한 공포에 사로잡혀 벌떡 일어났다. 나를 깨운 건 바람이나 강이 아니었다. 무언가가 서서히 다가오고 있었다. 그로 인해 잠들어 있던 내 정신의 한쪽이 점점 더 쪼그라들더니 마침내 완전히 사라졌다. 나는 벌떡 일어나 귀를 기울일 수밖에 없었다.

밖에서 무수한 후두두 소리가 났다. 나는 그것이 오랫동안 다가오고 있었다는 사실을 깨달았다. 처음 그 소리를 들은 건 잠 속에서였다. 나는 전혀 잔 적이 없는 것처럼 완전히 깨어 초조하게 앉아 있었다. 숨을 쉬는 것조차 어려웠다. 내 몸에 막대한 힘이 가해지는 것 같았다. 더운 밤 끈적거리는 몸이 오한으로 떨렸다. 분명 무언가가 텐트 옆구리로 살금살금 압박해 오고 있었다. 위에서도 무언가가 내리누르고 있었다. 바람인가? 이 후두두 내리는 소리는 나뭇잎 떨어지는 소리인가? 강에서 바람에 날린 물보라가 큰 덩어리로 뭉쳐 날아오는 건가? 나는 재빨리 십여 가지 이유를 생각해보았다.

그때 갑자기 한 가지 설명이 내 마음속으로 쑥 들어왔다. 섬에 자라는 유일한 큰 나무인 미루나무 가지 하나가 바람에 떨어진 것이다. 그것이 다른 나뭇가지들에 반쯤 걸렸다가 다시 돌풍이 불자 우리 텐트를 찍어 누르는 것이다. 한편 그 잎사귀들이 팽팽한 텐트 표면을 쓸어내리는 것이다. 나는 스웨덴 친구에게 따라오라고 소리 지르며 텐트 입구 날개를 올리고 후다닥 밖으로 뛰어나갔다.

그러나 밖으로 나가 살펴보았을 때 텐트는 온전했다. 걸린 나뭇가지도 없었다. 비도 물보라도 없었다. 아무것도 다가오지 않았다.

차가운 회색빛이 관목을 뚫고 내려와 희미하게 빛나는 모래밭을 비추었다. 머리 위에는 별들이 아직 하늘을 메우고 있었고, 바람은 장엄하게 포효하고 있었다. 그러나 모닥불은 더 이상 아무런 빛을 내지 않았다. 동쪽 하늘에서 붉은 빛줄기가 나무 사이로 보였다. 하늘을 향해 오르는 문양들을 지켜보며 거기 있었던 때로부터 몇 시간이 흐른 것 같았다. 그 기억이 이제, 마치 사악한 꿈처럼 내게 무섭게 다시 닥쳐왔다. 오, 그런 기억이 날 어찌나 녹초로 만드는지! 그 멈출 줄 모르는 사나운 바람이란! 그러나 잠을 못 자고 지샌 깊은 피로에도 불구하고 내 신경은 똑같이 지칠 줄 모르는 불안과 걱정으로 얼얼한 상태였다. 쉴 생각은 할 수조차 없었다. 강물은 더 불어나 있었다. 우레 같은 강물 소리가 대기를 뒤덮었고, 가느다란 물보라가 내 얇은 잠옷 셔츠를 적셨다.

그러나 어디에서도 경고가 될 만한 조그마한 흔적도 찾을 수 없었다. 이렇게 깊고 오래 헤집어진 마음속 교란은 완전히 설명 불가능한 채로 남아버렸다.

내가 깨웠을 때 미동도 없던 동료는 이제 깨울 필요도 없었다. 나는 조심스럽게 주변을 살펴보며 모든 걸 점검했다. 뒤집어놓은 카누, 노란 노 두 개는 틀림없이 제자리에 있었다. 식량 자루와 여분의 랜턴은 나무에 매달려 있었다. 그리고 사방으로 모든 걸 에워싸는 버드나무들, 끝없이 흔들거리는 버드나무들. 새 한 마리가 아침의 외침을 날렸고, 한 줄로 나는 오리들이 머리 위 어스름한 하늘에서 우웅 소리를 내며 지나갔다. 모래가 빙빙 소용돌이치며 따끔하게 내 맨발을 때렸다.

나는 텐트 주변을 거닐었다. 그런 다음 관목 숲으로 조금 들어가 강 건너 더 먼 곳까지 살펴보았다. 새벽의 현실 같지 않은 창백한 빛에 유령 같기도 한 끝도 없는 버드나무 숲이 지평선까지 펼쳐진 모습을 보고 있으니, 똑같이 심오하면서도 뭐라 말할 수 없는 고통스러운 감정이 나를 다시 사로잡았다. 나는 여기저기 천천히 거닐며 나를 깨운 그 이상하고 무수한 후두두 소리와 텐트를 둘러싼 압박감에 대해 생각해보았다. 바람 때문이었으리라. 바람이 뜨겁고 느슨한 모래를 휘몰아 팽팽하게 당겨진 텐트로 날리는 소리였으리라. 바람이 빈약한 지붕을 힘차게 짓누르는 압력 때문이었으리라.

그러나 예민해진 신경과 으스스한 느낌은 내내 눈에 띌 정도로 커져만 갔다.

나는 한쪽 끝 연안에 이르러 밤새 연안이 어떻게 변했는지 깨달았다. 강이 모래 둔덕을 찢어놓았다. 차가운 물에 손발을 담가보고 이마를 적셨다. 하늘에는 해가 오르는 신호로 붉은빛이 나타나기 시작했다. 새날의 신선함이 묻어났다. 돌아가는 길에 일부러 기둥을 이룬 문양들이 하늘로 치솟던 모습이 보였던 바로 그 관목 숲 밑으로 지나갔다. 그러다 덤불 한가운데에서 갑자기 광대한 공포감에 압도당했다. 어스름 속에서 커다란 무언가가 재빨리 쉭 지나쳤다. 누군가가 나를 지나쳐갔다. 분명 누군가가…….

나를 다시 일으켜 세운 건 강타하는 바람이었다. 다시 탁 트인 공간으로 나오자 공포감이 이상할 정도로 줄어들었다. 나는 바람이 사방에서 몰아치고 있다고 혼잣말로 중얼댔다. 나무 아래를 지나는 바람에서 거대한 존재감이 느껴졌기 때문이었다. 나를 둘러싼 두려움은 전혀 알려지지 않은 막강한 종류의 두려움이었다. 이전에 느껴봤던 그 어떤 두려운 감정과도 완전히 다른 종류였다. 그 감정이 오히려 내게 경외감과 신비감을 불러일으키는 바람에 공포가 일으키는 최악의 여파를 누그러뜨리는 데 도움이 되었다. 그리고 섬의 가운데 높은 지점에 이르자 일출로 진홍빛이 된 드넓은 강을 바라볼 수 있었다. 그 모습이 압도적인 마법처럼 아름다웠기에 내면에서 거친 열망이 솟구치며 나도 모르게 고함을 내지를 뻔했다.

그러나 나는 고함을 내지를 기회를 잃고 말았다. 시선이 저 너머 평원에서부터 나를 둘러싼 섬으로 옮겨졌고, 버드나무 숲 가운데 반쯤 드러난 우리의 작은 텐트로 향했기 때문이었다. 무시무시한 모습이 내 눈길을 잡아끌었다. 그에 비하면 휘몰아치는 바람의 공포 따위는 아무것도 아니었다.

나는 풍경이 변했다고 생각했다. 시점이 바뀌어 풍경이 변한 게 아니었다. 변화는 분명 텐트와 버드나무 숲과의 관계에서 비롯된 것이었다. 분명 숲은 지금 훨씬 더 가까이 다가와 있었다. 불필요하게, 불쾌할 정도로 가까이 다가왔다. 그것들이 더 가까이 몰려든 것이다.

수시로 모양이 바뀌는 모래밭 위에서 버드나무들은 조용한 발로 부드럽게, 서둘지 않는 움직임으로 서서히 조금씩 더 가까이 기어온 것이다. 바람이 그들을 옮긴 것인가? 아니면 그들이 스스로 움직인 것인가? 나는 무수한 작은 후두두 소리와 함께 나와 텐트를 향해 다가오는 압박감을 기억했다. 그 공포로 잠에서 깬 순간을 기억했다. 나는 한 순간 나무처럼 바람에 흔들렸다. 모래언덕에 똑바로 서 있기가 어려웠다. 여기 무언가 인격적인 작용력, 고의가 분명한 의도, 공격적인 적대감 같은 게 느껴졌다. 나는 간담이 서늘해져 뻣뻣하게 굳고 말았다.

그때 반응이 재빨리 뒤따랐다. 그 생각이 너무나 기괴하고 터무니없어서 웃음이 나올 것 같았다. 그러나 웃음 대신 외침이 터져 나왔다. 내가 원래 그런 위험한 생각을 감지할 수 있을 만큼 감수성이 매우 예민했기 때문이었다. 그건 바로 공격이 우리의 몸을 통해 오는 게 아니라 마음을 통해 온다는 추가적 공포였다. 실제로 공격이 벌어지고 있었다.

바람이 사방에서 나를 후려갈겼다. 게다가 풍속이 더욱 빨라진 것 같았다. 새벽 4시가 넘어 태양이 지평선 위에 떠 있었다. 나는 그 작은 모래언덕에 생각보다 오래 서 있었다. 버드나무 가까이에 가는 게 두려웠기 때문이었다. 나는 오싹해진 상태로 조용히 텐트로 향했다. 처음에는 두리번거리며 나아갔다. 그렇다, 나는 몇 가지 측정을 하기도 했다. 버드나무 숲과 텐트 사이 따뜻한 모래를 밟으며 걸음짐작으로 거리를 쟀다. 특히 가장 짧은 거리를 염두에 두었다.

나는 텐트에 도착해 살금살금 이불 속으로 기어들었다. 친구는 여전히 깊은 잠에 빠진 것 같았다. 나는 그 점이 기뻤다. 방금 겪은 경험이 확증되지 않는다면 어쩌면 그걸 부정할 힘을 얻을 수 있을 것이다. 날이 완전히 밝으면 그게 모두 주관적인 환각 현상이었다고, 밤의 환상이었다고, 흥분한 상상력이 투영된 결과였다고 나 자신을 설득할 수 있을지도 모른다.

더 이상 나를 방해하는 일은 생기지 않았다. 나는 완전히 녹초가 된 상태라 즉시 잠에 빠져들었다. 그러나 여전히 그 무수히 들리던 기이한 후두두 소리를 또 들을까 봐, 숨쉬기를 어렵게 만들었던 압박감을 또 느낄까 봐 두려움에 잠긴 채로 잠들었다.

4

친구가 혼곤한 잠에 빠진 나를 깨웠을 때는 태양이 하늘 높이 솟아 있을 때였다. 그는 오트밀은 이미 준비가 되었으니 딱 목욕할 시간이 남아 있다고 말했다. 지글지글 익는 고소한 베이컨 냄새가 텐트로 스며들었다.

"강물이 아직도 불고 있어. 그리고 강 한가운데 있던 섬들 몇 개가 아예 싹 사라져버렸어. 우리가 있는 섬도 아주 작아졌고."

"나무는 좀 남았어?"

내가 졸음에 겨워 물었다.

"나무도 섬도 내일 동시에 결승점에 도달해 끝장날 거 같아. 그래도 내일까지 버틸 만큼은 충분해."

친구가 웃으며 답했다.

나는 일어나 섬의 뾰족한 갑에서 물로 뛰어들었다. 강은 밤새 실제로 크기와 모양이 많이 변해 있었다. 나는 금세 텐트의 맞은편 지점에 도착했다. 물은 얼음처럼 차가웠고, 강둑은 고속열차처럼 쉭 지나갔다. 그런 상황에서 목욕은 매우 상쾌한 일이었다. 밤의 공포가 머릿속 증기가 증발하듯 씻겨 내려간 것 같았다. 태양은 뜨겁게 작열하고 있었다. 구름 한 점 보이지 않았지만 바람은 전혀 잦아들지 않았다.

그때 나는 스웨덴 친구가 한 말의 속뜻을 급작스럽게 깨달았다. 그는 마음을 바꿔 급하게 이곳을 떠나고 싶지 않다는 뜻을 내비쳤다.

"내일까지 버틸 만큼은 충분해."

아무래도 이 섬에서 하룻밤 더 묵자고 하는 것 같았다. 나는 의아한 마음이 들었다. 어젯밤 그는 최대한 빨리 떠나자는 의견이었다. 왜 저렇게 마음이 바뀐 거지?

아침 식사 도중에 강둑이 크게 무너져 내렸다. 그러자 강물이 우르르 첨벙거려 바람을 타고 안개 같은 물보라가 프라이팬까지 몰려왔다. 내 여행 동반자는 끊임없이 빈-페스트 간 증기선들이 물이 불어난 강에서 수로를 찾는 데 어려움을 겪을 거라는 이야기를 늘어놓았다. 그러나 강물이 불어난 것이나 증기선의 어려움보다 훨씬 더 인상 깊게 내 관심을 끌었던 점은 그의 마음 상태였다. 그는 어찌 된 일인지 전날 밤 이후로 뒤바뀌어 있었다. 우선 태도가 달라졌는데, 좀 흥분하고 수줍은 상태랄까, 목소리와 몸짓에 자신을 못 미더워하는 기운이 느껴졌다. 나는 지금 그때의 느낌을 냉정하게 묘사할 재간이 없다. 하지만 당시에는 한 가지 느낌만은 확실했다고 기억한다. 겁먹은 건가?

그는 아침을 매우 조금만 먹었고, 또 담배도 피우지 않았다. 그저 지도를 펼쳐 표시 지점을 들여다보는 일에 몰두했다.

"정확히 한 시간 후에 출발하는 게 좋겠어."

나는 어떻게든 그가 속마음을 털어놓도록 하기 위해 이내 말을 건넸다. 나는 그의 대답을 듣고 의아하면서도 불편한 마음이 들었다.

"그러면 좋지! 저들이 그렇게 하도록 우리를 놔둔다면 말이야."

"누가 우리를 놔줘? 자연력?"

나는 곧바로 일부러 무심한 척하며 물었다.

"이 끔찍한 곳의 힘, 그게 뭔지 모르겠지만 말이야."

그는 여전히 지도를 보며 대답했다.

"신들이 여기 있어. 신들이 있다고 치자면 바로 여기란 말이야."

"자연력은 언제나 진정한 불멸의 존재긴 하지."

나는 최대한 자연스럽게 웃으며 농담처럼 말했다. 그러나 그가 고개를 들어 진지하게 나를 바라보자, 나는 내 얼굴에 진짜 내 감정이 묻어 있음을 알 수 있었다. 그는 담배 연기 너머 말을 걸었다.

"우리가 더 이상의 재앙 없이 빠져나갈 수 있다면 다행일 거야."

그게 바로 내가 두려워하던 순간이었다. 나는 직접적인 질문을 던지는 실수를 범한 것이다. 그것은 치과의사가 치아를 뽑도록 동의하는 것과 마찬가지였다. 어쨌든 일어나고 말 일이었다. 나머지는 모두 가식이었다.

"더 이상의 재앙이라니! 뭐, 무슨 일이 일어났는데?"

"일단, 노가 사라졌어."

그가 조용히 대답했다.

"노가 사라졌다고!"

나는 매우 흥분한 목소리로 되물었다. 그것은 우리의 키(방향타)였기 때문이었다. 물이 이토록 불어난 시기에 키 없이 다뉴브강을 운항한다는 건 자살행위나 마찬가지였다.

"하지만 도대체 어떻게……."

"그리고 카누 바닥이 찢어졌어."

대답하는 그의 목소리에 진심 어린 떨림이 느껴졌다.

나는 계속해서 동료를 쳐다보았다. 그저 그를 바라보며 똑같은 말을 멍청하게 되풀이할 수밖에 없었다. 그곳, 태양이 작열하고 모래밭이 타들어 가는 곳에서 나는 얼 것같이 싸늘한 대기가 내려앉으며 우리를 둘러싸는 것을 인지했다. 동료는 그저 진지하게 고개를 끄덕이고는 모닥불 몇 미터 옆에 있는 텐트를 향해 나아갔다. 나는 그를 따르기 위해 자리에서 일어났다. 카누는 지난밤 내가 마지막으로 본 대로 늑재肋材가 위로 향한 상태로 놓여 있었다. 노들, 아니 노 하나는 카누 옆 모래밭에 있었다.

"하나밖에 없어."

그가 노를 집기 위해 몸을 구부리며 말했다.

"그리고 여기 바닥 널이 찢어진 거 보이지?"

나는 몇 시간 전에 두 개의 노를 분명히 보았다는 말이 목울대까지 올라왔다. 그러나 다시 생각해보라는 충동이 일었다. 나는 입을 다물고는 카누를 들여다보기 위해 가까이 다가갔다.

카누 바닥에 길고 정교하게 찢어진 부분이 있었다. 폭이 좁고 긴 나무 조각이 깨끗하게 잘려나간 모양이었다. 돌이나 나뭇가지의 날카로운 날이 쭉 훑고 지난 것으로 보였다. 완벽할 정도로 깨끗한 구멍이었다. 배를 살펴보지 않고 물에 띄웠다면 분명 침몰했을 것이다. 처음에는 물이 나무를 들어 올려 구멍의 영향을 받지 않았겠으나 강 중간으로 나아간 후엔 분명 그 구멍으로 물이 밀려 들어왔을 것이다. 그러면 바닥 두께가 5센티미터도 안 되는 카누는 급속도로 물이 차 곧바로 침몰했을 것이다.

"자, 제물로 쓸 희생양을 준비한 시도가 보이지?"

그는 내게 말하기보다 혼잣말을 하는 것 같았다.

"아니, 두 명의 희생양이라고 해야겠군."

그는 몸을 구부리고 찢긴 틈을 손가락으로 만지며 덧붙였다.

나는 휘파람을 불었다. 완전히 갈피를 잃었을 때 항상 무의식적으로 나오는 나만의 습관이었다. 그러면서 일부러 그의 말에 주의를 기울이지 않았다. 나는 그의 말을 그저 어리석은 농담으로 치부해버리기로 했다.

"어젯밤에는 없었는데."

친구는 자세를 펴고 나를 똑바로 바라보며 말했다.

"어제 육지로 끌어올리다가 긁힌 거겠지."

나는 말하기 위해 휘파람을 멈췄다.

"돌멩이들이 매우 날카롭잖아."

나는 갑자기 말을 멈추었다. 그 순간 그가 몸을 돌려 내 눈을 빤히 노려보았기 때문이었다. 나는 내 말이 얼마나 얼토당토않은지 친구만큼 잘 알고 있었다. 일단, 돌이 없었다.

"그리고 이거 봐봐."

그는 내게 노를 건네주며 노깃을 가리켰다.

노를 받아 살펴보자 새롭고 기이한 감정이 차갑게 나를 감쌌다. 노깃은 전체가 다 깔끔하게 문질러져 있었다. 마치 누군가가 사포로 정성 들여 갈아낸 것 같았다. 꺾이는 부분이 너무나 가늘어져서 한 번만 힘차게 저으면 그대로 뚝 부러질 것 같았다.

"우리 둘 중 누군가가 잠결에 일어나 이런 짓을 했나 봐."

나는 무기력하게 말했다.

"아니면……, 어쩌면 끊임없이 바람에 날려 오는 모래 입자들이 부딪히는 바람에 갈린 걸 수도 있고."

"아, 넌 이 모든 게 다 설명 가능한가 봐?"

스웨덴 친구가 웃으며 물었다.

"강한 바람이 노 한 개를 강둑으로 날려버렸고, 그런 다음 강둑이 무너질 때 노가 같이 휩쓸려 사라진 것 같은데."

나는 그가 내게 보여주는 모든 것에 대해 어떻게든 이유를 찾아 설명하기 위해 애쓰며 그렇게 답했다.

"그런가?"

그는 나를 돌아보며 그렇게 되묻고는 이내 버드나무 숲으로 사라졌다.

나는 이렇게 혼란스러운 인격적 작용력의 증거를 접하고 나서 혼자가 되자 곧바로 '우리 둘 중 하나가 이 짓을 했음이 틀림없어. 그리고 분명 난 아니야'라는 식으로 생각했다. 그러나 다시 생각해보니 모든 상황을 고려하더라도 우리 둘 중 하나가 그런 짓을 했다는 게 얼마나 말이 안 되는지 알 수 있었다. 내 친구가, 그것도 열댓 번이 넘는 비슷한 여행을 함께하며 신뢰를 쌓았던 친구가 일부러 그런 짓을 했다는 건 전혀 가당치 않은 생각이었다. 이 빼곡한 실제 자연이, 태연하고 차분한 자연이 갑자기 미쳐버려 미친 목적을 달성하기 위해 미친 짓을 했다는 설명 또한 얼토당토 않았다.

그러나 나를 가장 혼란하게 만든 것은, 또 이 작열하는 태양과 야생의 아름다움 속에서 두려움이 활활 타오르게 만든 것은 친구의 마음에 무언가 기이한 변화가 일어났다는 확신이었다. 그가 긴장했고, 겁을 먹었고, 의심을 품었으며, 입 밖으로 내진 않았지만 벌어지고 있는 일을 의식하고 있다는 점, 지금까지는 말할 수 없었지만 일련의 비밀스러운 사건들을 지켜보고 있었다는 점이었다. 그러면서 말하자면 그가 예상했던 절정이 오기를 기다리고 있었다. 내 생각에 그 절정은 조만간 올 것 같았다. 그 생각이 마음속에서 직관적으로 커져만 갔다. 나도 어떻게 그럴 수 있는지 도저히 모를 일이지만.

나는 텐트와 그 주변을 서둘러 살펴보았다. 지난밤 측정한 것과 똑같았다. 그런데 지금 모래밭에 처음 보는 깊은 구멍들이 눈에 띄었다. 사발 모양으로 파인 구멍들은 찻잔 크기부터 큰 접시 크기까지 깊이와 모양이 다양했다. 분명 노를 들어 올려 강물로 집어 던진 것처럼 바람이 이런 초소형 분화구를 만들었을 것이다. 카누 바닥에 난 구멍만이 설명 불가능한 유일한 것이었다. 결국 우리가 상륙할 때 날카로운 바닥에 찔린 게 있을 법한 일 아니겠는가. 연안을 살펴보니 그 추측은 근거가 없었지만, 나는 점점 줄어들고 있는 내 '이성'이라는 지성에 매달리며 그 생각을 버리지 않았다. 말이 안 되더라도 지금 벌어진 일에 관해 어떤 식이건 절대적인 설명이 필요했다. 세상에서 자신의 임무를 수행하고 인생의 문제에 직면해 노력하는 모든 개인의 행복을 위해 우주의 작동 원리에 대한 설명이 필요한 것처럼 말이다. 그 비유는 당시 내게 정확히 똑같은 문제 같았다.

나는 즉시 송진을 녹여 카누 바닥의 구멍을 메우는 일에 돌입했다. 이내 스웨덴 친구도 합류했다. 물론 강이 최상의 컨디션이라도 다음 날까지는 배를 물에 띄우기에 안전하지 않았다. 나는 별스럽지 않은 듯 친구에게 모래밭에 난 구멍을 가리켰다. 그는 그다지 놀라지 않고 나를 향해 물었다.

"그래. 나도 알아. 섬 전체에 쫙 깔렸어. 어디, 이것들도 설명할 수 있겠어?"

"물론 바람 때문이겠지."

나는 주저하지 않고 대답했다.

"작은 회오리바람들이 일어 모든 걸 원으로 만드는 모습을 본 적 있잖아? 이 모래밭은 말랑말랑해서 바람에 충분히 이렇게 패일 수 있어. 그거지, 뭐."

그는 아무런 대꾸를 하지 않았다. 우리는 한동안 조용히 일만 했다. 나는 그러는 내내 은밀하게 그를 살펴보았다. 어쩐지 그도 나를 살피고 있는 것 같았다. 그도 무언가 내가 듣지 못하는 걸 들으려고, 아니 어쩌면 기대하는 무언가를 들으려고 끊임없이 귀를 기울이는 것 같았다. 계속해서 고개를 돌려 숲속을 바라보거나, 하늘을 올려다보거나, 강 건너 버드나무 숲 사이 벌어진 곳을 살펴보았기 때문이었다. 때로는 심지어 손을 귀에다 가져다 대고 몇 분 동안 그 자세 그대로 있었다. 그러나 그는 그 행위에 대해 나에게 아무런 설명을 하지 않았고, 나도 묻지 않았다. 그러면서도 그는 레드 인디언처럼 찢어진 카누를 능수능란하게 고쳤다. 나는 그가 일에 몰두하는 모습을 보이는 게 기뻤다. 그가 버드나무 숲이 변했다고 이야기할까 봐 막연히 두려웠기 때문이었다. 만약 그가 그 점을 알아차렸다면 나는 더 이상 내 상상력일 뿐이라고 치부할 수 없었을 것이다.

마침내 오랜 침묵 끝에 그가 말을 꺼냈다.

"이상해."

그가 무언가 얼른 이야기를 해치우고 마음속에서 지워버리려는 듯 서두르는 목소리로 말했다.

"아니, 어젯밤 그 수달 말이야. 정말이지 이상해."

나는 완전히 다른 이야기를 기대하고 있었기 때문에 그가 갑자기 수달 이야기를 꺼내자 놀라서 날카로운 시선으로 그를 바라보았다.

"이곳이 얼마나 외진 곳인지를 보여주는 거지. 수달은 정말 지독히도 낯을 가리는 동물이거든."

"내 말은 그런 게 아니라……"

그가 나의 말을 끊었다.

"내 말은…… 너 진짜로…… 그게 수달이라고 생각해?"

"그게 아니면, 그럼 도대체 뭐……, 뭐겠어?

"너도 알잖아. 네가 보기 전에 내가 먼저 본 거. 그게 말이야, 아무래도 처음에는 수달보다 훨씬 커 보였거든."

"네가 일몰이 지는 상류 쪽으로 바라봐서 커 보인 거겠지."

그는 한동안 멍한 눈길로 나를 바라보았다. 무언가 다른 생각으로 머릿속이 분주한 것 같았다.

"눈이 정말 이상하게 노랬어."

그는 혼잣말하듯 그렇게 말했다.

"그냥 햇빛 때문이겠지."

나는 좀 떠들썩하게 웃으며 덧붙였다.

"너 그러다가 배에 탄 남자는 또 뭐라고……."

나는 불현듯 꺼냈던 말을 중단했다. 그는 다시 무언가에 귀를 기울이는 자세를 취했다. 머리를 바람이 부는 방향으로 돌렸다. 그의 표정에는 무언가 나를 멈칫하게 만드는 게 있었다. 우리는 하던 이야기를 그만두고 바닥 틈을 메우는 작업에 다시 몰입했다. 그는 내가 하려다 만 말을 알아채지 못한 것 같았다. 그러나 5분쯤 지난 뒤 그는 카누를 가로질러 나를 쳐다보았다. 연기 나는 콜타르를 들고 있는 그의 표정은 굉장히 심각했다.

"있잖아, 정말 궁금해. 그 배에 무엇이 타고 있었는지. 나는 그때 그게 사람이 아니라고 생각했거든. 아무것도 없다가 갑자기 물속에서 툭 튀어나온 것 같았다고."

나는 다시 그의 면전에 대고 떠들썩하게 웃었다. 그러나 내 목소리에는 초조함과 어느 정도의 화도 묻어 있었다.

"자, 봐봐! 이곳은 우리가 말도 안 되는 상상력을 펼치지 않아도 충분히 이상한 장소야. 그 배는 평범한 배였고, 그 배에 탄 사람도 평범한 남자였어. 그 배는 그저 하류를 향해 엄청나게 빨리 나아갔을 뿐이라고. 그리고 그 수달도 수달 맞으니, 이제 더 이상 바보 같은 소리는 하지 마!"

친구는 똑같이 심각한 표정으로 나를 빤히 바라보았다. 그는 전혀 짜증이 난 게 아니었다. 나는 그가 입을 다물고 있자 용기를 내어 밀어붙였다.

　"그리고 제발! 무슨 소리를 듣는 척 좀 하지 마! 나도 자꾸 깜짝깜짝 놀라니까. 들리는 소리라곤 강물 소리와 이 빌어먹을 바람 소리뿐이니까!"

　"멍청한 놈!"

　그가 충격받은 목소리로 낮게 말을 이었다.

　"바보 같은 놈! 희생양들은 모두 처음에 그딴 식으로 이야기하지. 왜 모르는 척하는 거야!"

　경멸을 섞어 조롱하는 그의 목소리에는 일종의 체념이 담겨 있었다.

　"이럴 때 가장 좋은 방법은 조용히 입 다물고 최대한 마음을 잘 다스리는 거야. 그렇게 자신을 속이려는 같잖은 시도는 진실을 마주해야 할 때 일을 더 어렵게 만들 뿐이야."

　나의 하찮은 노력은 끝났다. 나는 더 이상 할 말이 없었다. 나는 친구의 말이 옳고 그가 아니라 내가 바보같이 군다는 걸 알아차렸다. 이 모험의 특정 단계까지 그는 나를 쉽게 앞질렀다. 나는 뒤처지는 게 짜증 났다. 그렇게 영적 감수성이 떨어지고, 이런 비범한 일들에 대해 그보다 예민하지 못하고, 바로 눈앞에서 벌어지는 일들에 관해 내내 무지했다는 점이 정말로 짜증 났다. 그는 분명 맨 처음부터 알고 있었다. 그러나 나는 당장 희생양이 필요하다는 그의 말, 우리가 그 필요에 부합할 운명이라는 그의 말만은 받아들이지 못했다. 나는 그때부터 모든 가식을 던져버렸다. 그러자 그때부터 두려움이 점점 정점을 향해 치닫기 시작했다.

친구가 결론을 내리듯 말을 이었다.

"하지만 한 가지는 네 말이 맞아. 그에 관한 더 이상 언급하지 않는 게 현명하다는 말 말이야. 아니, 아예 생각조차 하지 않는 게 좋아. 왜냐하면 생각하는 건 말로 나오게 되어 있고, 또 말이 되어 나오는 건 실제로 벌어지기 마련이거든."

그날 오후 카누가 마르고 굳는 동안 우리는 물고기를 낚고, 때운 카누 바닥이 새지 않는지 시험하고, 땔감을 줍고, 거대하게 부풀어 오르는 물을 바라보며 시간을 보냈다. 때로 연안으로 떠밀려온 대량의 유목을 긴 버드나무 가지로 건져내곤 했다. 강물이 강둑을 찰싹찰싹 때리고 꿀꺽꿀꺽 집어삼켜 섬은 눈에 띄게 작아지고 있었다. 4시 무렵까지 날씨는 눈이 부실 정도로 좋았다. 사흘 만에 처음으로 바람이 잦아드는 징후가 보였다. 그때 남서쪽에서 구름이 몰리기 시작하더니 서서히 하늘을 뒤덮기 시작했다.

끊임없는 바람의 포효, 타격음, 쩍쩍 갈라지는 소리가 신경을 갉아댄 지 오래여서 어쨌든 바람이 잦아드는 게 매우 큰 안도감으로 다가왔다. 그러나 5시경 갑작스럽게 바람이 멎으면서 찾아온 침묵은 꽤 숨이 막힐 듯한 적막감으로 다가왔다. 바람이 멎자 강물이 웅웅거리는 소리가 모든 걸 제멋대로 휘저어놓았다. 그 소리는 바람 소리보다 더 음악처럼 들렸다. 낮고 굵은 쏴쏴 소리로 대기를 채웠으며 한없이 단조로웠다. 바람은 항상 많은 음조를 지닌 채 위대한 자연의 멜로디처럼 박자를 맞추며 올랐다가 떨어져 내리기를 거듭하지만, 강물의 노래는 기껏해야 세 가지 음조 사이를 오르내릴 뿐이었다. 그것은 둔탁한 페달 음으로 바람과는 이질적인 구슬픈 정취를 풍겼다. 당시 매우 예민했던 내게는 마치 장송곡처럼 들렸다.

갑자기 밝은 햇빛이 사라지자 풍경을 유쾌하게 만들던 모든 게 한순간에 사라진 것도 놀랍기 짝이 없었다. 이곳의 특별한 풍경은 그렇지 않아도 무언가 불길한 것을 암시하고 있었기에 그런 변화는 더더욱 달갑지 않았을 뿐만 아니라 확연히 눈에 띄었다. 어두워지는 전망이 불안을 더욱 증폭시켰다. 나는 나도 모르게 해가 지고 난 후 얼마 만에 동쪽에서 보름달이 떠오르는지 계산했다. 또 몰려오는 구름이 작은 섬을 비추는 달빛을 얼마나 방해할지 따져보았다.

이렇게 전반적으로 바람이 잦아들자—그래도 여전히 돌풍이 이따금 한 번씩 짧게 몰아치곤 했다— 강은 더욱 어둡게 보였고, 버드나무들은 더욱 빽빽하게 몰려선 것 같았다. 버드나무들은 그들 스스로 독립적으로 움직이고 있었다. 바람이 일지 않아도 사사삭 서로 나부꼈고 뿌리부터 위를 향해 기이하게 흔들렸다. 이런 식으로 평범한 물체들이 공포의 암시로 충만하면 특이한 모양을 지닌 것들보다 훨씬 더 상상력을 자극한다. 우리를 둘러싸며 더욱 옹송그리는 버드나무 관목들은 어둠 속에서 그 모습이 기괴하고 그로테스크하게 보였다. 마치 목적을 지닌 살아 있는 생명체 같은 인상이었다. 나는 그들의 평범성 자체가 우리를 향한 악의와 적대감을 감추는 가면이라고 느꼈다. 밤이 깊어지자 이곳의 힘이 점점 더 가까이 다가왔다. 그 힘들은 우리가 머문 섬에 초점을 맞추고 있었고, 특히나 우리에게 집중해 있었다. 그렇게 상상력의 측면으로 볼 때 특출하기 이를 데 없는 이곳에서 나는 막연하고 형언할 수 없는 기이한 감각이 커져가는 걸 느꼈다.

나는 이른 오후에 푹 낮잠을 자서 지난밤 피로에서 다소 회복한 상태였다. 그러나 그 때문에 오히려 사람을 홀리는 이곳의 마법에 이전보다 더 민감해졌다. 나는 스스로 이것저것 생리적 원인을 떠올리며 내 느낌을 터무니없고 유치한 것이라고 웃어넘기려 애썼다. 그러나 모든 노력에도 불구하고 주문에 걸린 듯한 느낌은 더욱 강렬하게 와닿았다. 그리하여 나는 숲속에서 길을 잃은 아이가 내려앉는 어둠을 두려워하듯, 그렇게 다가오는 밤에 겁을 먹었다.

우리는 방수 천으로 카누를 세심하게 덮어두었다. 하나 남은 노는 바람에 날아가지 않도록 스웨덴 친구가 나무 밑동에 안전하게 매어놓았다. 그날 밤은 내가 요리 당번이라 나는 5시부터 스튜를 끓이며 저녁 식사를 준비하느라 분주했다. 이전에 먹다 남은 스튜를 냄비 바닥에 깔고 감자와

양파, 풍미를 추가할 베이컨 기름을 더했다. 검은 빵을 조각내 스튜에 넣었더니 맛이 일품이었다. 그런 다음 설탕을 가미한 자두 스튜를 먹고 말린 우유를 넣어 달인 진한 차를 마셨다. 땔감은 충분히 마련해놓은 상태였다. 바람이 불지 않아 일이 수월했다. 친구는 여유 있게 나를 보며 앉아 있었다. 그는 파이프를 손질하며 쓸데없는 조언을 건네곤 했다. 그런 일이 서로 인정한 당번이 아닌 자의 특혜였다. 그는 내가 잠을 자는 동안 카누 바닥을 다시 보강하고 텐트 밧줄을 정비하고 유목을 줍느라 오후 내내 매우 분주히 지냈다. 바람직하지 않은 대화는 더 이상 나누지 않았다. 그가 유일하게 덧붙인 말은 섬이 점차 파괴되고 있다는 말로, 우리가 처음 상륙했을 때보다 3분의 1 이상 줄었다고 잘라 말했다.

냄비가 끓고 있을 때 강둑에서 날 부르는 친구의 목소리가 들렸다. 내가 알아차리지 못하는 동안 그쪽으로 간 모양이었다. 나는 그를 향해 달려갔다.

"이리 와서 들어봐. 이게 뭔지 들어보라고."

친구는 이전에 자주 그랬던 것처럼 손을 컵처럼 말아 귀에다 갖다 댔다.

"자, 이 소리 들려?"

그가 나를 호기심에 찬 눈길로 쳐다보며 물었다.

우리는 함께 그곳에 서서 주의 깊게 귀를 기울였다. 처음에는 깊은 물소리와 요동치는 수면에서 나는 쏴쏴 소리만 들을 수 있을 뿐이었다. 지금만은 버드나무들이 움직이지 않고 조용했다. 그때 어떤 소리가 희미하게 내 귀에 닿았다. 독특한 소리였다. 멀리서 울리는 징 소리 비슷했다. 그 소리는 어둠 속에서 늪지대와 반대편 버드나무 숲을 건너 우리에게 다가오는 것처럼 들렸다. 규칙적인 간격을 두고 반복되었는데 분명 종소리는 아니었다. 멀리 지나는 증기선의 경적도 아니었다. 거대한 징 소리와 비슷하다는 것 외에는 달리 비유할 수가 없었다. 부드러운 음악처럼 장단에 맞춘 둔탁한 금속성 소리가 저 멀리 하늘에서 반복적으로 울리며 끊임없이 반향을 일으키고 있었다. 듣고 있자니 심장이 빨리 뛰기 시작했다.

"난 온종일 들었어."

친구가 말을 이었다.

"오늘 오후 네가 자는 동안 섬 전체에 다 울리더라고. 그 소리를 추적해봤지만 도대체 어디서 나는지 모르겠어. 정확히 위치를 파악할 수가 없었어. 때로는 머리 위에서 나고 때로는 물속에서 나는 것 같단 말이지. 한두 번은 이 소리가 밖에서 들리는 게 아니라 내 속에서 나는 거라는 확신이 들었을 정도라니까. 그거 있잖아, 4차원의 소리가 나는 것처럼 말이야."

나는 너무나 당황스러워서 그의 말에 집중할 수가 없었다. 도대체 그 소리가 내가 알고 있는 그 어떤 소리와 닮았는지 알아내기 위해 온통 정신을 집중하고 들어보았으나 아무 소용없었다. 소리는 방향 또한 바뀌었다. 가까이 다가오는 듯하더니 또 완전히 먼 곳으로 가라앉기도 했다. 딱히 그 소리가 불길했다고는 말할 수 없다. 왜냐하면 내게는 분명 음악같이 들렸기 때문이다. 그러면서도 안 들으면 좋았을 걸 하는 고통스러운 느낌도 들었다는 점은 인정하지 않을 수 없다.

"저 깔때기 모랫구멍에서 부는 바람 소리, 아니면 폭풍이 지난 후 숲의 나무들이 서로 비비는 소리인가."

나는 합당한 이유를 찾겠다는 생각으로 그렇게 설명했다.

"늪지대 전체에 다 울리고 있어. 동시에 모든 곳에서 나고 있다고."

친구는 나의 설명을 무시했다.

"아무래도 버드나무 숲에서 나오는 거 같은데……"

"하지만 지금은 바람이 멈췄는데? 버드나무들이 저절로 소리를 낼 일이야 있겠어, 안 그래?"

내가 이의를 제기하듯 되물었다.

그의 대답이 날 소스라치게 만들었다. 우선은 내가 그런 대답을 두려워하고 있었기 때문이었고, 또한 그게 사실임을 직관적으로 알아차렸기 때문이었다.

"바람이 멎었기 때문에 지금 우리가 들을 수 있는 거야. 바람 불 때는 바람 소리에 묻힌 거지. 내 생각엔 아무래도 어떤 외침 같아. 그러니까 저……"

나는 그 순간 스튜가 끓어 넘치는 소리를 듣고 후다닥

모닥불로 뛰어갔다. 동시에 더 이상의 대화를 피하고 싶은 마음도 있었다. 되도록 견해를 나누는 대화를 피하고 싶었다. 나는 또한 그가 신이나 정령에 관한 이야기나 자연력, 또는 무언가 불안을 자극하는 이야기를 시작할까 봐 겁났다. 그리고 나중에 벌어질 일에 대비해 나 자신을 잘 추스르고 싶었다. 이 비참한 곳에서 벗어나기 전에 또 하룻밤을 견뎌야 했다. 그사이 어떤 일이 벌어질지 알 길이 없었다.

"이리 와서 스튜에 넣게 빵을 좀 잘라줘."

나는 먹음직스러운 스튜를 힘껏 저으면서 그를 불렀다. 스튜야말로 우리의 정신을 온전히 지켜주는 존재다. 그 생각에 웃음이 났다.

친구는 천천히 다가와 나무에서 식량 자루를 내리고는 그 속을 손으로 뒤지기 시작했다. 그러더니 발밑 방수깔개 위로 자루 속 내용물 전체를 쏟아부었다.

"서둘러! 끓고 있어!"

내가 소리 질렀다.

스웨덴 친구가 갑작스레 큰 소리로 웃음을 터뜨려 나를 놀라게 했다. 즐거움이 빠진 쓴웃음이었다. 그렇다고 꼭 일부러 꾸민 웃음은 아니었다.

"여기에 아무것도 없어!"

그가 옆구리에 손을 대고 소리쳤다.

"없어. 빵이 없어졌어. 누가 가져갔다고!"

나는 스푼을 내동댕이치고 뛰어갔다. 자루 속에 든 내용

물들이 모두 방수깔개 위에 있었지만, 빵은 보이지 않았다.

점점 커지고 있던 두려움의 중압감이 그대로 나를 덮치며 흔들어놓았다. 그 순간 나도 웃음을 터뜨렸다. 그저 그럴 수밖에 없었다. 그리고 자신의 웃음소리를 듣자 친구가 웃은 이유를 이해하게 되었다. 심적인 압박감이 이 부자연스러운 웃음을 유발한 것이었다. 억눌렸던 힘이 배출구를 찾는 일이었다. 그건 임시방편이었다. 그리고 우리 둘 다 급작스럽게 웃음을 멈췄다.

"아, 나 참 멍청하기도 하지!"

나는 여전히 일관성을 유지한 채 원인을 찾으려 애쓰며 외쳤다.

"프레스부르크에서 빵 사는 걸 완전히 깜빡했네. 그 수다스러운 여자 때문에 내 머릿속이 헝클어졌나 봐. 계산대에 그대로 올려놓고 나왔거나 아니면……."

"오트밀도 오늘 아침에 있던 양보다 훨씬 줄었어."

스웨덴 친구가 내 말을 끊었다.

도대체 저 친구는 그런 걸 왜 들먹거려? 나는 화가 났다.

"내일까지는 충분해."

나는 스튜를 힘껏 저으며 덧붙였다.

"그리고 코마롬이나 에스테르곰에 들러 더 사면 돼. 스물네 시간 후엔 우린 이곳에서 수십 킬로미터 떨어진 장소에 있을 거야."

"제발 그럴 수 있기를."

그는 물건을 다시 자루에 담으며 중얼거렸다.

"안 그러면 우린 제물로 바쳐진 첫 희생양이 되겠지."

그는 그렇게 말하며 멍한 표정으로 웃음을 흘렸다. 그러고는 자루를 끌고 텐트 안으로 들어갔다. 안전을 위해 그러는 것 같았다. 나는 그가 무언가 혼잣말로 웅얼거리는 걸 들었으나 너무나 불분명해서 그의 말을 자연스레 무시할 수밖에 없었다.

식사는 우울하기 짝이 없었다. 우리는 불을 밝게 유지한 채 서로의 눈길을 피하며 거의 침묵 속에 식사했다. 그런 후 설거지를 하고 밤을 보낼 준비를 했다. 담배를 피우고 나자 머릿속에 더 이상 그 어떤 할 일도 떠오르지 않았다. 그러자 온종일 느꼈던 불안감이 더더욱 예리하게 느껴졌다. 그때는 들끓는 두려움은 아니었다. 하지만 원인이 막연하다는 사실 자체가 그 원인을 딱 지목해 똑바로 대면하는 것보다 훨씬 더 고통스러웠다.

징 소리에 비유했던 기이한 소리는 이제 거의 끊이지 않고 울리며 고요한 밤을 채우고 있었다. 일련의 또렷한 음조가 계속되는 것이 아니라 희미한 울림이 끊임없이 이어지는 식이었다. 어느 때는 뒤에서 났고, 또 다른 때는 앞에서 났다. 때로 소리가 왼쪽 숲에서 나는 듯하다가 다시 오른쪽 숲에서 나는 것 같았다. 소리는 그보다 더 자주 바로 머리 위에서 붕붕 날갯짓처럼 들리곤 했다. 진정 동시에 모든 곳에서 났다. 뒤에서 앞에서 옆에서 머리 위에서 우리를 완전히 에워싸고 있었다. 소리는 완전히 묘사를 거부했다. 내가 알고 있는 그 어떤 소리도 이곳의 버려진 늪과 버드나무 세상에서 끊임없이 울리는 둔탁한 웅웅 소리와 닮지 않았다.

우리는 말을 거의 하지 않고 앉아 담배를 피웠다. 긴장은 매 순간 커져만 갔다. 이 상황에서 최악은 무슨 일이 일어날지 예상할 수 없다는 사실이었다. 따라서 방어를 위해 어떤 준비를 해야 할지 몰랐다. 우리는 아무것도 예상할 수 없었다. 더욱이 낮에 생각해보았던 원인은 이 순간 그저 멍청하고 완전히 가당치 않게 느껴졌다. 좋든 싫든 친구와 평범한 대화를 나누는 게 피할 수 없음이 점점 더 명백해졌다. 결국 우리는 함께 밤을 보내야 한다. 같은 텐트 안에서 나란히 자야 한다. 나는 친구의 지지 없이 더는 견디기 어렵다는 사실을 깨달았다. 그러기 위해선 평범한 대화가 필수적이었다. 그러나 나는 그런 생각을 실천으로 옮기는 걸 미루었다. 그저 그가 이따금 허공에 내뱉는 말들을 무시하거나 웃어넘기려 했다.

더욱이 그의 말 중 일부는 내게 터무니없이 큰 불안을 초래했다. 나 자신이 느꼈던 많은 것들을 확인시켜 주었기 때문이었다. 완전히 다른 관점에서 확인한 사실이라서 오히려 훨씬 설득력이 있었다. 그는 그렇게 두서없이 기이한 문장들을 대수롭지 않게 내게 건넸다. 마치 제 생각의 중요한 부분은 자신만 아는 비밀이고, 스스로 소화하지 못하는 조각들만 내뱉는 것 같았다. 그는 뱉어냄으로써 그 말들을 제거했다. 말을 토해냄으로써 자신은 해방되었다. 마치 구토하는 것 같았다.

"난 우리를 둘러싼 상황들이 무질서, 붕괴, 파멸로 향한다는 생각이 들어. 분명 우리를 파멸로 이끌고 있어."

그는 활활 타오르는 모닥불 앞에서 그렇게 내뱉었다.

"우린 어딘가에서 안전선을 넘은 거야."

그때 또 한 번 징 소리가 더 가까이에서, 바로 우리 머리 위에서 이전보다 훨씬 더 크게 울렸다. 그러자 그는 혼잣말하듯 되뇌었다.

"축음기로도 저 소리를 담을 수 없을 거 같아. 소리는 절대 내 귀를 통해서 오는 게 아니야. 완전히 다른 방식으로 진동이 다가와 내 안에 머무는 것 같아. 4차원의 소리는 분명 저런 식으로 들릴 거야."

나는 일부러 그의 말에 대꾸하지 않았다. 나는 불 주위로 좀 더 가까이 다가가 앉아 어둠 속에서 주변을 살펴보았다. 구름은 하늘 전체를 뒤덮었다. 달빛은 흔적조차 없었다. 모든 게 매우 적막한 상태에서 강물과 개구리들만이 마음껏 울어대고 있었다.

"이 소리가 바로 그래. 완전히 일반적인 경험 밖의 것이야. 알려지지 않은 거지. 오직 한 가지만 알 수 있어. 그건 바로 인간의 소리가 아니라는 사실이야. 달리 말해 인류 밖의 소리라는 거지."

친구는 그렇게 소화할 수 없는 조각을 제거해버리고 나

서 한동안 조용히 누워 있었다. 그는 그렇게 나 홀로 느끼고 있던 감각을 아주 명쾌하게 표현했다. 그가 생각을 끄집어낸 것, 끄집어내서 말의 한계로 가두어버린 것, 그렇게 함으로써 마음속에서 그 생각이 이리저리 위험하게 배회하는 일을 막아버린 건 그나마 다행이었다.

다뉴브강 야영지의 고독, 내가 평생 그걸 잊을 수 있을까? 텅 빈 행성에 완전히 홀로 남겨진 느낌! 내 생각은 끊임없이 도시와 인간이 몰린 곳을 맴돌았다. 나는 우리가 지나쳐온 바이에른의 마을들이 주는 '느낌'을 되돌려 받을 수만 있다면, 인간의 평범한 일상을 되찾을 수만 있다면 말마따나 영혼이라도 팔 태세였다. 맥주를 마시는 농부들, 나무 그늘에 놓인 테이블, 뜨거운 태양, 붉은 지붕 교회 뒤 바위에 걸터앉은 폐허가 된 성. 심지어 무질서한 관광객들의 모습조차 반가울 것 같았다.

그러나 내가 두려워한 건 평범한 유령 같은 게 아니었다. 그 두려움은 무한하게 컸고 더 기이했다. 내가 아는 그 어떤 적막한 상태보다, 혹은 꿈꿨던 그 어떤 것보다 더 심오한 불안을 일으키는 희미한 공포의 원형적 감각으로부터 나오는 것이었다. 우리는 스웨덴 친구의 말마따나 매우 크고 우리로서는 알 수 없는 위험이 도사린 어떤 지역, 또는 어떤 일련의 조건들로 '탈선'해 들어왔다. 우리 주변 어딘가에 어떤 미지의 세계 변방이 숨어 있는 곳. 그곳은 어떤 외계의 거주민들이 장악한 지점, 그들이 정체를 숨긴 채 지구를 염탐하는 일종의 작은 구멍인 '피프 홀,' 두 세계 사이의 베일이 얇아진 경계 지점이었다. 이곳에 너무 오래 머문 최종 결과로 우리는 경계 너머로 옮겨져 '우리의 생명'이라 부르는 것을 박탈당할 것이다. 육체적 과정이 아니라 정신적 과정으로 그리될 것이다. 그런 면에서 그가 말한 대로 우리는 우리 모험의 희생양, 제물이 될 것이다.

그것은 각자의 감수성과 저항력의 정도에 따라 우리를 다른 방식으로 장악했다. 나는 막연하게나마 그것을 강력하게 교란된 자연력의 인격화로 해석했다. 그들이 자신들의 삶의 터전에 무도하게 침범한 우리에게 앙심을 품고 의도적으로 해를 끼치려 한다고 생각했다. 반면 내 친구는 흔히 말하는 어떤 고대의 성소聖所를 침범한 일로 생각했다. 옛 신들이 아직 지배하는 어떤 장소, 이전 숭배자들의 감정적 힘이 아직 남아 있는 어떤 장소. 말하자면 조상으로부터 물려받은 그의 내면 일부분이 옛 이교도의 주문呪文에 사로잡히고 말았다.

어쨌든 여기 이 장소는 인간들에 의해 오염되지 않은 곳이다. 바람이 인간의 추잡한 영향력을 차단한 곳, 영적인 힘이 공격적으로 작용하는 곳이다. 나는 그 이전 이후 어느 때도 그렇게 '초월적 지역'의 형언할 수 없는 힘에, 또 생명의 또 다른 차원, 인간의 혁명과는 또 다른 자연의 혁명적 힘에 공격당한 적이 없었다. 결국 우리의 마음은 끔찍한 주문의 무게에 굴복할 것이고, 우리는 경계를 넘어 그들의 세계로 끌려갈 것이다.

사소한 것들이 이곳의 놀랄 만한 영향력을 입증했다. 이제 모닥불가의 고요 속에서 그것들은 마음에 의해 감지되도록 스스로를 허락했다. 대기 자체가 증폭하는 매개가 되어 모든 징조를 비틀었다. 즉 급류에 떠내려가던 수달, 배를 타고 급히 가던 남자가 보내던 신호, 흔들리는 버드나무들, 그 모두가 경계를 넘어 다른 지역에 들어오는 바람에 자신의 자연스러운 특성을 빼앗긴 채 각자의 다른 면모를 드러낸 것이다. 내가 느낀 이 변화된 면모는 그저 나만의 문제가 아니라 종족 전체로서도 마찬가지다. 우리가 경계를 침범한 이 경험은 인류에게는 전혀 알려지지 않은 것이다. 그것은 새로운 차원의 경험이며, 진정한 의미에서 이 세상 것이 아니었다.

"그 힘은 사람의 용기를 바닥까지 완전히 고갈시키려는 의도적이고 계산된 목적을 지니고 있어."

스웨덴 친구가 내 생각을 읽은 듯 갑자기 입을 열었다.

"그렇지 않으면 상상력이 아주 중요하겠지. 하지만 노며 카누, 음식이 없어진 것은……."

"그런 건 내가 다 설명했잖아?"

나는 사납게 그의 말을 끊어버렸다.

"그랬지. 네가 설명했지."

그는 무미건조하게 대답하고는 똑같은 태도로 다른 말을 덧붙였다.

"제물을 바칠 단호한 결의"라는 말이었다. 그러나 이제 생각을 더 명료하게 정리한 나는 친구가 그런 말을 하는 건 단지 자신이 치명적인 공격을 받고 있다는 사실을, 그리하여 자신이 어떻게든 포획되거나 파괴될 거라는 사실을 깨닫고 겁먹은 자의 울부짖음이라는 사실을 알아차렸다. 도무지 이해가 불가능해 보이는 식으로 전개된 상황을 추론하기 위해 우리는 차분하게 용기를 내야 했다. 그리고 나는 그 이전 어느 때보다도 내 안에 존재하는 두 가지 다른 인격체를 그렇게 또렷하게 인식해본 적이 없었다. 하나는 모든 것을 설명하는 존재였고, 다른 하나는 그런 어리석은 설명을 비웃는, 그러면서도 오싹하게 두려워하는 인격이었다.

한편 칠흑같이 어두운 밤에 불이 사그라졌고 땔감도 바닥이 나고 말았다. 하지만 우리 둘 다 다시 땔감을 구하기 위해 움직이지 않았다. 어둠이 우리 코앞까지 밀려왔다. 남은 모닥불 불빛을 중심으로 몇십 센티미터 밖은 온전한 어둠이었다. 이따금 쉭쉭 한 번씩 부는 바람에 우리를 둘러싼 버드나무들이 몸을 떨었지만, 그런 달갑지 않은 소리 말고는 깊고 우울한 고요가 세상을 지배했다. 그저 가끔 쿨럭거리는 강물 소리와 머리 위 웅웅 소리만이 정적 사이를 지나쳤다.

그러자 우리 둘 다 바람의 포효를 그리워했던 것 같다.

마침내 바람 한 줄기가 그치지 않고 다시 길게 이어질

것처럼 계속되자 나는 포화 상태에 이르렀다. 평범한 대화에서 안도를 찾아야 할 절대적 필요성이 있는 시점, 그렇지 않으면 히스테리가 폭발해 우리 둘 모두에게 최악의 결과를 가져올 수 있는 시점에 다다랐다. 나는 발로 불을 툭툭 차 불꽃을 일게 한 다음 갑작스럽게 친구를 돌아다보았다. 그는 화들짝 놀라며 올려다보았다.

"난 더 이상 가식을 부릴 수 없어. 난 여기 이곳, 그리고 이 어둠, 이 소음, 이 오싹한 느낌이 정말 싫어. 이곳엔 나를 완전히 장악하는 무언가가 있어. 난 완전히 겁에 질린 상태야. 그래, 그게 명백한 사실이야. 여기 말고 다른 쪽 연안이……, 만약 이곳과 다르다면 헤엄쳐서라도 가고 싶단 말이야!"

햇볕과 바람에 짙게 그을린 스웨덴 친구의 얼굴이 매우 창백하게 변했다. 그는 나를 뚫어져라 노려보며 조용히 말했다. 그러나 그의 목소리는 부자연스럽도록 차분해서 오히려 자신이 몹시 흥분했다는 사실을 드러냈다. 어쨌든 당장은 우리 둘 중 그가 더 강했다. 무엇보다도 그는 차분한 기질을 지녔다.

"지금 도망쳐서 피할 수 있는 건 물리적 대상이 아니야."

그는 마치 심각한 질병을 진단하는 의사 같은 말투로 나를 설득했다.

"우린 때를 기다리며 버텨야 해. 우리가 파리 한 마리를 쉽사리 으깰 수 있는 것처럼 이곳엔 단 한순간에 코끼리 한 무리를 뭉개버릴 수 있는 힘이 존재해. 우리가 살아남을 수 있는 유일한 길은 완벽하게 꼼짝하지 않고 고요하게 숨죽이고 있는 것뿐이야. 우리 존재의 하잘것없음이 아마도 우릴 살릴지 몰라."

나는 표정에 열댓 가지 질문을 담았으나 말로 표현하지는 못했다. 증상이 오리무중인 어떤 질병에 대해 묘사하는 의사의 설명을 듣는 것과 정확히 똑같았다.

"내 말은 저들이 이제까지 우리의 귀찮은 존재를 인식하고는 있지만 아직은 우릴 찾지 못했다는 거야. 미국인들 표현을 빌리자면 우리의 '위치를 특정'하지 못했다는 거지. 저들은 인간들이 가스 누출을 찾아 헤매는 것처럼 우릴 찾아 헤매고 있어. 노와 카누와 음식이 그걸 증명해. 나는 저들이 우리를 느낄 수 있지만 실제로 우릴 볼 수는 없다고 생각해. 우리의 마음을 조용하게 지켜야 해. 저들이 느끼는 건 우리의 마음이란 말이야. 생각을 통제해야 해. 안 그러면 우린 끝장이야."

"죽음을 말하는 거야?"

나는 그의 말에 오싹한 두려움을 느끼며 중얼거리듯 물었다.

"그거보다 훨씬 더 나쁜 거지. 죽음은 개인의 믿음에 따라 절멸을 뜻하거나, 혹은 감각의 한계로부터 해방되는 걸 뜻해. 거기엔 캐릭터의 변화는 없어. 우리 몸이 없어진다고 우리가 갑자기 바뀌지 않는다는 말이야. 하지만 이건 근본적인 변화, 완전한 변화, 대체代替로 인한 자아의 끔찍한 상실이 될 수 있단 말이지. 그건 죽음보다 훨씬 나쁘고 심지어 절멸보다도 나쁜 거야. 우리는 어쩌다 보니 저들의 지역과 우리의 땅이 접경을 이루는 경계에서 야영하게 된 거야. 두 지역 사이 베일이 얇아진 곳 말이야."—어이쿠! 그는 내가 한 말을 똑같이 하고 있었다, 정확히 똑같은 표현을.—"따라서 저들이 가까운 곳에서 우리의 존재를 인식하고 있는 거야."

"하지만 누가 인식한다는 거야?"

내가 물었다.

나는 바람이 잦아든 상황에서도 버드나무들이 흔들리는 것을, 머리 위 웅웅 소리를 모두 잊었다. 그저 도저히 이유를 알 수 없을 정도로 두려움에 빠질 대답을 기다릴 수밖에 없었다.

그는 즉시 불가로 조금 더 다가와 목소리를 낮췄다. 그의 얼굴에 나타난 알 수 없는 변화 때문에 나는 그의 눈을 피해 땅바닥으로 시선을 떨구었다.

"나는 이제껏 살아오는 내내 생생하게 또 다른 이상한 세계를 의식해왔어. 어떤 의미에서는 우리의 세계와 그다지 멀지 않은 장소이면서도 또 완전히 다른 세계지. 그곳에서는 위대한 일들이 끊이지 않고 일어나고, 거대하고 가공할 인물들이 광대한 목적에 열중해서 분주한 곳이야. 그에 비하면 국가들의 흥망성쇠, 제국의 운명, 군대와 대륙의 운명 같은 모든 지상의 일들은 먼지처럼 불확실하고 보잘것없는 것들이지. 광대한 목적이란 영혼과 직접적 관련이 있는 것이며, 영혼의 현현 자체와도 간접적이지만은 않은 관련이……."

"지금 당장은 우리……."

나는 그의 말을 끊기 위해 입을 열었다. 나는 광인과 대면한 느낌이 들었다. 그러나 그는 즉각 나를 압도하며 자기말을 쏟아냈다.

"넌 그게 자연력의 정령이라고 생각하겠지. 그리고 난 그게 옛 신들이라고 생각했고. 하지만 지금 말하건대, 둘 다 아니야. 그런 것들은 이해할 수 있는 존재야. 왜냐하면 그것들은 인간과 관계를 맺기 때문이지. 숭배나 희생을 위해 인간에게 기대기 때문이야. 반면에 지금 우리를 둘러싸고 있는 존재들은 절대적으로 인간과 아무런 관련이 없어. 그들의 공간이 마침 이 지점에서 우리의 공간에 닿은 건 순전한 우연일 뿐이야."

이 적막한 섬의 어두운 고요 속에서 매우 설득력 있게 펼치는 그의 이야기를 듣고 있자니 그 개념 자체가 내 온몸을 떨리게 만들었다. 몸의 움직임을 통제하는 게 불가능했다.

"그럼 어떻게 하는 게 좋겠어?"

내가 다시 물었다.

"우리가 도망칠 기회를 잡기 전까지 저들의 주의를 딴

데로 돌리기 위해 희생양이나 제물을 바치면 우리는 살 수 있을지도 몰라. 늑대들이 일단 개를 먼저 잡아먹고 썰매는 나중에 덮치듯이 말이야. 하지만…… 지금 다른 희생양이 있을 리는 없고……."

나는 멍하니 친구를 바라보았다. 빛나는 그의 눈빛을 보니 오싹했다. 그는 이내 다시 입을 열었다.

"물론 버드나무들이야. 버드나무가 다른 존재들을 감추고 있지만, 그 존재들은 우리를 찾아 더듬거리고 있어. 두려움을 드러내면 우리는 끝이야. 완전히 끝장이라고."

친구는 너무나 평온하고, 너무나 단호하고, 너무나 진지한 표정으로 날 바라보았다. 나는 더 이상 그의 정신 상태를 의심할 수 없었다. 그는 그 누구보다 온전한 정신을 지키고 있었다.

"이 밤을 잘 버틴다면 해가 뜰 때 누구도 눈치채지 못하게, 아니 발각되지 않고 도망칠 수 있을 거야."

"하지만 너 진짜로 희생양이……."

그때 그 징 소리 같은 웅웅 소리가 우리 머리 위 매우 가까이에서 들렸다. 그러나 내가 입을 다문 진짜 이유는 친구의 겁에 질린 표정 때문이었다.

"쉿!"

그는 손을 들며 속삭였다.

"이제부터 되도록 그런 말은 꺼내지 마. 이름으로 말하지 말라고. 이름을 말하는 건 드러내는 일이야. 그건 피할 수 없는 단서가 돼. 우리의 유일한 희망은 그런 걸 무시하는 데 있어. 그래야 저들도 우리를 무시할 수 있으니까."

"생각도 하지 마?"

그는 굉장히 동요한 상태였다.

"생각은 특히 더 하지. 우리의 생각은 저들의 세계에서 소용돌이가 돼. 우리는 되도록 마음속에서 생각을 완전히 지워야 해."

나는 어둠이 모든 걸 집어삼키도록 만들지 않기 위해 불을 긁어모았다. 나는 그 여름밤 끔찍한 어둠 속에서 그랬던 것처럼 그토록 애타게 해를 기다려 본 적이 없었다.

"너 어젯밤 내내 깨어 있었던 거야?"

그가 갑자기 물었다.

"동이 트고 나서야 뒤숭숭하게 조금 잤어."

나는 그의 지시에 따라 애써 생각하기를 피하며 대답했다. 나는 본능적으로 그가 지시한 말이 옳다는 것을 알아차렸다.

"하지만 바람이······."

"알아. 하지만 그 소리가 다 바람이 내는 소리는 아니야."

"그럼 너도 들은 거야?"

"셀 수 없이 무수한 작은 발소리, 들었지."

그는 한동안 주저하더니 다시 입을 열었다.

"그리고 또 다른 그 소리도······."

"텐트 위에서 들리던 소리 말하는 거야? 무언가 거대하고 무시무시하게 큰 것이 우리를 찍어 누르는 느낌?"

그는 의미심장한 표정으로 고개를 끄덕였다.

"일종의 질식 같은 게 일어나는 거 같았지?"

내가 물었다.

"어찌 보면 그래. 대기의 무게가 갑자기 바뀐 것 같은…… 몹시 무거워져서 우리가 짓눌려질 것 같았어."

"그럼 저건?"

나는 모든 걸 물어보기로 작정하고 징 소리 같은 웅웅 소리가 끊임없이 바람처럼 오르내리는 하늘을 가리키며 물었다.

"저건 어떻게 보는 거야?"

"저건 저들의 소리지."

그는 진지하게 속삭였다.

"저들 세상의 소리야. 저들의 땅에서 울리는 소리. 여기 이곳의 경계가 너무나 얇아서 여하튼 그 소리가 새고 있는 거야. 하지만 주의 깊게 들어보면 저게 위에서라기보다 우리 주위를 둘러싸며 나고 있어. 이건 버드나무 숲 안쪽에서 버드나무들이 내는 소리야. 왜냐하면 여기 버드나무들은 우리에게 적대적인 힘의 상징이니까."

나는 그 말이 정확히 무슨 의미인지 알 수 없었다. 그러나 내 마음속 생각과 그의 생각은 의심할 여지없이 같았다. 나 역시 그가 깨달은 것을 깨달았는데, 그저 그보다 분석력이 떨어졌을 뿐이었다. 마침내 하늘로 오르는 문양들과 움직이는 숲에 관한 말이 내 목울대까지 나왔을 때, 친구는 갑자기 제 얼굴을 내 얼굴 가까이 들이밀고는 매우 진지한 표정으로 속삭이기 시작했다. 그는 차분함과 용기, 겉으로 드러난 놀라운 상황 통제력으로 나를 놀라게 만들었다. 내가 몇 년간이나 상상력이 부족하고 둔감하다고 여겼던 이 사내가!

"자, 들어봐."

그가 말을 이었다.

"우리가 해야 할 유일한 일은 마치 아무 일도 일어나지 않은 것처럼 행동하는 것뿐이야. 평상시의 습관대로 행동하고 잠자리에 드는 식으로 말이지. 아무것도 못 느끼고 아무것도 알아차리지 못한 것처럼 행동해. 이건 완전히 마음의 문제야. 그것에 대해 생각하지 않을수록 탈출 기회는 더 커지는 거야. 무엇보다도 생각 자체를 하지 마. 생각하는 건 실제로 일어나기 마련이니까!"

"알았어."

나는 그의 말에, 또 기이하기 짝이 없는 그 모든 일에 숨이 막혀 겨우 그렇게 대답할 뿐이었다.

"좋아, 해볼게. 하지만 우선 한 가지만 더 말해줘. 우리 주변에 온통 나 있는 저 구멍들은 뭐라고 생각해? 저 모래 깔때기들 말이야?"

"안 돼!"

그는 흥분한 나머지 속삭임을 잊고 소리 질렀다. 그러고는 다시 목소리를 낮추고 말을 이었다.

"나는 감히, 그저 감히, 생각을 말로 옮기지 않을 거야. 너도 추측하려고 하지 마. 저들이 그걸 내 마음속에 집어넣었어. 최선을 다해서 저들이 네 마음속에 넣으려는 걸 막아야 해."

내 안에는 이미 공포가 꽉 들어찬 상태라 더는 견디기 힘들었다. 대화는 그대로 끝났다. 우리는 침묵 속에서 담배를 피웠다.

그때 무슨 일인가가 벌어졌다. 무언가 겉으로는 중요하지 않은 일이었다. 신경이 매우 팽팽하게 긴장되었을 때 벌어진 일이었다. 이 작은 일이 아주 짧은 시간에 내게 완전히 다른 관점을 선사했다. 나는 우연히 내 즈크신―카누 탈 때 신는 신발―을 내려다보았다. 발가락 쪽에 난 구멍을 보니 그 신발을 샀던 런던의 가게가 떠올랐다. 가게 점원이 어렵사리 내게 신을 신겨주던 일이며, 시시하지만 실용적인 다른 세부적인 상황들이 생각났다. 뒤이어 즉시 익숙한 고향에서의 삶, 의심스러운 현대 세계에 관한 건전한 생각이 뒤따랐다. 나는 스테이크와 에일, 자동차, 경찰, 브라스 밴드 등 평범하지만 유용한 것들 열댓 가지를 연이어 생각했다. 그 효과는 나 스스로에게 놀라울 정도로 즉각적이었다. 그 생각은 정상적인 의식을 가진 사람에게 불가능한 일, 믿을 수 없는 것들로 가득한 곳에 머물러 생긴 긴장

상태 후에 찾아온 갑작스럽고 격렬한 심리적 반응이었다. 그러나 원인이 무엇이든 간에 그것은 일시적으로 내 가슴 속에서 주문을 풀었다. 아주 짧은 시간이나마 자유를 느끼고 두려움에서 완전히 벗어나게 해주었다. 나는 맞은편에 있던 친구를 올려다보았다.

"이 썩을 이교도 놈 같으니라고!"

나는 그의 면전에 대고 크게 웃으며 소리 질렀다.

"이상한 상상력에 빠진 멍청한 놈! 미신적인 우상 숭배자! 네가……"

나는 말을 하다 중간에 딱 멈췄다. 다시금 공포에 사로잡혔다. 나는 무언가 신성모독처럼 느껴지는 내 말소리를 억누르려 했다. 물론 스웨덴 친구도 그걸 들었다. ─머리 위 어둠 속에서 들리는 기이한 외침─ 그리고 무언가 가까이 다가온 듯 갑작스럽게 툭 떨어지는 무엇.

태양에 그을린 그의 얼굴이 새하얗게 질렸다. 그는 막대처럼 뻣뻣하게 불 앞에서 벌떡 일어나 나를 노려보았다.

"들었지? 이제……"

그는 어쩔 줄 모르는 얼굴에 필사적인 태도로 말했다.

"우린 떠나야 해! 이젠 여기 머물 수 없어! 지금 당장 텐트를 꾸리고 떠나야 해. 강 하류로."

그는 매우 거칠고 맹렬하게 떠들었다. 비참한 공포에 휘둘린 채 그저 아무 말이나 내뱉고 있었다. 그가 오래 저항해온 공포, 그러나 마침내 그를 사로잡고 만 공포.

"이 어둠 속에서?"

나는 히스테리가 폭발한 후 느껴지는 두려움으로 떨었지만 그래도 그보다는 우리의 처지를 더 잘 이해하고 있었다.

"완전히 미친 짓이야! 강물이 엄청나게 불었고 노도 하나뿐이야. 게다가 하류로 가봤자 더 안으로 들어가는 꼴이라고! 80킬로미터를 더 가봤자 그저 그놈의 버드나무, 버드나무, 버드나무뿐이라고!"

그는 다시 정신이 반쯤 나간 듯 털썩 주저앉았다. 자연에서 종종 일어나는 만화경 같은 변화처럼 처지가 갑자기 뒤바뀌었다. 이제 상황 통제권은 내 손으로 들어왔다. 마침내 그의 마음이 쇠약해진 지점에 이른 것이었다.

"너 도대체 뭐에 씌어서 그런 거야?"

그의 목소리와 얼굴에 순전한 공포의 경외감이 묻어났다.

나는 불가에서 그에게 다가갔다. 그의 옆에 무릎을 꿇고 두 손으로 그의 손을 잡고 겁에 질린 그의 눈을 똑바로 바라보았다.

"우린 불을 한 번 더 지필 거야."

나는 단호하게 말을 이어갔다.

"그런 다음 잠자리에 들 거야. 해가 뜨면 전속력으로 달려서 코마르노로 갈 거야. 자, 정신 좀 차려봐! 네가 네 입으로 한 말, 두려움을 생각하지 말자는 말을 떠올려!"

그는 더 이상 아무 대꾸도 하지 않았다. 그저 조용히 내 말을 따르는 것 같았다. 우리는 자리를 털고 일어나 어둠 속에서 땔감을 구하러 갔다. 그 행동 덕분에 다소 안도가 된 것도 사실이었다. 우리는 거의 닿을 듯 서로 바짝 붙어서 숲속으로, 그리고 강둑을 따라 더듬어 나아갔다. 머리 위에서 웅웅거리는 소리가 끊임없이 이어졌다. 불에서 멀어질수록 오히려 커져가는 듯했다. 섬뜩하기 짝이 없는 작업이었다!

우리는 버드나무 숲 한가운데에 이르러 부지런히 나무를 모았다. 지난번 홍수에 떠내려온 유목이 나뭇가지에 걸려 있었다. 나는 어느 순간 갑자기 발이 걸려 모래밭에 고꾸라질 뻔했다. 스웨덴 친구 때문이었다. 그가 넘어지며 내 발을 붙잡은 것이었다. 친구는 얕은 숨을 몰아쉬며 할딱거렸다.

"저길 봐! 맙소사!"

그가 속삭였다. 그리고 나는 처음으로 인간의 목소리에서 공포의 눈물을 감지한다는 게 무슨 의미인지 알게 되었다. 그는 15미터쯤 떨어진 모닥불을 가리키고 있었다. 나는 눈으로 그의 손가락이 가리키는 방향을 따라갔다. 순간 내 심장이 멎었다.

거기 희미한 불빛 앞에 무언가 움직이고 있었다.

나는 극장 무대에서 떨어져 내리는 얇은 커튼 같은 베일을 통해 그것을 보았다. 안개가 낀 듯 흐릿한 풍경이었다. 그것은 인간의 형상도 짐승도 아니었다. 내게는 그게 몇 마리의 짐승들이 뭉쳐 무리를 이룬 것처럼 커다란 존재라는 기이한 인상을 주었다. 마치 말 같은 짐승 두세 마리가 하나가 되어 천천히 움직이는 것 같았다. 스웨덴 친구도 비슷한 인상을 받았다. 물론 그는 나와는 다르게 표현했다. 그는 그것의 모양과 크기가 버드나무 덤불 같다고 했다. 머리는 둥글고 표면은 끊임없이 넘실대며 "연기처럼 스스로를 휘감아 도는" 모습이라고 나중에야 말했다.

"숲에서 아래로 내려오는 걸 봤어."

그가 내게 흐느끼며 말했다.

"저걸 봐! 세상에! 이쪽으로 오고 있어! 오, 오!"

그는 휘파람 같은 비명을 질렀다.

"저들이 우릴 찾아냈어!"

나는 겁에 질린 눈길로 단 한 번 쳐다보았다. 그것만으로도 충분했다. 그 유령 같은 형상이 관목 숲을 통해 우리 쪽으로 흔들리며 다가오고 있었다. 그때 나는 나뭇가지 더미 위에서 뒤로 나자빠졌다. 나뭇가지 더미는 내 무게를 지탱하지 못했다. 내 위에 엎어진 스웨덴 친구와 함께 우리는 모래밭을 나뒹굴었다. 나는 진실로 무슨 일이 벌어지는지 몰랐다. 그저 싸늘한 두려움이 내 몸을 덮치는 감각만을 인지할 뿐이었다. 순전한 공포가 내 몸에서 신경을 찢어내 이리저리 비틀더니 떨림만 남게 만들었다. 나는 완전히 눈을 감았다. 목구멍에 무언가가 기도를 틀어막았다. 내 의식이 확장해 저 멀리 우주를 향해 뻗어나가고 있다는 느낌이 들더니 순식간에 내가 의식을 잃어가고 있다는 것, 죽어가고 있다는 또 다른 느낌으로 변했다.

날카로운 격통이 나를 훑고 지나갔다. 그리고 나는 스웨덴 친구가 날 너무나 거세게 붙잡은 바람에 내가 엄청난 고통을 받고 있다는 사실을 인식했다. 그는 넘어지며 나를 와락 붙들었던 것이다.

그러나 그가 나중에 단언한 바, 나를 살린 건 바로 그 고통이었다. 고통은 그들이 날 막 찾아내려는 바로 그 순간, 그들을 잊고 다른 것을 생각하게 해주었다. 고통은 그것에게 발각될 순간에 내 마음을 숨겼고, 끔찍하게도 그것이 날 사로잡으려는 순간을 회피하게 해주었다. 스웨덴 친구는 같은 순간 실제로 졸도했다고 한다. 그게 그를 살린 것이었다.

나는 그 순간이 얼마나 길었는지 짧았는지 모른다. 그저 나 자신이 미끄러운 버드나무 나뭇가지 더미에서 기어오르고 있다는 걸 깨달았고, 내 친구가 내 앞에 서서 나를 도와주려 손을 내민 것만 기억날 뿐이다. 나는 어리둥절한 얼굴로 그를 바라보았고, 그러면서 그가 비틀었던 내 팔을 문질렀다. 어쨌든 아무도 내게 다가오지 않았다.

"난 잠깐 의식을 잃었어."

마침내 그가 입을 열었다.

"그 덕분에 살았어. 그들에 관한 생각을 멈췄으니까."

"네가 내 팔을 두 동강 낼 뻔했어."

나는 그 순간 파편화되지 않은 유일한 생각을 표현했다. 팔이 저릿저릿했다.

"그 덕분에 네가 살 수 있었던 거야! 우리끼리 하는 말이지만 어쨌든 우리가 그들을 어딘가 딴 데로 유인하는 데 성공한 거 같아. 웅웅 소리가 멈췄어. 사라졌어. 어쨌든 당장은 사라졌어!"

나는 히스테릭한 웃음을 터뜨렸다. 그 웃음은 친구에게도 번졌다. 발작처럼 온몸이 들썩거릴 정도로 웃음이 쏟아져 나왔다. 결과적으로 우리 둘 다 엄청난 안도감을 느꼈다. 우리는 다시 모닥불로 돌아가 땔감을 집어넣었다. 즉시 불길이 다시 피어올랐다. 그때 우리는 텐트가 쓰러져 바닥에 엉망으로 뒤죽박죽된 모습을 보았다.

우리는 텐트를 일으켜 세웠다. 그러는 와중에 두어 번넘어져 발이 모래밭에 묻히곤 했다.

"저 깔때기 모랫구멍 때문이야!"

스웨덴 친구가 소리 질렀다. 텐트는 다시 세워졌고, 모닥불은 우리 주변 몇 미터를 밝히고 있었다.

"저 크기 좀 봐!"

텐트를 둘러싼 주변과 또 우리가 움직이는 형상을 보았던 모닥불 주변 모래밭에 깊은 깔때기 모양의 구멍들이 여기저기 나 있었다. 그것들은 섬에서 우리가 이미 보았던 구멍들과 거의 똑같았다. 단지 훨씬 더 크고 깊을 뿐이었다. 모랫구멍은 모양이 아름다웠으며 폭이 넓어 몇몇은 내 다리 전체를 다 집어삼킬 정도였다.

우리 둘 다 아무 말도 하지 않았다. 지금은 그저 잠을 자는 게 할 수 있는 가장 안전한 일이라는 걸 우리 둘 다 알고 있었다. 우리는 더 이상 지체하지 않고 잠자리에 들었다. 그전에 우선 불에 모래를 끼얹은 다음 식량 자루와 노를 텐트 안으로 안전하게 들여놓았다. 카누 또한 텐트 끝에 기대어 발에 닿도록 자리 잡아놓았다. 조금의 움직임이라도 느껴지면 곧바로 깰 수 있을 것이다.

긴급 상황이 벌어지면 재빨리 떠날 태세를 다 갖추고 난 후, 우리는 또다시 옷을 입고 잠자리에 들었다.

5

나는 밤새 누워 경계하겠다고 굳게 마음먹었다. 그러
나 피곤한 신경과 몸은 다른 말을 했다. 얼마 후 잠이 달콤
한 망각의 이불과 함께 나를 덮쳤다. 친구가 잠들었다는 사
실도 금세 잠에 빠지도록 만들었다. 처음 누웠을 때는 그가
안절부절못하며 끊임없이 벌떡 일어나 앉아 내게 "이걸 들
었냐", "저걸 들었냐" 묻곤 했다. 그는 코르크 매트리스에서
뒤척거리며 텐트가 움직이고 있고, 강물이 섬을 덮칠 만큼
불었다고 떠들었다. 하지만 매번 내가 밖으로 나가 둘러보
고 모든 게 다 괜찮다고 말해줬더니 마침내 차분해지며 누
운 자세에서 가만히 움직이지 않았다. 그러다 이윽고 그가
숨소리를 고르게 내기 시작했고, 급기야 코 고는 소리마저
들렸다. 코 고는 소리가 그렇게 반갑고 마음을 평온하게 하
는 건 난생처음이었다.

이게 내가 꾸벅꾸벅 잠에 빠져들기 전 마지막으로 한 생
각이었다고 기억한다.

숨을 쉬기가 어려워 잠에서 깨어보니 이불이 내 얼굴을 뒤덮고 있었다. 그러나 이불 말고 다른 무언가가 날 짓누르고 있었다. 처음 든 생각은 친구가 잠결에 뒤척이다가 내 위로 덮친 게 아닌가 하는 것이었다. 나는 친구를 부르며 일어나 앉았다. 그 순간 나는 텐트가 포위되었다는 사실을 알 수 있었다. 그 무수히 들리는 부드러운 후두두 소리가 다시 밖에서 나며 밤을 공포로 채웠다.

나는 다시 친구를 불렀다. 이전보다 좀 더 큰 소리로 불렀다. 그는 대답하지 않았다. 게다가 코 고는 소리가 더 이상 나지 않는다는 사실을 깨달았다. 또한 텐트 입구 날개가 아래로 내려와 있었다. 절대로 용납할 수 없는 과실이었다. 나는 날개를 다시 위로 걷어 올리기 위해 어둠 속에서 기어나가려 했다. 그때 나는 처음으로 스웨덴 친구가 텐트 안에 없다는 사실을 확실하게 깨달았다. 그가 사라졌다.

나는 무시무시한 불안감에 사로잡혀 미친 듯이 밖으로 뛰쳐나갔다. 밖으로 나가자마자 폭포처럼 쏟아지는 웅웅 소리에 빠져들었다. 그 소리는 나를 완전히 에워쌌고, 동시에 천상의 모든 방향에서 들려왔다. 그 익숙한 웅웅 소리가 미친 듯 날뛰고 있었다! 눈에 보이지 않는 거대한 벌떼 무리가 공중에 떠서 날 둘러싼 듯했다. 그 소리는 대기 자체를 두껍게 만드는 것 같았다. 숨쉬기조차 어려웠다.

그러나 내 친구가 위험에 빠졌다. 나는 주저할 수 없었다.

곧 새벽이 열릴 것이다. 가느다랗고 맑은 지평선으로부

터 구름 위로 희미한 흰빛이 퍼지기 시작했다. 바람은 불지 않았다. 나는 간신히 숲과 그 너머 강과 군데군데 모래밭을 분간할 수 있었다. 나는 흥분한 상태로 친구의 이름을 부르며 섬 여기저기를 미친 듯이 헤매고 다녔다. 머릿속으로 들어오는 단어들을 목청껏 크게 외쳤다. 그러나 버드나무들이 나의 목소리를 짓눌렀다. 거기에 웅웅 소리가 또 한 번 둘러쌌다. 내 목소리는 겨우 1~2미터도 채 나아가지 못했다. 나는 숲으로 돌진하다 곤두박이치기도 했고, 나무뿌리에 걸려 비척거리기도 했고, 나뭇가지에 걸려 이리저리 헤매다 얼굴을 긁히기도 했다.

그러다 예기치 못하게 섬의 뾰족한 끝 지점에 다다랐다. 거기 물과 하늘 사이에서 어두운 형상을 보았다. 스웨덴 친구였다. 그는 이미 물에 한 발을 담근 모습이었다! 바로 다음 순간 물로 뛰어들 기세였다!

나는 그에게 달려들어 팔로 그의 허리를 붙잡고 온 힘을 다해 그를 연안으로 끌어냈다. 물론 그는 맹렬하게 저항했다. 그러면서 내내 저 저주받은 웅웅 소리와 똑같은 소리를 냈다. 분노에 찬 상태에서 "안으로 들어가 그들에게" 간다는 둥, "물과 바람의 길을 따른다"는 둥 몹시 기괴한 말들을 쏟아냈다. 그 외에도 도대체 무슨 말인지 알아듣지 못할 말을 쏟아냈는데, 나중에 기억해보려 해도 소용없었다. 그러나 어쨌든 그 순간 그의 말을 듣고 있던 나는 공포와 놀람으로 구역질이 날 정도였다. 결국 나는 그를 비교적 안전한 텐트로 끌고 왔다. 숨이 턱에 차 패악을 부리는 그를 매트리스에 쓰러뜨린 후 발작이 가실 때까지 붙들고 있었다.

나는 갑자기 발작이 멈추고 그가 차분해지는 동시에 똑같이 급작스럽게 웅웅 소리와 후두두 소리가 멈춘 것이 어쩌면 그 모든 일 중에서 가장 이상한 부분이었다고 생각한다. 그러자 그는 눈을 뜨고 지친 얼굴을 내게로 돌렸다. 새벽 여명이 텐트 입구를 통해 친구의 얼굴에 창백한 빛을 비추었다. 그는 마치 놀란 아이처럼 입을 열었다.

"내 목숨! 친구, 네가 내 목숨을 구했어. 어쨌든 이제 모든 게 다 끝났어. 그들이 우리의 장소에서 다른 희생양 하나를 찾아냈어!"

그러더니 그는 곧바로 이불에 쓰러져 내 눈앞에서 말 그대로 순식간에 잠에 빠져들었다. 그는 그저 획 쓰러지더니 마치 아무 일도 일어나지 않은 것처럼, 제 목숨을 익사시켜 제물로 바치려고 했다는 게 무슨 말이냐는 듯 다시 곤하게 코를 골기 시작했다. 그리고 세 시간—나에겐 끊임없는 경계의 시간— 후 해가 뜨고 그가 깨어났을 때, 친구는 자기가 했던 일을 절대적으로 단 하나도 기억하지 못했다. 나는 내 평화를 위해서 위험한 질문을 하지 않는 게 낫다고 여겼다.

그는 자연스럽고 손쉽게 잠에서 깨어났다. 해는 바람 없는 뜨거운 하늘에 이미 높게 떠 있었다. 그는 곧바로 자리에서 일어나 아침 식사를 위해 불을 지피는 일에 착수했다.

나는 불안한 마음으로 씻으러 가는 그를 따라갔으나 그는 물속으로 첨벙 뛰어들지 않았다. 그저 머리를 적시고 물이 엄청나게 차갑다는 말만 몇 마디 할 뿐이었다.

"강물이 드디어 빠지기 시작하네. 다행이야."

그가 말했다.

"웅웅 소리도 멈췄어."

내가 말했다.

그는 평소의 표정으로 조용히 나를 올려다보았다. 분명 그는 자신의 자살 시도만 빼고 모든 걸 기억하고 있는 듯했다.

"모든 게 멈췄어. 왜냐하면……."

그는 망설였다. 그러나 나는 그가 기절하기 직전 했던 말과 관련된 이야기를 하고 싶어 한다는 걸 깨달았다. 그리고 그걸 알아내야겠다고 마음먹었다.

"왜냐하면 그들이 다른 희생양을 찾았기 때문에?"

나는 억지로 웃음을 지으며 물었다.

"바로 그거야, 그거! 난 확신해. 이제…… 이제야 안전하다는 느낌이 들거든."

그는 호기심 어린 눈빛으로 주변을 둘러보기 시작했다. 태양이 모래밭을 뜨겁게 달구고 있었다. 바람은 없었다. 버드나무들도 움직이지 않았다. 그는 천천히 자리에서 일어났다.

"가자. 살펴보면 아마 찾을 수 있을 거야."

그가 말했다.

친구가 뛰기 시작하자 나는 그를 뒤따랐다. 그는 강둑을 따라가며 막대기로 모래밭과 웅덩이, 둑에 부딪혀 되밀리는 강물 등을 쿡쿡 찔러보았다. 나는 내내 그의 뒤에 바짝 따라붙었다.

"아! 아!"

그는 이내 소리를 질렀다.

그의 말투가 왠지 내게 지난 스물네 시간의 공포를 생생하게 불러일으켰다. 나는 서둘러 그에게 다가갔다. 그는 막대기로 반은 물에 잠기고 반은 모래밭에 드러난 커다란 검은 물체를 가리켰다. 그것은 뒤틀린 버드나무 뿌리에 걸려 강물이 휩쓸어가지 못한 것처럼 보였다. 몇 시간 전만 해도 이곳은 물에 잠겨 있던 곳 같았다.

"봐! 우리를 탈출할 수 있게 해준 희생양!"

그가 조용히 말했다.

그의 어깨 너머 바라보니 막대기가 한 남자의 시신을 가리키고 있었다. 그는 막대기로 시신의 몸을 돌려 보았다. 얼굴이 모래에 파묻힌 남자의 시신이었다. 남자는 몇 시간 전에 익사한 게 분명했다. 시신은 새벽 시간 즈음 우리 섬 어딘가로 휩쓸려온 것 같았다. 그때는 바로 친구의 발작이 멈춘 시각이었다.

"예의를 갖춰 매장해줘야 해."

"그래야겠지."

대답하면서도 나도 모르게 몸서리가 쳐졌다. 그 가여운 익사한 남자의 모습에는 무언가 나를 오싹하게 만드는 게 있었다.

스웨덴 친구가 날카로운 눈빛으로 나를 올려다보았다. 그의 얼굴에 해독할 수 없는 표정이 어렸다. 그는 강둑을 기어 내려가기 시작했다. 나는 좀 더 느긋하게 그를 따라갔다. 물살이 시신의 몸에서 옷을 찢어놓은 상태라는 걸 알 수 있었다. 그리하여 목과 가슴 부위가 그대로 드러나 있었다.

강둑을 반쯤 내려가다가 친구가 갑자기 멈추면서 경고의 표시로 나를 향해 손을 들어 올렸다. 그러나 발이 미끄러진 건지, 아니면 내 몸의 관성 때문에 갑자기 멈출 수 없었는지 나는 친구와 그대로 부딪칠 수밖에 없었다. 그는 넘어지지 않기 위해 앞으로 펄쩍 뛰어내렸지만, 우리는 서로 뒤엉켜 모래밭으로 굴러떨어졌다. 우리 발은 물에 첨벙 빠져버렸다. 그리고 어떻게 해볼 새도 없이 우리는 시신과 덜컥 부딪히고 말았다.

스웬덴 친구는 날카로운 비명을 질렀다. 나는 마치 총에 맞은 듯 뒤로 튕기듯 물러났다.

우리가 시신을 건드린 순간 그 표면에서 웅웅 소리—몇 개의 웅웅 소리—가 크게 울리기 시작했다. 그 소리는 마치 날개가 달린 물체처럼 거대한 소동을 일으키며 공중으로 오르더니 점점 희미해지다가, 마침내 저 멀리 하늘로 사라지며 멈추었다. 마치 우리가 무언가 살아 있지만 보이지 않는 생명체를 교란한 것 같았다.

내 친구는 날 꽉 움켜잡았다. 나 역시 그를 꽉 움켜잡았다고 생각한다. 그러다가 우리 둘 다 예기치 못한 충격에서 제대로 벗어날 시간도 없이 조류의 움직임이 순식간에 바뀌며 버드나무 뿌리에 엉킨 시신이 풀려났다. 바로 다음 순간 시신은 완전히 회전해 죽은 얼굴이 하늘을 노려보는 자세가 되었다. 그렇게 시신은 강 본류의 가장자리에 누워 있었다. 바로 이내 휩쓸려갈 것이다.

스웨덴 친구가 "제대로 된 매장" 어쩌고 잘 알아듣지 못할 말을 중얼거리며 시신을 물에서 꺼내기 위해 움직이기 시작했다. 그러다가 갑자기 모래밭에 무릎을 꿇고 손으로 두 눈을 가렸다. 나는 즉각 그의 옆으로 다가갔다.

나 역시 그가 본 것을 보고 말았다.

시신이 조류를 타고 돌자 얼굴과 노출된 가슴이 완전히 우리를 향했다. 그때 피부와 살에 작은 구멍들이 나 있는 것이 빤히 보였다. 섬 전체에서 보았던 모래 깔때기 구멍과 똑같은 모양의 아름다운 구멍들.

"그들이 남긴 표식이야!"

친구가 낮게 웅얼거렸다.

"그들의 오싹한 표식이야!"

내가 겁에 질린 그의 얼굴에서 강으로 눈길을 돌렸을 때, 조류는 이미 제 할 일을 하고 있었다. 그 남자의 시신은 이미 강 한가운데로 떠내려가 우리가 닿을 수 없는 지점으

로 나아갔다. 그리고 물결에 수달처럼 이리저리 뒤척이며
우리 시야에서 사라져가고 있었다.

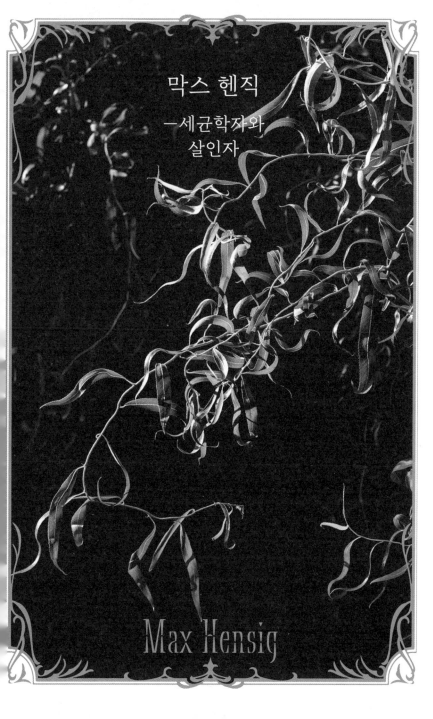

막스 헨직

—세균학자와
살인자

Max Hensig

1

뉴욕의 신문사《벌처》에는 분과 직원들 외에도 총괄 업무를 담당하는 기자가 대략 스무 명쯤 있다. 윌리엄스는 고군분투 끝에 선임 여섯 명 안에 들 수 있었다. 그는 빈틈없고 근면 성실할 뿐만 아니라 그저 충실한 사실 보도의 관례를 벗어나 흔한 기삿거리에도 상상력과 유머를 가미해 보도한 덕분이었다. 더욱이 사회부장(영어로 표현하면 기사 편집장)이 그의 능력을 알아보고는 항상 사회부장 본인과 신문사에 공이 될 만한 임무를 맡겼다. 윌리엄스는 보통 신입 기자에게 할당되는 질 낮은 기사 작성 이상을 해낼 수 있는 능력을 스스로 입증했다.

따라서 그는 어느 날 아침 자기 후임들이 한 명씩 뉴스 편집부로 불려가 그날의 가장 좋은 기삿거리를 배당받는 것을 본 후 자기 차례에 사회부장이 "헨직 이야기"를 맡아달라고 말했을 때 놀라움과 실망감을 느꼈다. 마침내 그는 짜증을 이기지 못하고 급기야 "젠장맞을 헨직인지 뭔지 그게 대체 뭐냐"고 따지는 지경에 빠지고 말았다. 모든 조간신문 기자는—적어도 뉴욕에서는— 사무실에 출근하기 전 그날의 모든 뉴스를 다 파악해야 하는 게 의무다. 윌리엄스는 분명 그렇게 했음에도 그 이름이 생소했기 때문이었다.

"분량은 100~150이면 되네, 윌리엄스. 재판을 빈틈없이 취재하고 헨직과 변호사들을 만나서 인터뷰해봐. 이 건이 끝날 때까지 야간 근무는 빼줄게."

윌리엄스는 지방검사실에서 개인적 '팁'을 얻을 수 있을지 물어보려고 했다. 그러나 편집장은 벌써 일간 '날씨 이야기' 담당인 웍스와 대화를 나누고 있었다. 그는 실망과 분노에 휩싸인 채 자기 데스크로 돌아와 헨직 사건에 대해 조사하고 그에 맞게 하루 계획을 짜기 시작했다. 어쨌든 그 일은 '식은 죽 먹기'처럼 보이는 데다 그날은 야간 근무도 없기에 8시에 퇴근해서 문명인처럼 저녁 식사를 즐긴 후 잠자리에 들 수 있을 거라 생각했다. 어쨌건 그건 좋은 일이었다.

그러나 헨직 사건이 그저 살인사건이라는 사실을 알아내는 것만에도 꽤 시간이 걸렸다. 그게 더 혐오감을 부추겼다. 그 사건은 대부분 신문에서 한쪽 구석에 배치된 중요도가 낮은 기사였다. 살인사건 재판은 연관된 특별기사가 있지 않은 한 제1급 뉴스가 아니었다. 윌리엄스는 이미 그런 기사를 수십 차례 쓴 적이 있다. 살인사건들은 대부분 유사성이 매우 커서 각 사건을 흥미롭게 보도하기 어려웠다. 따라서 그런 기사들은 대체로 "얄팍한" 사람들—통신사들—의 처분에 내맡겨질뿐더러 사건이 눈에 띄게 예사롭지 않은 이상 어떤 신문사도 우수한 기자를 배정하지 않는다. 더욱이 150이라는 것은 1.5칼럼 분량을 의미하는데, 긴 기사를 쓰는 데 익숙하지 않은 윌리엄스는 기껏 식자기 한 줄 분량을 쓰건 한 페이지를 가득 채우건 똑같은 돈을 받는다. 배로 기분이 상한 그는 깊은 한숨을 내쉬고는 지루한 자기 직업을 저주하며 신문거리 파크로우의 맞은편 햇볕이 좋은 공터로 향했다.

윌리엄스는 막스 헨직이 비소를 주사해 두 번째 아내를 살해한 혐의를 받는 독일 의사라는 사실을 알아냈다. 여자를 매장하고 난 후 몇 주가 지난 시점에 사인을 의심한 친지들이 시신을 파냈고 체내에서 상당량의 독극물을 발견했다. 이제 와 생각해보니 체포 당시 몇 가지 뉴스가 떠올랐지만 특별한 흥미를 느끼지 못했다. 평범한 살인사건 재판은 더 이상 그에게 부합하는 일이 아니었다. 그는 그런 일을 경멸했다. 물론 신입 시절에는 그런 사건들에서 전율과 공포를 맛보았다. 그가 죄수들과 나누었던 일부 인터뷰들, 특히 사형집행 직전의 인터뷰는 상상력을 깊게 자극해 밤에 잠도 이룰 수 없었다. 심지어 지금도 그는 음울하기 짝이 없는 툼스 교도소*에 들어가거나 그곳에서 법정으로

*

뉴욕시 로어 맨해튼에 있는 시립 맨해튼 교도소.

이어진 탄식의 다리*를 건널 때 흥분을 느꼈다. 그 거대한 이집트식 기둥들과 육중한 벽들이 마치 죽음처럼 그를 압도하기 때문이다. 처음으로 그 감옥의 '살인자의 길'을 걸어가 감방 문들을 보았을 때, 그는 목이 바싹 말랐을 뿐만 아니라 거의 뒤돌아 도망쳐 나올 뻔했다.

또 그가 처음 맡은 흑인의 재판 당시 형이 선고되기 전 그 남자의 히스테릭한 진술을 들었을 때, 윌리엄스는 가슴이 벌렁거릴 정도로 몹시 흥분했다. 신을 향한 정신 사나운 호소, 길게 꾸며낸 변명, 검은 피부에 돋는 소름 끼치는 창백한 빛, 이리저리 두리번거리는 눈빛, 폭포처럼 쏟아내는 문장들. 그 모두가 그에게는 선정적인 기사에 딱 맞는 무언가 굉장한 것처럼 느껴졌다. 그리고 마침내 인쇄되어 나온 조판 기사—마찬가지로 얄팍한 기자가 쓴—는 그에게 뉴스의 상대적 가치와 대중의 구미와 속성에 대한 새로운 기준을 세우게 만들었다. 그는 한 중국인의 재판을 보도한 적이 있었다. 목석처럼 둔감한 남자였다. 또 주저 없이 칼을 휘두르는 이탈리아인에 관한 기사를 쓴 적도 있었다. 부모 모두를 살해한 농부의 딸을 취재한 적도 있었다. 여자는 어떠한 흔적도 남기지 않기 위해 홀랑 벗고 부모의 방에 잠입했다. 그는 처음에 이런 사건들을 취재하고 나면 며칠씩 괴로움에 시달렸다.

*

형사법원과 툼스 교도소를 연결하는 다리.

그러나 그런 일들은 모두 윌리엄스가 처음 뉴욕에 왔던 때 이야기로, 이미 적지 않은 세월이 지난 일이었다. 그때 이후로 그는 꾸준히 형사법원 관련 일을 맡으며 일종의 제2의 자아를 개발했다. 싱싱 교도소의 전기의자 사형집행만은 여전히 그를 다소 기겁하게 만들지만, 단순한 살인사건은 더 이상 그에게 전율이나 흥분을 제공하지 않는다. 그리하여 그는 '살인사건 이야기'―원고 수정 없이 인쇄될 수 있는 이야기―를 객관적으로 능수능란하게 쓸 수 있는 기자로 완벽하게 신임을 받았다.

따라서 윌리엄스는 그 음울한 건물만 보면 항상 느껴지는 막연한 중압감 외에 특별한 감정 없이, 또 자신이 곧 인터뷰할 죄수와 관련된 특별한 감정 없이 툼스 교도소에 들어갔다. 두 번째 철문에 도착해 교도관이 작은 격자 창살을 통해 그를 훑어볼 때 뒤에서 누군가의 목소리가 들렸다. 뒤돌아보니 《크로니클》 기자였다.

"어이, 세네터! 무슨 냄새를 맡고 여기까지 오셨나?"

그곳에서 그를 보고 목청을 높인 이유는 그가 보잘것없는 기삿거리를 맡는 기자가 아니었기 때문이었다. 그는 행당 원고료를 받으며 《크로니클》 1면을 장식할 기사를 작성하는 기자였다.

"자네와 같지, 뭐. 헨직 말이야."

"하지만 헨직에는 지면이 별로 할애되지 않을 텐데."

윌리엄스가 놀라서 물었다.

"다시 월급제로 돌아간 거야?"

"그런 건 아니고."

세네터가 웃었다—아무도 그의 진짜 이름을 몰랐다. 그는 항상 그저 세네터라고 불렸다.

"하지만 헨직은 200은 너끈해. 알아본 바로는 그자 뒤에 살인사건이 줄줄이 엮여 있어. 잡힌 건 이번이 처음이지만."

"독극물로?"

세네터는 고개를 끄덕이더니 또 다른 사건에 관한 질문을 하기 위해 교도관에게로 향했다. 윌리엄스는 곰팡내 나는 교도소 냄새를 혐오하기에 복도에서 초조한 마음으로 그를 기다렸다. 그는 이야기를 나누는 세네터를 바라보았다. 그는 세네터의 등장이 몹시 기뻤다. 둘은 좋은 친구였다. 세네터는 그가 처음 소규모 신문기자 모임에 합류하고서도 영국인이라 그다지 환영받지 못할 때 도움을 주었다. 같은 출신인 데다 좋은 심성이 얼굴에 묻어나는 그를 보면 윌리엄스는 항상 친절하고 정직한 짐마차 말—넓은 마음과 단순한 감정을 지닌 무신경하고 강한 성격—이 연상되었다.

"서둘러, 세네터."

기다리던 그가 마침내 조급한 태도로 말했다.

두 기자는 교도관을 따라 죄수들을 가둔 어두운 감방들을 지나쳐갔다. 그러다 교도관이 열쇠 꾸러미를 흔들며 멈취 서더니 손가락으로 가리켰다.

"당신들이 찾는 신사, 여깁니다."

교도관은 그렇게 말하고 복도를 따라 내려갔다. 그들은 창살을 통해 감방 안에서 이리저리 서성거리는 허약하고 마른 남자를 쳐다보았다. 머리는 밝은 황갈색에 눈은 매우 밝고 푸르렀다. 피부는 하얗으며 얼굴은 매우 솔직하고 순진한 표정이어서 누가 보면 고양이 꼬리만 비틀어도 움츠러들 사람처럼 보였다.

"《크로니클》과《벌처》에서 나왔습니다."

윌리엄스가 자신들을 소개한 후 즉시 평소대로 인터뷰를 진행했다.

쉼 없이 서성거리던 감방 안의 남자는 발길을 멈추고 그들을 보기 위해 창살 앞에 섰다. 남자는 한순간 윌리엄스의 눈을 똑바로 노려보았다. 윌리엄스는 남자에게서 처음과는 매우 다른 표정을 보았고, 실제로 자세를 바꿔 한쪽으로 비켜섰다. 그런 움직임은 완전히 본능적인 행동이었다. 그는 자신이 왜 그랬는지 설명할 수 없을 것이다.

"당신들은 내가 죄를 인정하고 어떻게 했는지 설명하기를 바라는 것 같군요."

젊은 의사는 독일식 억양에 냉정한 목소리로 입을 열었다.

"하지만 난 지금으로서는 당신들에게 줄 좋은 기삿거리가 없소. 재판 때 보면 알겠지만 이건 그저 한 여자의 앙심,

또 질투일 뿐이오. 나는 내 아내를 사랑했소. 내가 아내를 죽일 일이 뭐가 있겠소, 이 세상 그 무엇을 준다 해도……."

"오, 물론이죠, 물론이죠. 닥터 헨직."

어려운 인터뷰에 경험이 더 많은 세네터가 끼어들었다.

"우리도 이해합니다. 하지만 뉴욕에서는 법정만큼이나 신문들도 한 사람을 속속들이 파헤치는 거 아시잖아요. 우리는 그저 당신이 대중에게 하고 싶은 말이 있을 것 같아서요. 그러면 우리가 기꺼이 당신을 위해 기사를 써드린다는 말씀입니다. 그게 혹시라도 당신의 사건에 도움이 될 수도……."

"돈으로 정의를 사는 이 빌어먹을 나라에서는 내게 아무것도 도움이 안 되오!"

죄수는 갑작스럽게 화를 내며 처음의 순진한 인상과 한층 더 멀어지는 표정을 지었다.

"많은 돈 말고는 아무것도 소용없소. 하지만 내가 지금 당신네 기자들이 대중에게 쓸 수 있는 두 가지를 말해주리다. 하나는 살인에 그 어떤 동기도 없을 거라는 사실이오. 왜냐하면 나는 징카를 사랑했고 아내가 영원히 살기를 바랐기 때문이오. 그리고 다른 하나는……."

그는 잠시 말을 멈추고 속기를 하던 윌리엄스를 뚫어져라 쳐다보았다.

"나의 지식, 독물과 세균학에 관한 나의 탁월한 지식으로 아내의 몸에 비소를 주사하지 않고도 살해할 방법이 열댓 가지가 넘는다는 것이오. 멍청한 인간이나 그런 뻔한 방식으로 사람을 죽이지. 그런 방식은 솜씨도 없고 유치하고 발각될 확률도 뻔하다는 말이오. 안 그렇소?"

그는 몸을 돌렸다. 인터뷰를 끝내겠다는 동작이었다. 그러고는 나무 벤치에 앉았다.

"자네를 마음에 들어하는 거 같은데."

두 기자가 변호사를 만나 인터뷰하러 가는 길에 세네터가 웃으며 말했다.

"그 자식 나는 한 번도 쳐다보지 않았어."

"얼굴이 진짜 나쁜 놈이던데. 완전히 악마의 얼굴 같았어. 그런 칭찬은 사양하겠네."

윌리엄스가 짧게 말했다.

"그자의 손아귀에 놀아난다는 건 생각만 해도 끔찍해."

"나도 마찬가지야. '실버 달러'나 가서 더러운 뒷맛을 씻어내자고."

그리하여 그들은 기자들의 관행에 따라 바우어리가街로 올라가 태머니 홀 소유주가 바닥 돌 각각에 1달러 은화를 박아 넣어 꽤 명성을 얻은 한 술집으로 들어갔다. 이곳에서 그들은 툼스의 분위기와 헨직이 남긴 "더러운 뒷맛"을 씻어냈고, 그런 다음 같은 거리 조금 위쪽의 또 다른 술집 '스티브 브로디'로 향했다.

"거기에 또 있을 거야."

세네터는 다른 기자들뿐만 아니라 다른 술도 포함하여

그렇게 말했고, 아직도 인터뷰에 대해 생각 중이던 윌리엄스는 조용히 호응했다.

브로디는 걸출한 인물이었다. 그의 술집에는 항상 활기가 넘쳤다. 그는 브루클린 다리에서 뛰어내리고도 살아남았다는 전설을 가진 인물이었다. 아무도 그 사실을 부인하지 못했지만, 누구도 그게 진짜라는 걸 증명할 수도 없었다. 어쨌든 그는 상상력이 풍부하고 개성도 강해 그 전설을 적절히 유지했다. 그 덕에 질 나쁜 술을 많이 팔 수 있었다. 술집 벽에는 그가 뛰어내린 다리를 그린 유화가 걸려 있었다. 현란한 색에 높이는 말도 안 되게 과장되어 있었으며 스티브의 몸이 공중에 붕 떠 있었다. 그의 얼굴은 행복한 강아지 같은 표정이었다.

그들이 예측했던 대로 《리코더》의 "화이티" 파이프와 《월드》의 갈루샤 오언을 그곳에서 만났다. 화이티는 그 별명이 암시하듯 알비노였는데 매우 영리한 기자였다. 그는 자기 신문에 일간 '날씨 이야기'를 썼는데, 비와 바람과 기온만으로 칼럼을 써내는 걸 다들 부러워했다. 단 기상예보관만 예외였다. 예보관은 신문에서 자신이 "가늘고 기다란 줄칼을 닦는 농부 던"이라 불리고, 자신의 고상한 사무실이 "시골 농장"으로 비유되는 일에 반감을 품었다. 그러나 대중은 그걸 좋아했고, 화이티는 절대 진짜 악의를 품고 그렇게 표현하진 않았다.

오언도 술에 취하지 않으면 좋은 사람이었으며, 질 낮은 신문기사 임무는 손 놓은 지 오래되었다. 그런데 웬일인지 이 두 기자도 헨직 기사를 맡고 있었다. 이미 이 사건에 본능적인 혐오감을 품은 윌리엄스는 그 사실이 유감이었다. 왜냐하면 그건 인터뷰가 자주 있을 것이며, 또 계속 상상력이 발동해 집착하게 되리란 걸 의미하기 때문이었다. 분명 그는 이 독일 의사와 여러모로 엮일 것이다. 이 초기 단계에서부터 벌써 그는 독일 의사를 증오하기 시작했다.

네 기자는 술과 함께 대화를 나누며 한 시간을 보냈다. 그러다 마침내 마지막으로 우연히 같은 사건을 맡았던 때에 관한 이야기에 닿았다. 그건 면허도 없는 돌팔이 의사가 운영했던 민간 정신병원 사건이었다. 대부분의 입원 환자들은 애초부터 미치지도 않았는데, 그들을 눈앞에서 치워버리고 싶었던 가족들이 큰돈을 들여 그 정신병원에 입원시켰다. 결국 환자들은 그곳에서 학대를 당하다 진짜 미쳐버리고 말았다. 그곳은 보건부 당국자들에 의해 동이 트기 전 포위당했고, 돌팔이 의사는 정문을 열어주다 체포당했다. 그 사건은 물론 화려한 "이야기"가 되어 지면을 장식했다.

"난 거의 일주일 동안 원고료가 하루 60달러나 됐다니깐."

화이티 파이프가 쉰 목소리로 그렇게 떠들자 다른 사람들이 웃음을 터트렸다. 화이티는 기사 대부분을 석간신문 기사를 베껴 썼기 때문이었다.

"식은 죽 먹기였지."

더러운 면 셔츠 칼라가 거의 귀까지 닿은 긴 머리의 갈루샤 오언이 말했다.

"나는 둘째 날은 현장에 가지도 않고 하루를 완전히 '날조'했어."

오언은 그날 하루 벌써 열 번째로 화이티에게 건배했고, 알비노 화이티는 테이블 건너편 오언에게 히죽거리는 미소를 보내며 "어이구, 잘했다"라는 식의 칭찬을 건네고는 잔을 비웠다.

"헨직도 괜찮은 건이 될 거야."

세네터가 일행 모두에게 진피즈 칵테일을 한 잔씩 주문하며 끼어들었다. 윌리엄스는 그 이름이 다시 거론되는 게 살짝 짜증이 났다.

"그자는 재판에서 대단한 존재감을 드러낼 것 같아. 난 그렇게 냉정하고 침착한 사람을 본 적이 없어. 자네들도 그자가 독극물과 세균학에 관해 떠벌리는 걸 들었어야 했는데. 발각될 염려 없이 살인을 저지를 수 있는 열댓 가지 방법이 있다며 떠벌리더라니까. 말하는 거 들어보면 진짜 진실 같아 보였어!"

"그래?"

사건 조사를 아직 하나도 하지 않은 갈루샤와 화이티가 동시에 반문했다.

"어서 툼스로 가서 인터뷰해보자."

화이티가 갑자기 열의를 보이며 자신의 동료에게 말했다. 그의 하얀 눈썹과 핑크색 눈이 새빨갛게 취한 얼굴에 대비되어 빛났다.

"안 돼, 안 돼."

세네터가 그를 말렸다.

"좋은 이야기를 망치지 마. 자네 둘 다 완전 만취했어. 우선 나와 윌리엄스가 한 팀으로 움직일 거야. 헨직은 이미 우리를 만나서 알고 있으니까. 우리 모두 이 사건에 전념해야 해. 특종을 다른 곳에 빼앗길 순 없어."

그리하여 그들은 사건이 마무리될 때까지 취재를 나누어 맡기로 하고 혼자 독점하지 않기로 했다. 그리고 윌리엄스는 동전 던지기에 져서 진피즈를 삼키고는 툼스로 돌아가 독극물과 세균학에 관한 그자의 전문지식에 관해 더 깊은 이야기를 나누기로 했다.

한편으로 윌리엄스의 머리는 다른 문제로 매우 분주했다. 그는 술집에서 그 시끄러운 대화에 끼어들지 않았다. 무언가 그의 마음 한구석을 집요하게 파고들었기 때문이었다. 의식 깊은 곳에서 무언가가 작동하고 있었다. 막연하게 불쾌하고 두려움을 몰고 오는 무언가, 그가 키워온 제2의 자아 밑을 파고드는 무언가.

그리고 윌리엄스가 유대인 옷가게 호객꾼들을 피하며, 또 도중에 이탈리아인의 손수레에서 고른 땅콩을 씹으며 바우어리가와 툼스 사이 악취 나는 슬럼가를 천천히 걸어가고 있을 때, 이 '무언가'가 막연함보다 조금 더 또렷이 드러나며 의식 표면에서 뒤죽박죽 들끓고 있는 아이디어들의 뿌리와 놀이를 시작했다. 그는 그게 무언지 알 수 있다고 생각했으나 확신은 없었다. 그것은 생각의 뿌리로부터 조금씩 올라왔다. 그는 그게 무언가 불쾌한 것임을 명백하게 느낄 수 있었다. 그런 다음 그게 갑작스럽게 표면으로 떠올라 그의 앞에 얼굴을 들이밀었다. 그는 완벽히 알아차렸다.

금발, 푸른 눈, 흰 살결의 막스 헨직의 얼굴이 그의 앞에 떠올랐다. 냉혹하게 웃고 있는 무자비한 얼굴.

어쨌든 그는 그게 결국 헨직일 거라고 예상했다. 그를 괴롭히던 이 불쾌한 생각 말이다. 그는 알아차리고도 진정 놀라지는 않았다. 왜냐하면 이 남자의 인격은 처음부터 그에게 달갑지 않은 인상을 남겼기 때문이었다. 그는 거리에서 발길을 멈추고 불안하게 주변을 살폈다. 그는 평상시와 다른 이상한 걸 볼 거라고 예상하지 않았고, 누군가 자신을 미행할 거라고도 생각하지 않았다. 정확히 그런 건 아니었다. 뒤를 돌아다보는 행위는 그저 갑작스러운 내적 불안감의 외적 표현에 불과했다. 신경이 더 강건하거나 잘 통제하는 사람이었다면 아예 뒤돌아보지 않았을 것이다.

그러나 무엇이 이러한 신경의 전율을 유발했나? 윌리엄스는 자기 내면을 들여다보며 탐색했다. 그는 그게 자신이 알지 못하는 자아의 일부에서 유래한다고 느꼈다. 정상적인 의식의 흐름 안으로 어떤 침투가, 앞뒤가 맞지 않은 침입이 발생했다. 이 침투가 벌어진 곳에서 나오는 메시지는 그에게 항상 일시 멈춤을 일으킨다. 그러나 각별히 이번 경우에 자신이 왜 불안을 느끼며 닥터 헨직을 생각하게 되었는지 이유를 알 수 없었다. 푸른 눈에 아래로 처진 콧수염을 기른 금발 애송이를. 다른 살인자들의 얼굴도 한두 번 그를 사로잡은 적이 있었다. 그것은 그들이 평범한 악당 이상으로 사악했거나, 혹은 그들의 사건이 특출한 공포의 면모를 지니고 있었기 때문이었다. 그러나 헨직의 경우 그런 특이한 면은 하나도 없었다. 있다 하더라도 자신은 그게 무언지 포착하거나 분석할 수 없었다. 그의 감정을 적절히 설명할 방도가 없어 보였다. 분명 그 이유는 그가 단지 살인자라는 사실과는 아무런 관련이 없었다. 왜냐하면 그것은 자신에게 아무런 전율을 일으키지 못하기 때문이었다. 그저 자극하는 게 있다면 일종의 연민과 그자가 사형집행을 어떻게 맞닥뜨릴까 하는 호기심뿐이었다. 윌리엄스는 자신의 이유 없는 불안이 그 남자의 특별한 행동이나 성격과는 별개로 그가 지닌 인격과 관련이 있다고 생각했다.

그는 아리송하고 여전히 조금은 불안한 마음으로 길에 서서 머뭇거렸다. 그의 앞에 툼스의 어두운 벽과 거대한 화강암 계단이 드러났다. 머리 위로는 흰 여름 구름이 깊고 푸른 하늘을 가로질러 흘러가고 있었다. 전선과 굴뚝 사이에서 즐겁게 노래하는 바람 소리에 그는 들판과 나무들이 생각났다. 거리 아래로 언제나 그렇듯 국제도시 뉴욕의 모습이 드러났다. 웃고 있는 이탈리아인들, 퉁명스러운 흑인들, 이디시어로 지껄이는 유대인들, 뉴욕 깡패 특유의 여차하면 싸울 기세로 어깨에 힘을 잔뜩 준 거칠어 보이는 불량배들, 소년처럼 종종걸음치는 중국인들과 상상할 수 있는 다른 모든 정체 모를 사람들. 6월 초였다. 대기에는 바다와 해변의 내음이 희미하게 퍼졌다. 윌리엄스는 푸르른 하늘과 바람의 향기에 기분이 나아지며 마음이 조금 설렜다.

그때 그는 뒤돌아 툼스라는 이름에 걸맞은 거대한 교도소를 보았다. 그러자 들판에서 감방으로, 삶에서 죽음으로 급작스럽게 생각이 전환되며 그의 마음에 들이닥친 불안의 원인을 깨달을 수 있었다.

헨직은 평범한 살인자가 아니다! 바로 그것이다. 그에게는 평범함을 뛰어넘는 무언가가 있었다. 그 남자 자체가 그야말로 공포다. 정상적 인간의 범주에서 동떨어진 존재다. 이러한 깨달음이 마치 계시처럼 그에게 몰려왔다. 뒤이어 흔들리지 않는 확신도 함께 찾아왔다.

그런 느낌은 첫 번째 가졌던 인터뷰 때 그에게 다가오긴 했으나 인식할 수 있을 만큼 명백하지 않았다. 하지만 그때 이후 완전히 흡수되지 않은 채 내면에서 마치 독처럼 계속 작용해 혼란을 일으킨 것이다. 기질이 예민한 사람이라면 진즉에 알아차렸을 것이다.

윌리엄스는 자신이 술을 너무 많이 마시고 마약도 그저 몇 번 호기심으로 해본 정도를 넘어섰다는 사실을 잘 알고 있었다. 컨디션이 가장 좋을 때에도 신경이 불안정했다. 신문기자로서 그의 삶은 유쾌한 사교 관계를 맺을 기회가 없었다. 대신 항상 인생의 어두운 면―인간 본성에 있는 범죄의 측면, 비정상인 면, 불건전한 면―과 접촉할 수밖에 없도록 내몰았다. 그는 또한 이러한 환경에서 비이성적 생각이나 강박관념 등이 쉽사리 자란다는 사실도 잘 알고 있었다. 따라서 그런 상황을 막기 위해 그는 일주일에 한 번, 일하는 와중에 자신을 괴롭히고 시달리게 하고 집착하게 만드는 것들을, 끔찍하거나 더러운 모든 것들을 의도적으로 쓸어버리는 습관을 들였다. 휴일인 여덟 번째 날에는 항상 숲속을 산책하고 불을 피우고 야외에서 요리를 한다. 또 최대한 시골 공기를 마시고 운동을 하며 시간을 보낸다. 그는 그런 식으로 자기 마음에서 수많은 불쾌한 그림들을 지워버린다. 그렇지 않으면 그런 것들이 영원히 그의 마음에 들러붙을 것이다. 그렇게 자신의 상상력을 스스로 청소하는 습관이 매우 가치 있는 일이라는 사실은 실제로 몇 번 증명되었다.

그리하여 윌리엄스는 지금 홀로 미소 지으며 자신만의 마법 빗자루를 가동하기 시작했다. 그저 이미 수백 번 그랬던 것처럼 평범한 죄수와 평범한 인터뷰를 하러 가는 것뿐이라며 헨직의 첫인상을 지우려고 애썼다. 자기 최면과 다름없는 이런 습관은 특별히 성공적일 때가 있긴 했지만, 이번에는―두려움이 다른 감정들보다 최면의 영향을 덜 받기 때문에— 통하지 않았다.

윌리엄스는 헨직과 다시 인터뷰를 마치고 오싹해져 돌아왔다. 헨직은 그가 깨달은 것과 똑같았다. 게다가 또 다른 모습까지 드러냈다. 윌리엄스는 그가 아주 드문 의도적 살인자 유형에 속한다고 확신했다. 그자는 냉혈한이자 계산적이고 아무렇지 않게 살인을 즐긴다. 사소한 디테일 하나하나에 온갖 지식을 할애하고 발각의 위험을 피한 걸 득의양양해한다. 그리고 잡히더라도 재판을 둘러싼 악명마저 즐긴다.

헨직은 처음에는 마지못해 대답했다. 그러나 윌리엄스가 날카로운 질문을 던지자 젊은 의사는 예열을 시작하더니 곧바로 일종의 냉정한 지적 열정에 휩싸여 열기를 띠고는 마침내 강연자처럼 장황한 말을 늘어놓기 시작했다. 감방 안을 좌우로 오가며 전문가라면 살인이 얼마나 쉬운지 손짓까지 해대며 유려한 해설을 덧붙여 설명했다.

그는 그야말로 전문가처럼 제 일을 잘 알고 있었다! 검시檢屍와 시신 해부가 이루어지는 이 시대에 그 어떤 사람이라도 몇 주 후에 희생자의 내장에서 발견될 수 있는 독극물을 주사하지는 못할 것이다. 자기가 하는 일이 무언지 잘 아는 사람이라면 그 누구도!

"더 쉬운 건……"

그가 희고 긴 손가락으로 철창을 붙들고 기자의 눈을 지

그시 들여다보며 말했다.

"병원균(그는 병원균[germ]을 '첨'이라고 발음했다)을 가지고서 말이죠, 발진티푸스건 페스트건 그 어떤 세균이건 상관없는데, 그걸 가지고 악성 배양균을 만들면 이 세상 그 어떤 약물도 중화시키지 못한단 말이오. 진정 강력한 세균이지. 그런 다음 핀으로 살짝 희생자의 피부를 긁으면? 그러면 어느 누가 추적해 당신을 찾아내겠소? 누가 당신이 살인자라고 주장할 수 있겠소?"

윌리엄스는 그자를 보고 그자의 말을 들으면서 둘 사이에 철창이 있다는 사실에 안도했다. 그러면서도 죄수의 주위에서 무언가 보이지 않는 얼음 같은 손가락 하나가 밖으로 나와 자신의 가슴에 대는 것 같았다. 그는 온갖 종류의 범죄와 죄수를 다 접해보았다. 질투나 탐욕, 열정이나 그 어떤 다른 이해 가능한 감정들로 살인을 저질러 죗값을 치르는 수십 명의 죄수를 인터뷰해보았다. 그는 그런 일을 이해했다. 강렬한 열정을 품으면 누구라도 잠재적 살인자가 될 수 있다. 그러나 피도 눈물도 없이 고의로, 권태 이외의 그 어떤 감정적 이유조차 없이 인간의 목숨을 앗아가고, 그렇게 할 수 있는 제 능력을 자랑하는 인간은 한 번도 만난 적이 없었다. 그는 헨직이 바로 그런 인간이라는 확신이 들었다. 그의 사악한 말이 암시한 것이 바로 그런 일이라는 확신이 들었다. 바로 여기 인간의 범주 밖에 있는 것, 무언가 끔찍하고 괴물 같은 것이 있다. 그것이 그를 전율시켰다. 이 젊은 의사는 악마의 화신이다. 인간의 목숨을 여름 날 파리 목숨보다 하찮게 여기고, 병원 수술실에서 흔한 수술을 하듯 침착한 손과 냉정한 두뇌로 살인을 저지르는 자.

그렇게 기자는 마음속에 생생한 인상을 품고 교도소 정문을 빠져나왔다. 물론 정확히 어떻게 그런 결론에 도달했는지는 그 자신도 명확히 설명할 수 없었다. 이번엔 마음속 마법 빗자루가 작동하지 않았다. 공포가 온전히 남아 있었다.

대로로 나오는 길에 그는 제9관할구역의 다울링 경관과 마주쳤다. 그는 다울링의 '위조지폐범' 체포를 열렬히 칭찬하는 기사를 쓴 날 이후 그와 절친한 친구가 되었다. 그날 다울링은 사실 술에 너무 취해 범인을 놓칠 뻔했다. 경찰관은 윌리엄스의 은혜를 절대 잊지 않았다. 그는 그 사건 덕분에 사복형사로 승진했다. 그러고는 항상 윌리엄스에게 자신이 알고 있는 뉴스라면 그 어떤 것이라도 먼저 알려주려고 했다.

"오늘 뭐 좋은 뉴스거리 없어?"

윌리엄스가 습관처럼 물었다.

"있고말고."

거친 얼굴의 아일랜드 출신 경찰이 답했다.

"진짜 최고의 뉴스거리지. 헨직 건이야!"

다울링은 긍지와 호의를 담아 소리쳤다. 그는 기분이 매우 좋은 상태였다. 큰 사건은 승진의 기회를 높이기 때문이었다. 게다가 자신의 이름이 일주일 이상 매일같이 신문을 장식할 것이다.

윌리엄스는 속으로 욕을 퍼부었다. 어찌 된 일인지 이 헨직이란 남자로부터 도망칠 수 없는 것 같았다.

"대단한 사건도 아니잖아, 안 그래?"

"무슨 소리야. 어마어마한 건이야."

그는 다소 기분이 상한 듯한 목소리로 답했다.

"헨직은 증거 불충분으로 전기의자는 피할 수 있을지는 몰라도 내가 본 놈 중 최악의 인간이야. 침 한 번 찍 내뱉는 것처럼 사람을 독살시킬 놈이야. 심장이 있기나 한 건지 모르겠지만 만약 있다면 아마 얼음에 담아두었을걸."

"대체 무슨 일이 있었던 거야?"

"오, 범인들은 때로 우리 경찰한테 탁 터놓고 얘기할 때가 있는 법이지."

경찰이 의미심장한 윙크를 날리며 말을 이었다.

"재판에서 불리한 증언으로 쓸 수 없거든. 또 답답한 속을 터놓고 싶어 한달까? 하지만 그자가 나한테 떠든 이야기 대부분은 차라리 안 듣고 싶은 거였다니까, 알겠어? 자, 들어가자."

그는 조심스럽게 주위를 살피며 덧붙였다.

"내가 한잔 사며 다 얘기해줄게."

윌리엄스는 그다지 내키지 않았으나 할 수 없이 그와 함께 술집 옆문으로 들어갔다.

"여기 영국 신사분께 스카치 한 잔!"

경찰이 익살스럽게 술을 주문했다.

"그리고 나는 피치 비터즈 조금 넣은 호스넥 한 잔 줘. 조금만 넣어, 많이 말고."

그는 50센트 주화를 던졌다. 바텐더는 윙크하더니 잔돈을 카운터에서 다울링 쪽으로 다시 밀어 보냈다.

"자네도 뭐 하나 마셔, 마이크?"

그가 바텐더에게 물었다.

"시가나 주세요."

바텐더는 다울링이 내민 10센트 주화를 주머니에 넣었다. 그리고 싸구려 시가를 조끼 주머니에 넣고는 두 남자가 자유롭게 대화하도록 옆으로 비켜섰다.

경찰과 기자는 15분 동안 머리를 맞대고 낮은 목소리로 이야기를 나누었다. 그러고 나서 기자가 다음 순배의 술을 샀다. 바텐더는 돈을 챙겼다. 그런 후 그들은 조금 더 이야기를 나누었는데, 윌리엄스는 안색이 하얗게 질렸고 경찰은 매우 진지한 태도였다.

"동료들이 브로디에서 날 기다리고 있어."

마침내 윌리엄스가 말했다.

"이만 일어나야겠어."

"아, 그래?"

다울링이 자리를 정리하며 말했다.

"그럼 다음엔 또 진탕 마셔보자고. 서로 맺힌 게 있으면 안 되잖아. 그리고 이 사건이 종결되기 전까지는 매일 아침

날 보게 될 거야. 재판은 내일 시작해."

그들은 남은 잔을 비웠다. 바텐더는 다시 10센트 주화를 받고 싸구려 시가를 주머니에 넣었다.

"내가 말한 거 기사로 실으면 안 돼. 그리고 다른 기자들에게도 떠들지 말고."

다울링이 헤어지며 당부했다.

"그리고 자네가 직접 확인하고 싶다면 차 타고 롱아일랜드 아미티빌로 가봐. 내 말이 사실이라는 걸 알게 될 거야."

윌리엄스는 스티브 브로디로 향했다. 생각이 벌떼처럼 머릿속에서 윙윙거렸다. 다울링의 이야기를 들으니 그 범인에 대한 공포가 열 배는 더 커진 듯했다. 물론 다울링이 거짓말을 하거나 과장했을 수도 있겠지만, 그렇지 않을 거라는 생각이 들었다. 그건 아마 모두 사실일 것이다. 신문사에서 유능한 기자들을 그 사건 취재에 보냈을 때는 분명 뭔가를 알고 있기 때문일 것이다. 윌리엄스는 정말이지 더 이상 알고 싶지도 않고 관여하고 싶지 않은 마음이 간절했다. 한편으로 그는 자신이 들은 이야기를 기사로 쓸 수 없었다. 지금 다른 기자들이 원하는 것은 오로지 자신의 인터뷰 결과뿐이었다. 경찰이 해준 이야기를 삭제한다 해도 인터뷰만으로 칼럼의 절반은 채울 수 있을 것이다.

세네터는 갈루샤와 한창 이야기에 빠져 있었고, 화이티 파이프는 테이블 모서리에서 칵테일 잔을 떨어뜨려 바닥에 닿기 직전에 잡는 게임을 하고 있었다. 그 잔이 브룩클린 다리에서 뛰어내리는 스티브 브로디라며 하는 놀이였다. 그는 자신이 잔을 놓치면 전체 손님들에게 술을 사겠다고 약속했고, 막 윌리엄스가 들어갔을 때 잔 하나가 바닥에 부딪혀 산산조각이 난 상황이었다. 떠들썩한 웃음소리가 술집을 가득 메웠다. 대여섯 명의 남자들이 카운터로 가서 각자 술을 시켰고, 윌리엄스도 거기에 합류했다. 그러고 나서 화이티와 갈루샤는 술도 깨고 점심을 먹을 겸 밖으로 나갔다. 그들은 나가기 전에 윌리엄스를 이따 저녁에 다시 만나 '이야기'를 듣기로 약속했다.

"뭐 좀 얻었어?"

세네터가 물었다.

"알고 싶은 거보다 더 많이 듣고 말았다네."

그는 그렇게 말하고 친구에게 이야기를 전했다. 세네터는 이따금 메모를 하며 온통 집중해서 들은 후 몇 가지 질문을 던졌다. 그러고 나서 윌리엄스가 말을 마치자 조용히 입을 열었다.

"다울링 말이 맞을 것 같아. 차를 타고 아미티빌로 가보자고. 거기서 사람들이 그자를 어떻게 생각하는지 알아보는 게 좋겠어."

아미티빌은 대략 30여 킬로미터 거리에 주택들이 드문 드문 산재해 있는 롱아일랜드의 마을이었다. 닥터 헨직은 그곳에 살며 1~2년 동안 개업의로 일했다. 헨직의 두 번째 부인이 의심스러운 죽음을 맞이한 곳이기도 했다. 이웃 사람들은 분명 할 말이 많은 듯했다. 그들의 증언이 대단한 가치가 있는 건 아닐지라도 분명 흥미로운 이야기들이었다. 그리하여 두 기자는 그곳에서 할 수 있는 모든 사람을 다 인터뷰했다. 편의점 점원부터 목사, 장의사에 이르기까지 닥치는 대로 인터뷰했다. 그들이 들려준 이야기는 책 한 권을 쓰고도 남을 것이다.

증기선을 타고 뉴욕으로 돌아올 때 세네터가 말했다.

"재미난 이야기지만 우리가 기사로 쓸 수 있는 건 하나도 없군."

그의 표정이 매우 심각했다. 아무래도 마음이 심란한 것 같았다.

"지방 검사가 재판에서 활용할 수 있는 증거 역시 하나도 없어."

윌리엄스가 말했다.

"완전히 악마 그 자체인데. 인간이 아니야."

세네터가 혼잣말하듯 중얼거렸다.

"도덕이란 게 완전히 결여되어 있어! 난 맥스웨터에게 말해서 다른 일을 달라고 해야겠어."

그들이 들은 이야기들은 닥터 헨직이 발각될 염려 없이 사람을 죽일 수 있다는 점을 대놓고 떠벌리던 사람임을 알려주었다. 또한 그와 척진 사람은 그 누구도 오래 살지 못했다는 이야기도 있었다. 의사로서 자신은 삶과 죽음에 대한 권리를 가져야만 한다거나 가졌다고 했다는 것이다. 그리고 어떤 사람이 자신에게 성가신 존재가 되거나 곤란을 일으키면 의심을 사지 않는 이상 그 사람을 처치하지 않을 이유가 없다는 이야기도 있었다. 물론 그는 그런 이야기를 시장에서 크게 떠벌리지는 않았다. 그러나 그는 자신이 그런 견해를 지니고 있고, 진지하게 그런다는 점을 사람들이 알도록 만들었다. 그런 이야기들은 대화를 나누다 방심한 사이에 그에게서 흘러나왔고, 누가 봐도 그의 마음가짐과 견해를 자연스럽게 표현한 것이었다. 그리고 그 동네 사람들은 분명 그가 그런 생각을 실천으로 옮긴 게 한두 번이 아닐 거라고 굳게 믿고 있었다.

"화이티나 갈루샤에게 줄 게 아무것도 없어."

세네터가 단호하게 말했다.

"게다가 추측뿐이라 우리 기사에 쓸 것도 거의 없고."

"난 어쨌든 쓰고 싶은 마음조차 사라진 것 같아."

윌리엄스가 쓴웃음을 지으며 말했다. 세네터는 질문을 대신해 날카로운 시선을 던졌다.

"헨직은 무죄를 받고 나올 수도 있을 거 같아."

윌리엄스가 말했다.

"나도 그럴 거 같아. 자네 말이 완전히 맞는 거 같군."

그는 천천히 말했다. 그러고 나서 좀 더 밝은 표정을 지으며 덧붙였다.

"차이나타운에 가서 저녁이나 먹자. 그러고 나서 같이 기사 쓰자고."

그리하여 두 기자는 펠가로 내려가 짙은 색 나무 계단을 올라 한 중국 음식점으로 들어갔다. 아편 냄새와 이국적인 음식 냄새가 진동했다. 그들은 나무 바닥에 놓인 작은 테이블에 앉아 갈색 그릇에 담긴 좁 수이와 추 옴 둥을 먹으면서 얼얼할 정도로 화끈한 화이트 위스키를 연신 마셔댔다. 그런 후 구석 자리로 옮겨 다음 날 아침 위대한 미국의 대중이 읽을 기사를 연필로 쓰기 시작했다.

"헨직이나 저 여자나, 참!"

세네터가 차이나타운에 자주 드나드는 타락한 백인 여자 하나가 실내로 들어와 빈자리에 앉아 위스키를 시키는 것을 보며 못마땅한 듯 말을 꺼냈다. 이곳 차이나타운에 거주하는 4,000명에 달하는 중국인 가운데 중국 여자는 단 한 명도 없기 때문이었다.*

"커다란 차이는……"

윌리엄스가 연기로 뿌연 실내를 가로질러 세네터의 시선을 좇으며 말을 이었다.

"저 여자는 한때 점잖았고 언젠가 다시 그렇게 될 수도

---

*

미국 이민법에 따라 당시 중국 남성과 여성의 비율은 현저히 불균형을 이루었다. 그렇다고 중국 여성이 전혀 없는 것은 아니었기에 다소 과장된 표현이라 볼 수 있다.

있다는 거지. 하지만 그 빌어먹을 의사 놈은 그냥 처음부터 그런 놈이었어, 영혼이 없는 지적인 악마야. 그자는 인류에 속하지 않아. 나는 무시무시한 생각이 드는데 그……."

"박테리아학 철자가 어떻게 되지? r이 두 갠가, 한 갠가?"

세네터가 내일이면 수천 명이 흥미를 갖고 읽게 될 기사를 휘갈기며 물었다.

"r이 두 개에 k가 하나 들어가."

윌리엄스가 낄낄거리며 답해주었다. 그런 후 그들은 다시 한 시간가량 더 기사를 쓴 다음, 파크로우에 있는 각자의 사무실에 제출하러 갔다.

2

막스 헨직의 재판은 2주 동안이나 계속되었다. 그의 친지들이 돈을 대고 최고의 변호사들을 고용해 쓸 수 있는 모든 지연작전을 썼기 때문이었다. 신문사 입장에서 보자면 폭삭 망한 꼴이었다. 나흘이 지나기도 전에 대부분의 신문사는 주요 기자들을 더 가치 있는 다른 임무로 돌리게 되었다.

그러나 윌리엄스의 관점에서는 망한 게 아니었다. 그는 그 일에 끝까지 매달렸다. 물론 일개 기자가 칼럼에 골몰할 권한은 없다. 특히 사건이 심리 중일 때는 더욱 그렇다. 그러나 뉴욕 언론계와 법의 존엄성은 그 나름의 기준을 지니고 있고, 날마다 쓰는 기사의 결론에도 그 자신만의 시각이 담기기 마련이다. 이제 다른 신문사에서는 그가 정보 공유 합의를 하지 않은 새로운 기자들이 이 사건을 취재했다. 그는 자신이 알고 있는 특별한 정보를 자유롭게 활용할 수 있었다. 아미티빌에서 들은 수많은 이야기와 다울링 경관한테서 들은 이야기도 이럭저럭 자신의 글에 슬며시 스며들

게 되었다. 그가 이 의사에게 느꼈던 공포와 혐오감도 어느 정도 글에 녹아들었다. 의사가 한 말을 그대로 옮긴 게 아니라 그의 말에서 유추한 본인의 의견이었다. 따라서 그가 쓴 일간 칼럼을 읽는 그 누구라도 헨직이 가장 위험한 유형의 계산적이고 냉정한 살인자라는 사실 이외에 다른 결론에 이를 수 없었다.

그건 기자로서는 다소 무모한 일이었다. 왜냐하면 기자의 임무는 매일 아침 감방에 있는 죄수를 인터뷰해 사건 진행 전반에 관한 그자의 견해, 특히 전기의자를 피할 확률에 대한 그자의 견해를 밝히는 일이기 때문이었다.

그러나 헨직은 당황한 기색을 보이지 않았다. 그에게 모든 신문이 제공되기에 윌리엄스가 쓴 기사를 전부 읽은 게 분명했다. 그는 기자가 자신에 관해, 적어도 자신의 죄의 유무에 관해 어떻게 생각하는지 잘 알고 있었다. 그러나 그는 기사의 공정성에 대한 어떠한 의견도 피력하지 않았다. 그저 자신이 결국 무사히 빠져나갈 가능성에 대해 대수롭지 않게 이야기했다. 그는 자신이 대중의 시선을 사로잡은 주요 인물이라는 사실에 몹시 뿌듯함을 느끼는 듯했다. 기자에게는 그 태도가 사악함을 드러내는 추가 증거로 보였다. 그는 허영심이 대단했다. 몸단장에 매우 신경 쓰며 매일 깨끗한 셔츠를 입고 새 타이를 맸다. 절대 같은 옷을 이틀 연속 입지 않았다. 그는 언론에 실리는 자신의 용모 묘사를 체크했을 뿐만 아니라 법정에서 입은 자신의 옷차림이나 태도가 상세하게 언급되지 않으면 매우 기분 나빠했다. 또한 신문에서 자신이 똑똑해 보이고 침착해 보인다거나 통제력이 대단하다고 언급하면 유난히 기뻐하고 즐거워했다. 일부 신문에선 실제로 그렇게 기사를 내곤 했다.

"날 영웅으로 만들고 있군."

어느 날 아침 평소대로 윌리엄스가 법정이 열리기 전 방문했을 때 헨직이 말했다.

"그리고 내가 전기의자에 가게 되면, 물론 그런 일은 없을 테지만, 엄청난 걸 보게 될 것이오. 알고 봤더니 전기의자로 사형을 집행한 게 그저 시신이라는 걸 말이오!"

그러더니 그는 무시무시할 정도로 태연한 자세로 윌리엄스가 쓴 기사의 어조에 대해 처음으로 조롱하기 시작했다.

"난 그저 법정에서 벌어진 진술과 행동을 보도할 따름입니다."

윌리엄스가 몹시 불편한 표정으로 말했다.

"그리고 항상 당신이 하고 싶은 이야기라면 무엇이건 쓸 준비가 되어 있습니다."

"나는 트집 잡힐 일이 전혀 없소."

헨직의 푸른 눈이 철창 너머 기자의 얼굴에 고정되어 있었다.

"하나도 없단 말이오. 당신은 내가 아내를 죽였다고 생각하고 당신의 문장으로 그걸 드러냈소. 전기의자에 앉은 사람을 본 적 있소?"

윌리엄스는 긍정의 대답을 하지 않을 수 없었다.

"아, 역시 그렇군요!"

의사가 평온한 태도로 말했다.

"그런데 그건 아주 한순간에 끝나지요. 분명 고통도 없을 겁니다."

윌리엄스는 그렇게 말했지만 실제 그의 생각은 달랐다. 하지만 이내 머리를 깎은 후 그 끔찍한 전기 밴드를 머리에 두르게 될 이 사악한 자에게 달리 무슨 말을 할 수 있겠는가!

헨직은 웃으며 좁은 감방 안을 이리저리 서성거렸다. 그러다가 갑자기 한 마리 표범처럼 빠른 동작으로 후다닥 철창으로 다가와 머리를 들이밀었다. 완전히 처음 보는 새로운 표정을 짓고 있었다. 윌리엄스는 자신도 모르게 뒤로 한 발짝 움찔 물러났다.

"죽는 데는 그것보다 더 끔찍한 방법들이 있지."

그가 악마 같은 표정을 띠고 낮은 목소리로 속삭였다.

"훨씬 더 고통스럽고 천천히 죽는 방법이 있소. 나는 여기서 나갈 것이오. 유죄판결 따위 받지 않을 것이오. 내가 나가면 당신을 찾아가 그에 관한 이야기를 들려주리다."

그의 목소리와 표정에 담긴 증오는 의심의 여지가 없었다. 그러나 순식간에 다시 평상시의 창백하고 냉정한 표정으로 돌아왔다. 그 비범한 의사는 다시 웃으며 제 변호사들의 장단점에 대해 조용히 이야기를 늘어놓았다.

결국 그 무심한 태도는 그저 꾸며낸 것에 불과했다. 이 남자는 진심으로 그가 작성한 기사에 쓰디쓴 앙심을 품고 있었다. 그는 유명세를 좋아했지만, 윌리엄스가 자신이 내린 결론을 신문에 실은 일에 분노하고 있었다.

기자는 드디어 인터뷰를 마치고 밖으로 나와 신선한 공기를 마시며 안도했다. 그는 기운차게 법정에 이르는 석조 계단을 올랐다. 아직도 철창 사이로 들이대던 그 혐오스러운 흰 얼굴과 희번덕거리던 무서운 눈빛이 떠올랐다. 그 말은 도대체 무슨 의미인가? 제대로 들은 게 맞나? 그건 협박이었나?

"훨씬 더 고통스럽고 천천히 죽는 방법이 있소. 내가 나가면 당신을 찾아가 그에 관한 이야기를 들려주리다."

그래도 증거를 보고하는 일이 불쾌한 생각을 좇는 데 도움을 주었다. 사회부장이 '이야기'가 탁월하다는 칭찬과 함께 넌지시 급여 인상의 가능성까지 언급하자 기분이 좋아졌다. 그러나 의식 한쪽 구석에 이 남자의 쓰디쓴 앙심을 자극했다는 막연하고 불쾌한 기억, 진실로 그자는 괴물이라는 생각이 늘 자리하고 있었다.

그 남자의 무쇠 같은 사악함, 마치 신의 권능 같은 힘을 지니고 지적이면서도 무시무시할 정도로 능수능란하게 삶을 헤치고 다니며 증명되지 않고 증명될 수도 없는 수많은 살해를 저지르는 그자에게 집착하며 그 생각이 끊임없이 달라붙는 데는 어쩌면 최면의 효과를 내는 무언가가 있을

지도 모른다. 분명 그건 매우 생생한 힘으로 상상력을 자극했다. 그는 이 젊은 의사, 비범한 지식과 진기한 기술을 지니고도 완전히 도덕이 결여된 자가 자신의 심기를 거스르는 사람이라면 누구든 제 뜻대로 처치하고 실로 발각될 염려도 없다는 걸 생각하니 전율로 온몸에 소름이 돋지 않을 수 없었다.

윌리엄스는 재판 마지막 날이 되었을 때 기쁘기 그지없었다. 더 이상 인터뷰를 하기 위해 날마다 감방을 찾지 않아도 되고, 종일 비좁은 법정에 앉아 피고석에 앉은 그 혐오스러운 하얀 얼굴을 보며 수많은 증거가 그를 압박하는 가운데 결정적인 일격이 부족해 전기의자에 앉힐 수 없다는 말들을 듣지 않아도 되기 때문이었다. 배심원단이 밤새 숙고하며 결정에 이르렀다. 결국 헨직은 무죄 석방되었다. 그가 길거리로 풀려나기 직전, 윌리엄스가 그와 나눈 마지막 인터뷰는 가장 유쾌하면서도 동시에 가장 불쾌한 인터뷰였다.

"나는 무사히 빠져나올 줄 알고 있었소."

헨직은 살짝 웃으면서 말했으나 가슴속에서 느끼고 있을 진정한 안도감 같은 건 엿보이지 않았다.

"내 아내의 가족과 《벌처》의 기자인 당신 빼고는 아무도 내가 유죄라고 믿지 않았소. 나는 당신의 기사를 매일 읽었다오. 당신은 너무 성급하게 결론에 이르렀소. 그게 말인데⋯⋯."

"오, 우리는 들은 것만 쓸 따름……."

"어쩌면 당신은 언젠가 다른 이야기를 쓰게 될 것이오. 아니면 다른 이가 당신의 재판에 관해 쓴 기사를 읽게 될지도 모르지. 그렇게 되면 당신은 당신 때문에 내가 느낀 걸 더 잘 이해하게 될 거요."

윌리엄스는 서둘러 재판의 판결에 대한 의사의 견해를 물었고, 뒤이어 장래 계획에 관해 물었다. 그는 의사의 답을 듣고 진정한 안도감을 느꼈다.

"아! 물론 독일로 돌아갈 것이오. 이곳 사람들이 나를 좀 두려워한다니 말이오. 날 죽인 건 전기의자가 아니라 신문이라오. 잘 계시오,《벌처》기자님. 안녕히!"

그 후 윌리엄스는 커다란 안도감을 느끼며 그와의 마지막 인터뷰 기사를 작성했다. 아마도 헨직이 '무죄'라는 배심원장의 말을 들었을 때와 마찬가지의 안도감이었을 것이다. 그가 가장 기쁘게 느꼈던 부분은 무죄 석방된 그자가 독일로 떠날 계획이라는 기사를 쓸 때였다.

3

뉴욕의 대중은 일상생활에서 선정적인 읽을거리를 원하고 또 쉽사리 얻는다. 그런 것을 제공하지 않는 신문은 일주일 안에 망할 것이다. 뉴욕의 신문사 사주들은 자선가가 아님을 스스로 공언한다. 공포 뒤에는 다시 공포가 뒤잇고, 대중의 관심이 사그라지는 건 단 한순간도 허락되지 않는다.

기사 작성에 일말의 능력을 지닌 기자라면 누구라도 그런 것처럼 윌리엄스도 《벌처》에 들어온 첫 주만에 이 사실을 깨달았다. 그가 날마다 하는 단순한 일은 선정적인 사건들을 선정적으로 보도하는 것이었다. 끊임없이 몰아붙이는 자극적인 체포, 살인 재판, 공갈, 이혼, 위조, 방화, 부패 등 상상할 수 있는 모든 사악한 사건들. 각 사건들은 그에게 이전 사건보다 조금씩 약화된 전율을 선사했다. 과도한 선정성이 그를 마비시켰다. 그는 무감각해지기보다는 아예 감응하지 않게 되었다. 경험이 부족한 기자들이 쉬이 그러는 것처럼 흥분해서 판단을 그르치는 단계를 벌써 오래전에 넘어섰다.

그러나 헨직 사건은 오랫동안 그의 상상 속에 살면서 괴롭혔다. 사실 자체는 멀베리가에 위치한 경찰 본부의 파일과 신문사 자료실 안에 잠들었다. 또한 대중은 새로운 공포에 매일같이 노출되어 주인공 석방 후 며칠이 지나자 사악한 의사의 존재 자체를 잊었다.

그러나 윌리엄스의 상황은 달랐다. 그 비정하고 계산적인 살인자—사람들은 지적인 독살자라 불렀다—의 인격은 그의 상상력에 깊은 인상을 남겼다. 의사는 몇 주 동안 그의 기억 속에서 살아 숨 쉬는 공포로 남았다. 낄낄거리며 던지던 그의 말들, 그 말에 감춰진 협박과 감추지도 않던 적대감이 그 기억을 생생하게 유지하는 데 일조했다. 헨직은 그의 머릿속에 머물며 그의 꿈에 출몰했다. 그러다 보니 맡은 사건에 대한 생각을 떨치기 어려웠던 신입 기자 시절이 생각났다.

그렇지만 시간이 흐르자 헨직조차 죄수들과 형무소 장면들이 뒤죽박죽 쌓인 혼란스러운 기억의 배경 속으로 사그라지기 시작했다. 그러다가 마침내 그에 관한 기억은 매우 깊이 묻혀 더 이상 윌리엄스를 괴롭히지 않게 되었다.

여름이 지났다. 윌리엄스는 메인의 삼림지대에서 2주간의 달콤한 휴가를 보내고 돌아왔다. 뉴욕은 가장 좋은 시절을 맞았다. 어쩔 수 없이 도심에 머물며 작열하는 여름 열기를 참아내야 했던 수많은 이들은 찬란한 가을을 맞아 소생하기 시작했다. 로어베이에서 시원한 바닷바람이 불어와 바싹 타버린 거리를 휩쓸었고, 빛나는 허드슨강을 가로지르는 뉴저지 팰리세이즈 협곡의 숲은 진홍빛, 황금빛으로 물들었다. 공기는 날이 서서 짜릿하게 반짝반짝 빛났다. 도시의 삶은 들뜨고 맹렬한 에너지로 다시 맥박치기 시작했다. 거리의 얼굴들이 바다와 산을 메웠고, 사람들의 눈은 건강하고 쾌활하게 빛났다. 뉴욕의 가을이 거부할 수 없는 강력한 마법을 선사했기 때문이었다. 심지어 불운한 낙오자들이 수도 없이 밀려드는 더러운 이스트사이드 빈민가의 누추한 모습조차 정화되었다. 특히 해안가에서는 바다와 태양과 향기로운 바람이 서로 힘을 합쳐 각자의 감옥 안에서 울화가 쌓인 모든 이들의 가슴에 억누를 수 없는 열기를 만들어냈다.

그리고 윌리엄스가 사방에 퍼져 있는 희망과 기쁨의 영향에 다른 사람들보다 좀 더 활기차게 반응한 이유가 따로 있었는지도 모른다. 휴가에서 얻은 활력과 다가올 겨울을 앞두고 내린 희망찬 결심으로 충만한 그는 불규칙한 생활의 해악에서 벗어난 것처럼 느꼈다. 시월의 어느 날 아침, 앞뒤 구분 없는 커다란 페리를 타고 스태튼 아일랜드로 건너가는 그의 마음은 가벼웠다. 그는 순수한 기쁨과 즐거움을 맛보며 푸른 물과 멀리 아련한 숲을 내다보았다.

그는 신문사로 가기 위해 승선 전 검역소로 향하는 길이었다. 독일 의회의 유대인 박해 회원 하나가 '반-유대인'을 주제로 강연하기 위해 뉴욕으로 오고 있었다. 그를 취재할 만하다고 여긴 신문사들은 그가 하는 일을 묵인하지만 환영은 할 수 없다는 사전 경고를 신문에 싣고 있었다. 유대인은 훌륭한 시민이며 미국은 '자유 국가'이고 쿠퍼 유니온 홀에서 열릴 그의 강연은 조롱을 살 것이 분명한 데다, 어쩌면 폭력 사태까지 불러올 수 있을 거라는 내용이었다.

윌리엄스에게는 기분 좋은 임무다. 그는 참견하고 간섭하는 독일인을 살짝 조롱한 후, 연단에 서서 날아오는 달걀 세례를 받지 말고 어서 빨리 다음번 증기선을 타고 브레멘으로 떠나도록 조언하라는 지시를 받았다. 그는 임무를 수행할 각오를 다지면서 검역소 안으로 들어가 담당 의사와 그에 관한 이야기를 나누었다. 그들은 작은 예인선을 타고 샌디훅에 막 정박하는 거대한 선박을 만나기 위해 만 안쪽 바닷길로 내려갔다.

배의 갑판은 연기를 내뿜는 예인선이 접근하는 모습을 보기 위해 나온 승객들로 붐볐다. 큰 배와 예인선이 가까워진 그때 흔들리는 밧줄 사다리를 보고 있던 윌리엄스는 갑자기 선박 중간쯤 어딘가로 시선이 이끌렸다. 그곳 하부 갑판의 2등칸 승객 중에 어떤 사람이 자신을 뚫어져라 쳐다보는 모습이 보였다. 밝은 푸른색 눈에 검게 그을린 승객들 사이에서 유독 흰 피부가 돋보이는 남자였다. 윌리엄스는 즉각 가슴이 두방망이질 치기 시작했다. 바로 헨직이었다!

한순간 그를 둘러싼 모든 게 변했다. 만의 푸른 물은 검게 변했고, 햇빛은 사라져버렸다. 두려움과 혐오의 옛 감정들이 커다란 고통의 기억처럼 다시 그를 압도했다. 그는 몸서리를 치면서도 검역소 의사를 따라 배에 오르기 위해 밧줄 사다리를 붙잡았다. 화가 나기도 하고 동시에 이 남자의 귀환이 자신에게 이다지도 큰 영향을 준다는 사실을 깨달으며 순전한 불안을 느꼈다. 유대인 박해자와의 인터뷰는 최대한 빨리 끝내버렸다. 그는 거대한 증기선에 오른 다른 기자들과 함께 부두로 향하는 대신 서둘러 검역 예인선을 타고 스태튼 아일랜드로 돌아왔다. 그는 그 가증스러운 독일인을 다시 보지 못했다. 심지어 자신이 잘못 보았을 수도 있다, 그와 닮은 사람을 보고 환각을 일으킨 것일 수도 있다는 희미한 희망을 품었다.

어쨌든 다시 세월이 흘러 몇 주가 지났다. 10월을 지나 11월이 되었다. 그러는 동안 그 고통스러운 조우는 다시 재현되지 않았다. 어쩌면 그저 다른 사람이었을 수도 있다. 설령 진짜 헨직이었다 해도 그자가 자신에 대한 걸 모두 잊었을 수 있다. 다시 돌아온 일이 복수와는 연관이 없을 수도 있지 않은가.

그럼에도 윌리엄스는 불안을 느꼈다. 그는 경찰인 친구 다울링에게 헨직에 대해 말했다.

"다 아는 뉴스야."

아일랜드 친구가 웃으며 정보를 털어놓았다.

"본부에서 그자를 용의자로 예의주시 중이야. 베를린에서 두 건의 살인사건을 저지른 한 남자를 수배하고 있어. 브루너라는 이름으로 알려졌는데, 사건 정황을 들어보니 아무래도 그 친구 헨직인 거 같아. 아직 확실한 건 아니지만 우리도 그자를 수사하고 있다네. 실은 내가 하고 있지."

그는 자랑스럽게 덧붙였다.

"그리고 잊지 마! 시간이 되면 자네한테 뭐든 다 알려주겠지만, 아직은 입 다물고 있어야 해!"

다울링과 만난 이후 오래 지나지 않은 어느 날 밤, 윌리엄스와 세네터는 웨스트사이드 부두에서 일어난 대형 화재 사건을 취재 중이었다. 몰아치는 돌풍으로 불길이 강의 중간쯤까지 옮겨붙을 듯했다. 그들은 거대한 화염을 지켜보는 군중들 바깥쪽에 서 있었다. 어마어마한 불길의 포효로 주변 선박들이 환하게 비쳤다. 긴급한 현장 소식을 취재하려던 세네터는 날아다니는 재와 물을 피하며 방화선 안으로 진입하기 위해 윌리엄스의 오버코트를 잠시 빌려 입었다. 자정이 지난 시점이었다. 주요 상황은 이미 전화로 사무실에 알렸다. 이제 그들이 해야 할 일은 현장의 최신 정보를 취재해 신문사로 보내는 것이었다. 교정은 뉴스 담당 부서에서 할 것이다.

"저기 코너에서 기다릴게!"

윌리엄스가 형언키 어려운 혼란스러운 현장에서 서둘러 벗어나며 말했다. 그러면서 화재 배지를 떼어냈다. 눈에 잘 띄는 이 황동 배지는 소방서에서 기자들에게 발급해주는 것으로, 경찰이 친 차단선 안으로 들어가 현장을 취재할 수 있도록 허가해주는 배지다. 단, 피해가 나면 스스로 책임져야 한다는 단서가 붙었다. 그가 코트에서 배지의 핀을 뽑는 순간 군중 속에서 누군가가 팔을 뻗어 그를 단단히 움켜잡았다. 누군지 확인하기 위해 몸을 돌렸지만 밀려드는 군중들에 휩싸여 헛손질하며 넘어질 뻔했다. 그 와중에 그저 그 팔이 다시 쑥 사라지는 것만 겨우 목격할 수 있었다. 그는 군중에 떠밀리다가 가까스로 인도에 올라섰다.

그 일이 특별히 이상하게 여겨지지는 않았다. 그렇게 많은 인파가 몰려 혼란스러운 상황에서는 불길에 더 가까이 다가가려고 밀치는 구경꾼들이 많기 때문이다. 그는 그저 웃으며 배지를 주머니에 안전하게 집어넣었고, 친구가 최신 정보를 가지고 돌아올 때까지 사그라지는 화염을 지켜보며 서 있었다.

긴박한 시간이었다. 세네터는 할 수 있는 일이 별로 없었지만, 어둠을 뚫고 무거운 발걸음으로 돌아왔을 때는 30분이 꽉 차게 지난 시점이었다. 윌리엄스는 멀리서 다가오는 세네터가 입은 자신의 옷, 체크무늬 얼스터 코트를 보고 한눈에 알아보았다.

그런데 저게 세네터 맞나? 그 인물은 이상하게 움직였다. 마치 부상당한 것처럼 절름거렸다. 1~2미터 다가오다가 멈춰 서더니 어둠 속에서 윌리엄스를 노려보았다.

"윌리엄스, 자네 맞아?"

무뚝뚝한 목소리였다.

"한순간 자네가 아니라 다른 사람인 줄 알았네."

윌리엄스가 친구를 알아보고 안도했다.

"그런데 왜 그래? 어디 다쳤어?"

세네터는 번뜩이는 불빛 속에서 송장처럼 보였다. 창백한 얼굴에 이마에는 피가 똑똑 흘러내리고 있었다.

"어떤 놈이 날 이렇게 만들었어. 부두 난간에서 일부러 밀어버리더라니까. 그나마 내가 부서진 잔해 위로 떨어져 보트를 찾았기에 망정이지, 안 그랬으면 분명 빠져 죽었을 거야. 그런데 그게 누군지 알 거 같아. 생각해봐! 난 그 자식의 흰 얼굴을 보았고 목소리도 들었다니까."

"대체 누구였는데? 왜 널 노린 거야?"

윌리엄스가 웅얼거리며 물었다.

세네터는 그의 팔을 붙잡고 브랜디를 한잔하기 위해 뒤에 있는 술집으로 비틀거리며 들어갔다. 그는 가는 내내 어깨 너머로 뒤를 돌아보았다.

"이 더러운 동네에서 빨리 빠져나가는 게 좋겠어."

그가 말했다.

세네터는 의미심장한 표정으로 잔을 사이에 두고 윌리엄스를 바라보더니 그제야 그의 질문에 대답했다.

"누구였냐고? 헨직이었지! 뭘 노렸냐고? 그야 물론, 자넬 노린 거지!"

"날? 헨직이?"

"그놈이 날 자네로 착각한 것 같아."

세네터가 뒤돌아 문을 바라보며 말했다.

"사람들이 너무 빼곡히 밀집해 있어서 부두 가장자리로 가로질러 갔거든. 아주 어둡더라고. 내 근처엔 아무도 없었어. 그래서 뛰었지. 그런데 갑자기 내 앞에 덜컥 나무 둥치 같은 게 딱 막아서는 거야. 아이고, 놀라라! 내 분명히 말하건대, 분명 헨직이었어. 아니라면 내가 네덜란드 고주망태라네. 나는 그 자식의 얼굴을 똑바로 바라보았어. 그 자식이 '잘 가, 《벌처》기자님!' 이러더니 사악하게 웃으며 갑자기 날 밀친 거야. 난 난간 뒤로 나자빠지고 말았고."

세네터는 숨을 고르기 위해 말을 멈추고 두 번째 잔을 비웠다.

"아, 내 오버코트!"

윌리엄스가 낮은 목소리로 소리 질렀다.

"그래, 그놈이 자넬 공격한 이유를 알겠네."

다행히 세네터의 부상은 심각하지 않았다. 두 남자는 전화기를 찾아 다시 브로드웨이를 향해 걸어갔다. 흑인들이 사는 리틀 아프리카로 알려진 불빛이 희미한 거리를 지나쳤다. 그곳은 도로 한가운데로 걷는 게 오히려 안전했다. 그렇게 해야 옆으로 새는 수많은 어두운 뒷골목을 피할 수 있었다. 그들은 걷는 내내 이야기를 나누었다.

"그놈이 자네를 노리고 있는 게 분명해. 자기 재판에 관한 자네의 기사에 앙심을 품은 거야. 정신 똑바로 차리고 눈 부릅뜨고 다녀!"

세너터가 슬쩍 웃음을 흘리며 말했다.

그러나 윌리엄스는 조금도 웃을 마음이 아니었다. 증기선에서 목격한 자가 헨직이 분명하다는 생각, 그가 자신의 체크무늬 얼스터 코트를 알아볼 만큼 가까이 미행 중이었고, 자신의 목숨을 앗을 시도를 했다는 사실이 너무나 끔찍하고 불안했다. 그런 인간에게 스토킹을 당한다는 사실이 너무나 오싹했다. 그 흰 얼굴의 잔인한 괴물, 무자비하고 가차 없는 악마 같은 인간, 비밀스럽게 살인을 저지를 수많은 방법에 능통한 자에게 미행당했다는 사실을 깨달으니, 거대 도시의 군중 속 어딘가에서 미행당하고 사냥당하고 관찰당한다는 사실을 깨달으니, 고문과 같은 아찔한 강박감이 고개를 쳐들었다. 그 옅은 푸른색 눈, 예리한 지적 능력, 앙심으로 가득한 그자가 재판 이후로 내내 자신을 노리고 있다. 심지어 바다 건너편에서도 계속 그랬을 것이다. 그 생각만으로도 오금이 저렸다. 난생처음 매우 생생하고 가까이 죽음을 느꼈다. 그건 다른 사람들이 죽어가는 걸 지켜보며 경험했던 그 어떤 감정보다 더 실감 나게 와닿았다.

그날 밤 이스트 19번가 하숙집 허름한 작은 방에서 윌리엄스는 완전히 겁에 질린 채 잠자리에 들었다. 그리고 그날 이후 며칠 동안 내내 그렇게 겁에 질린 상태였다. 부정해도 소용없었다. 그는 자신이 미행당할 거라 생각하며 모든 곳을 두리번거렸다. 회사에 새로 들어온 신입 직원을 볼 때나, 하숙집 식사 자리에서나, 일상의 습관이 닿는 그 어떤 곳에서도 끊임없이 화들짝 놀라곤 했다. 일상생활이 힘들 만큼 시달렸다. 꿈은 모두 악몽이 되었다. 그는 스스로 내린 훌륭한 결심을 모두 잊어버렸다. 고통을 잊게 도와주던 옛 습관들에 다시금 빠지게 되었다. 기분이 조금이나마 나아지려면 그전보다 두 배 이상의 술이 필요했고, 무모해질 정도가 되려면 네 배가 필요했다.

그렇다고 진짜 술고래가 된 건 아니었다. 술 그 자체를 좋아해서 마시는 것도 아니었다. 단지 그는 기자와 경찰, 무모하고 흐트러진 삶을 사는 목마른 남녀들 주변을 맴돌 뿐이었다. 그들의 세계는 "뭐 마실 거야?"가 인사였으며, "오, 저 친구 술 끊었어!"가 비난이 되는 곳이었다. 그는 그때쯤 되어서야 근무시간에 자신이 마시는 칵테일과 진피즈의 잔을 헤아리며 주의를 기울이기 시작했다. 자기 통제력을 잃지 않으려고 노력했다. 그는 관찰당하고 있었다. 그는 단골 식당과 술집을 바꾸었고, 자신을 미행하는 그 악마에게 단서가 될 수 있는 모든 습관을 바꾸었다. 심지어 하숙집까지 옮겼다. 그의 감정—두려움의 감정—이 모든 것을 바꾸게 만들었다. 그것은 바깥세상을 어두운 색상으로 칠하며 우울로 물들였다. 햇볕을 쬐도 아무 소용없었다. 그것은 열정을 감소시켰을 뿐만 아니라 모든 삶의 기능에 무거운 방해물로 작용했다.

헨직이 했던 말이 이미 술과 마약으로 찌든 윌리엄스의 상상력에 끼친 영향력은 물론 과도할 정도로 강했다. 병원균을 배양해 어떤 약을 써도 무용지물이 될 만큼 강력하게 만든 다음 핀으로 긁어 희생양의 몸에 침투시킨다는 의사의 말이 그 어떤 것보다 더 강력하게 그를 사로잡았다. 그것이 그의 생각을 지배했다. 매우 영리하고 몹시 잔인하며 아주 악마 같은 짓이었다. 화재 현장에서의 '사고'는 물론 그 순간의 충동—우연한 만남과 어리석은 실수—을 못 이겨 벌인 진짜 사고였다. 헨직은 그러한 엉성한 방법에 기댈 필요가 없었다. 적절한 때가 오면 그자는 훨씬 더 간단하고 안전한 살인 계획을 실행에 옮길 것이다.

헨직이 자신을 미행하며 기회를 노리고 있다는 생각에 너무나 집착하다 보니 신경이 너무 예민해져 일을 제대로 할 수 없었다. 어느 날 마침내 그는 사회부장에게 모든 내막을 털어놓았다.

"그거 좋은 이야긴데. 2단짜리 기사로 써봐."

사회부장이 즉시 말했다.

"물론 이름은 가명으로 하고. 헨직은 언급하지 마. 그랬다간 명예훼손으로 걸릴 테니까."

그렇지만 윌리엄스는 너무나 심각하고 진지했다. 그가 강력하게 자기 주장을 펼치자 미칠 듯이 바쁜 사회부장 트레헌은 어쩔 수 없이 그를 데리고 유리문 안으로 들어갔다.

"자, 들어봐, 윌리엄스. 자네 술을 너무 많이 마셔. 문제는 그거야. 술 좀 줄여. 그러면 헨직의 얼굴이 사라질 거야."

트레헌은 친절하면서도 예리했다. 그는 젊고 굉장히 명민했으며 인간의 본성에 대한 지식이 대단했다. 특히 '뉴스거리를 찾아내는 능력'이 출중했다. 그는 직관적 판단력으로 자신이 관리하는 기자들의 능력을 간파했다. 일만 제대로 한다면 술을 마시는 것쯤은 아무 일도 아니었다. 그 세계에서는 모두가 술을 마셨고, 술을 마시지 않는 사람이 오히려 의심을 샀다.

윌리엄스는 그자의 얼굴을 본 게 알코올중독 때문에 생기는 섬망증이 아니라며 사납게 대꾸했다. 사회부장은 뉴스데스크에서 그를 기다리는 한 무리의 직원들을 상대하러 나가기 전에 그에게 2분의 시간을 더 할애했다.

"그래? 설마!"

그는 좀 더 관심을 기울이며 물었다.

"음, 내 생각엔 헨직이 자네를 그저 가지고 놀려고 그러는 거 같은데. 자네가 기사로 그자를 죽이려고 했잖아. 그래서 복수한답시고 겁을 좀 주려는 것 같아. 하지만 감히 무슨 일을 벌이지는 못할걸. 그자에게 엄포를 놓는다면 어린애처럼 움츠러들 거야. 이 세계에서는 모든 게 다 허세야. 하지만 그 병원균 아이디어는 죽이는데. 굉장히 독창적이야!"

윌리엄스는 트레헌의 경솔한 언행에 화가 솟구쳤다. 그래서 옷을 바꿔 입고 봉변을 당한 세네터의 이야기를 꺼냈다.

"그래, 그래, 그럴지도 모르지."

사회부장이 서둘러 대꾸했다.

"하지만 세네터는 중국술을 마시잖아. 중국술 마시는 사람들은 별걸 다 상상한다고. 자, 윌리엄스. 노련한 윗사람이 하는 조언이니 잘 들어. 술을 좀 줄이게. 칵테일 마시지 말고 차라리 위스키 스트레이트로 마셔. 절대 빈속에 마시지 말고. 무엇보다도 섞어 마시면 안 돼!"

그는 윌리엄스를 날카롭게 한 번 쳐다보고 그대로 나가버렸다.

"다음번에 그 독일인을 보거든,"

트레헌은 문을 나서며 소리 질렀다.

"전기의자에서 빠져나간 게 어떤 기분인지 인터뷰 좀 따와. 자네가 눈 하나 꿈쩍하지 않는다는 걸 보여주라고. 그자를 감시하고 미행하는 눈이 있다고 얘기해. 용의자라고 언질을 주며 수작을 부려봐. 그자에게 경고하는 것처럼 굴란 말이야. 그러면 전세가 역전될 거야. 좀 움찔하게 만들어, 무슨 말인지 알겠어?"

윌리엄스는 고속지하철위원회 회의를 취재하기 위해 길거리로 나섰다. 사무실 계단을 내려오며 그가 마주친 첫 번째 사람이 바로 막스 헨직이었다.

윌리엄스가 걸음을 멈추거나 옆으로 비키기도 전에 둘은 정면으로 맞닥뜨렸다. 순간 머리가 빙글빙글 돌고 몸이 떨리기 시작했다. 그러다가 간신히 다소 침착함을 되찾았다. 그는 본능적으로 사회부장의 조언에 따라 행동하려고 애썼다. 준비된 다른 계획은 없었다. 그는 내면 깊숙이 남아 있는 최후의 힘을 짜냈다. 그게 아니라면 도망칠 수밖에 없었다.

헨직은 잘 지내는 듯 보였다. 모피 오버코트에 모자 차림이었다. 얼굴은 그 어느 때보다 더 새하얗게 보였지만 푸른 눈은 석탄처럼 활활 이글거리고 있었다.

"이런! 닥터 헨직, 뉴욕에 돌아오셨군요! 언제 오셨나요? 만나서 반갑……음, 어……, 들어가서 한잔하실까요?"

그는 다급하게 말을 맺었다. 멍청한 대처였지만 도저히 다른 말이 생각나지 않았다. 그는 헨직에게 자신이 겁먹었다는 걸 눈치채도록 하는 게 죽기보다 싫었다.

"술 마실 생각은 없소, 《벌처》 기자님. 어쨌든 고맙소."

그가 태연하게 대꾸했다.

"하지만 나는 안 마시더라도 옆에 앉아 기자님이 마시는 건 지켜볼 수 있소."

차분한 그의 태도는 언제나 그랬던 것처럼 빈틈이 없었다.

그러나 윌리엄스는 이제 조금이나마 냉정함을 되찾았다. 상대의 거절 표시를 얼른 받아들이고는 회의에 가야 한다는 취지의 말을 건넸다.

"가시는 길에 함께 좀 걷겠소."

헨직이 인도에서 그를 따르며 말했다.

그를 막는 건 불가능했다. 그들은 나란히 걸으며 시청 공원을 가로질러 브로드웨이 쪽으로 향했다. 4시가 넘은 시각이었다. 어스름이 내리고 있었다. 작은 공원은 사방으로 걸어가는 사람들로 붐볐다. 사람들은 언제나처럼 정신없이 서두르고 있었다. 맹렬하게 움직이는 주변 삶의 현장에서 헨직만이 유일하게 차분해 보였다. 아예 정지해 있는 것 같았다. 그는 얼음 같은 분위기를 뿜어냈다. 그런 인상을 풍긴 건 그의 목소리와 태도였다. 그는 기민했고 경계를 늦추지 않았고 단호했으며, 언제나 그런 것처럼 확신에 차 있었다.

윌리엄스는 도망치고 싶었다. 마음속에서 이자를 재빨리 없애버릴 수 있는 열댓 가지 방법을 생각해보았으나 모두 소용없는 짓이라는 걸 잘 알고 있었다. 그는 오버코트—바로 그 체크무늬 얼스터 코트— 주머니에 두 손을 넣고는 옆에서 걷는 그자의 움직임 모두를 곁눈질로 관찰했다.

"다시 뉴욕에 사시나 보죠?"

"더 이상 의사 일은 안 한다오. 지금은 가르치고 연구하는 일을 하면서 과학 서적도 좀 쓰고……."

"무엇에 관한 책이죠?"

"세균에 관한 거라오."

그는 윌리엄스를 바라보며 웃음 지었다.

"병원균, 세균의 배양과 성장에 관한 내용이오."

그는 '성장'이란 단어에 강한 억양을 넣었다.

윌리엄스는 좀 더 빨리 걸으며 사력을 다해 트레헌의 조언을 실행에 옮겨보려고 애썼다.

"언제 저와 인터뷰를 좀 해주시죠, 그러니까 당신의 전문 분야에 관해서요?"

그가 최대한 자연스럽게 요청했다.

"아, 좋소. 기꺼이 응하겠소. 나는 지금 할렘에 산다오. 나중에 방문할 일이 있으면……."

"우리 사무실이 좋습니다."

기자가 그의 말을 끊으며 덧붙였다.

"종이며 책상, 자료실 등 모든 걸 다 편리하게 이용할 수 있으니까요."

"겁난다면……."

헨직이 말을 꺼내더니 문장을 바로 잇지 않고 먼저 웃음부터 보였다.

"거긴 비소 따윈 없다오. 날 아직도 서투른 독살자로 여기는 건 아닐 테죠? 지금은 그 모든 일에 대해 생각을 바꾸었소?"

윌리엄스는 소름이 돋았다. 저자는 어찌 저런 말을 태연히 농담처럼 꺼낼 수 있단 말인가! 바로 제 아내의 사인 이야기를!

윌리엄스는 급하게 몸을 돌려 그를 바라보았다. 한동안 꼼짝하지 않고 그대로 서 있었기에 밀려오는 사람들이 둘 사이로 두 갈래로 갈라져 지나갔다. 그는 자신이 두려워하지 않는다는 걸 알리기 위해 절대적으로 무슨 말이라도 던져야 할 것 같았다.

"닥터 헨직, 아시리라 믿지만, 경찰은 당신이 돌아왔다는 걸 잘 알고 있습니다. 감시당하고 있다는 것쯤은 알고 있겠죠?"

윌리엄스는 그자의 혐오스러운 푸른 눈을 똑바로 쳐다보기 위해 애쓰며 낮은 목소리로 경고했다.

"아, 무슨 이유로?"

그는 태연한 태도로 물었다.

"뭔가 혐의를 두고 있는 것 같더군요."

"혐의라, 또? 아!"

"난 그저…… 당신에게 경고해주고 싶었고……."

윌리엄스가 말을 더듬었다. 이자의 오싹한 눈빛과 마주하면 언제나 차분함을 유지하기 힘들었다.

"내가 뭘 하는지 본 경찰은 없소. 또다시 날 잡을 일도 없을 거요."

그는 끔찍한 표정으로 웃음을 날렸다.

"하지만 어쨌든 감사하오."

윌리엄스는 전속력으로 달리는 브로드웨이 택시를 잡기 위해 몸을 돌렸다. 그는 불쾌하기 짝이 없는 이 작자와 더 이상 함께 있는 걸 견딜 수 없었다.

"언제 한번 인터뷰하러 사무실에 들르리다!"

윌리엄스가 서둘러 갈 때 헨직이 소리 질렀다. 그러더니 어느 순간 군중 속에 묻혀 보이지 않았다. 윌리엄스는 복잡한 감정 속에서 알 수 없는 내면의 떨림을 느끼며 고속지하철위원회 회의를 취재하러 갔다.

그는 기계적으로 회의록을 기록하면서도 마음은 다른 생각으로 분주했다.

내내 헨직이 그의 마음속에 자리했다. 그는 다른 이들에게 가당치 않아 보인다 하더라도 자신의 두려움이 단순한 망상이 아니며 자신이 그 독일인을 제대로 판단한다고 확신했다. 헨직은 자신을 증오했다. 분명 할 수만 있다면 자신을 처치하려 들 것이다. 거기다 발각이 거의 불가능한 방식으로 일을 처리할 것이다. 그는 평범하게 총을 쏘거나 독을 풀지도 않을 것이며 엉성한 방법에 기대지도 않을 것이다. 그는 그저 추적하고 관찰하고 기회를 엿보다가 완전히 냉담하고 무자비하고 단호하게 행동할 것이다. 그리고 윌리엄스는 그 수단에 대해 이미 꽤 확신을 가졌다. 그건 바로 '세균'일 것이다!

그 수단은 아주 가까이 접근해야 가능한 일이었다. 그는 기차와 자동차, 식당 그 어디에서든 가까이 다가오는 모든 사람을 감시해야 한다. 단 1초면 끝날 것이다. 그저 조금 긁히는 것으로 충분할 것이다. 그러면 질병은 막강한 힘으로 그의 혈관을 파고들고, 회복의 가능성은 희박할 것이다. 그러면 어떻게 해야 하나? 그는 헨직을 감시하거나 체포하게 만들 수 없었다. 치안판사나 경찰에게 할 증언이 없었다. 그런 이야기를 어느 누가 진지하게 받아주겠는가. 만약 그가 갑작스럽게 질병에 걸린다면 분명 일상의 업무를 보다가 감염된 거라고 하지 않겠는가? 그는 언제나 해로운 장소나 극빈층이 드나드는 밀실, 이스트사이드의 외국인 거리, 추잡한 슬럼가를 돌아다녔다. 병원과 시체보관소, 온갖 죄인이 수감된 감방을 찾아다니고, 온갖 사람들을 만나고 다니지 않는가? 그렇다, 참으로 불쾌한 상황이었다. 젊고 신경이 날카롭고 감수성이 예민한 윌리엄스는 제 마음과 상상력을 사로잡은 집착을 막을 수 없었다.

"내가 갑자기 병이 나서 자네에게 연락이 가면 내 몸에 긁힌 상처가 있는지 자세히 살펴주게. 그리고 다울링에게 연락한 다음 의사에게도 꼭 이야기해줘."

그는 이 거대 도시에서 유일한 친구인 세네터에게 부탁했다.

"헨직이 조끼 주머니에 전염병 세균이 담긴 작은 병을 가지고 다니며 핀으로 널 긁으려고 한다는 게 자네 생각인 거지?"

그가 웃으면서 물었다.

"빌어먹을. 그런 비슷한 계략이야, 분명해."

"어쨌든 아무것도 입증하지 못할걸. 그자가 나 잡아갑쇼 하며 주머니에 증거를 가지고 다니겠어?"

이어지는 1~2주 동안 윌리엄스는 헨직과 두 번이나 마

주쳤다. 우연한 만남 말이다. 첫 번째는 그의 하숙집—새
로 이사 간 곳— 바로 앞에서였다. 헨직은 마치 막 올라오
려던 것처럼 돌계단에 발을 올리고 있다가 번개처럼 재빨
리 고개를 돌리고 거리로 뒤돌아 나아갔다. 그때는 밤 8시
경으로 문을 열자 실내의 불빛이 그의 얼굴을 비추었다. 두
번째는 분명치 않았다. 그는 법정 사건을 취재하고 있었다.
한 여자가 주범인 의심스러운 죽음에 관한 사건이었는데,
그는 법정 후미에 있던 관람인 무리 중에서 흰 얼굴의 의사
가 자신을 노려보고 있는 모습을 보았다. 그러나 다시 고개
를 돌러 보았을 때 그 얼굴은 사라져버렸고, 그 후 로비나
복도에서도 흔적을 찾을 수 없었다.

같은 날 그는 그 건물에서 다울링을 만났다. 다울링은
이제 승진해 늘 사복을 입고 있었다. 형사는 한쪽 구석으로
그를 데리고 갔다. 그리고 이어진 이야기는 바로 그 독일인
에 관한 것이었다.

"우리도 그자를 주시하고 있어. 아직 자네에게 넘겨줄
수 있는 건 아무것도 없지만 말이야. 그자는 이름을 바꾸었
고, 한 주소에서 2주 이상 머문 적이 없어. 내 생각엔 그자
가 베를린에서 추적하고 있는 용의자 브루너가 틀림없는
것 같아. 정말 극악한 공포를 일으키는 범죄자가 있다면 바
로 그 인간이야."

다울링은 그렇게 큰 사건에 관여하고 있다는 사실에 어
린아이처럼 기뻐 보였다.

"그자가 특별히 어떤 사건에 연루된 건데?"

윌리엄스가 물었다.

"아주 어마어마한 사건이야. 하지만 아직은 자네에게 말해줄 수 없어. 그자는 지금 슈미트라는 이름을 쓰는데, '닥터' 칭호는 뺐어. 아무튼 언제라도 그 작자를 잡아들일 수 있어. 그저 독일에서 연락이 오기만 기다리면 된다네."

윌리엄스는 그에게 세네터의 오버코트 사건을 이야기해주었고, 거기에 덧붙여 헨직이 자신을 홀로 맞닥뜨릴 절호의 기회를 노리고 있다는 자기 생각도 밝혔다.

"충분히 그럴 수 있는 인간이야."

다울링이 그의 말에 동의하고는 신중한 태도를 벗어던지고 덧붙였다.

"난 어쨌든 우리가 그자를 잡아넣을 결정적인 계기를 포착해야 한다고 생각해. 범죄를 방지하기 위한 차원에서 말이야. 저렇게 포식자처럼 마구 돌아다니게 놔두는 건 너무나 위험해."

4

공포는 때로 너무나 점진적으로 다가오기에 모르는 사이에 한 인간의 영혼을 잠식한다. 따라서 그에 대한 대처는 커녕 전혀 인식하지 못하는 경우가 있다. 그러면 공포가 노리는 대상은 끝내 올가미에 걸리고 행동할 힘을 잃는다. 이즈음 기자는 다시 무절제한 폭음에 빠져 너무나 무기력해진 상태였다. 헨직과 정면 대결을 하게 된다면 그는 갈피를 잡지 못할 것이다. 또는 자신을 괴롭히는 자를 맹렬하게 공격할 수도 있을 것이다—무자비한 공포의 결과로써. 아니면 뱀 앞에 놓인 한 마리 새처럼 꼼짝달싹 못 하고 그저 자포자기할 수도 있을 것이다.

윌리엄스는 이제 항상 둘이 마주칠 순간을 생각하고 또 그러면 어떤 일이 벌어질지 생각한다. 그는 자신이 다음번 생일 때 스물다섯이 되는 것만큼이나 확실하게 둘이 결국 만나게 될 테고, 그러면 헨직이 자신을 살해할 거라고 확신했다. 그는 그런 만남이 지연될 수는 있어도 막을 수는 없다는 것 역시 잘 알고 있었다. 하숙집을 또 옮기거나 아예 다른 도시로 이사를 하더라도 그건 그저 둘 사이의 마지막 결산을 미루는 역할밖에 하지 못할 거라는 사실을 잘 알고 있었다. 어쨌든 그것은 무조건 다가올 일이었다.

　뉴욕의 신문사 기자는 일주일에 한 번 쉰다. 윌리엄스가 쉬는 날은 월요일이다. 그는 항상 월요일이 오면 기분이 좋았다. 반대로 일요일은 특별히 힘든 날이었다. 쉬는 날에 인터뷰에 응하는 걸 시민들이 마뜩잖게 생각하기에 일이 잘 풀리지 않는 데다, 저녁에는 브루클린의 한 교회 예배에서 어려운 설교를 보도해야 하는 임무까지 맡고 있기 때문이었다. 자신의 재량권이 있는 분량은 1.5단뿐이라 최대한 압축해서 기사를 써야 하는데, 설교자는 말이 하도 빠르고 긴 인용문을 좋아해 속기로 간신히 감당할 수 있을 정도였다. 보통 9시 30분이 지나서야 겨우 교회를 떠날 수 있지만, 그러고 나서도 사무실에서 촌각을 다투며 속기를 옮겨 쓰는 노동이 남는다.

　법정에서 스토커를 일별했던 그 주 일요일, 그는 설교자의 진저리 나는 설교문을 정신없이 압축하고 있었다. 설교단 바로 아래 작은 테이블에 앉아서 말이 멈춘 짧은 시간 동안 위를 올려다보다가 사람들이 빼곡히 들어찬 위층 신도석으로 시선이 향했다. 그 순간 그의 꽉 찬 뇌리로 들어온 것은 다름 아닌 아미티빌의 의사였다. 예기치 못하게 신도석 첫 번째 줄에서 사악한 미소를 띠며 자신을 바라보는 그자의 고정된 시선과 마주치자 그는 일시적으로 감각이 마비될 정도로 크나큰 충격을 받았다. 설교자의 다음 문장을 완전히 흘려버렸고, 조금 남은 나머지 설교 동안 그가 적은 속기는 나중에 사무실에서 옮겨 적을 때 알아보기 힘들 만큼 엉망이었다.

일을 마쳤을 때는 새벽 1시가 넘은 시각이었다. 그는 녹초가 되어 비틀거렸다. 그리하여 그는 모퉁이에 있는 24시간 잡화점에서 평소보다 더 많이 위스키를 들이켰다. 주류 면허가 아예 없는 가게였다. 밀실 밖을 지키며 비밀번호를 아는 일부 손님들에게만 술을 파는 사내와 오랜 시간 이야기를 나누었다. 이렇게 시간을 끄는 진짜 이유는 자신도 명확히 인지하고 있었다. 인적이 드문 어두운 밤거리를 혼자 걸어 집으로 돌아가는 게 두려웠기 때문이었다. 뉴욕의 로어 엔드는 10시 이후면 사실상 버려진 거리나 다름없었다. 거주민도 없고 극장도 없고 카페도 없으며, 그저 늦은 시간 페리를 타고 온 일부 여행객들과 기자들, 이따금 보이는 경찰들과 술집 문 앞을 어슬렁거리는 부랑자들만이 보일 뿐이었다. 물론 파크로우의 신문사 세계는 빛과 활기가 넘치는 곳이었지만, 일단 그 좁은 지구를 벗어나기만 하면 곧바로 밤이 그 암흑의 효과를 제대로 발휘했다.

윌리엄스는 3달러를 내고 그냥 택시를 탈까 고민했다. 그러나 터무니없이 비싼 돈을 써야 하나 싶은 생각이 들었다. 때마침 갈루샤 오언이 들어왔다. 그렇지만 너무 취한 상태라 술친구로 아무짝에도 쓸모가 없었다. 게다가 그는 할렘에 사는데 윌리엄스가 가야 하는 19번가에서 몇 킬로 미터 떨어진 곳이었다. 윌리엄스는 라이 위스키를 한 잔 더 —네 번째로— 들이켰다. 그러고는 색이 덧입혀진 창을 통해 조심스럽게 거리를 내다보았다. 아무도 보이지 않았다. 그는 용기를 그러모아 서둘러 나아갔다. 멀리뛰기 식으로 계단을 뛰어 내려가다가 어떤 남자와 정면으로 부딪쳤다. 그 남자는 마치 인도 자체에서 솟아난 것처럼 난데없이 나타났다.

윌리엄스는 비명을 지르며 내지를 듯 주먹을 들어 올렸다.

"어딜 그렇게 서둘러 가?"

익숙한 목소리였다.

"영국 황태자께서 돌아가시라도 했나?"

아주아주 기쁘게도 세네터였다.

"들어가서 한잔하자. 그런 다음 같이 귀가하면 되잖아."

윌리엄스가 반갑게 권했다. 그는 친구를 만나 헤아릴 수 없이 기뻤다. 각자의 하숙집 사이 거리가 얼마 멀지 않았기 때문이었다.

"하지만 뭐, 그자가 자네 보고 싶어 안달이 난 것도 아닌데, 그 긴 설교를 끝까지 듣고야 있겠어."

흥분한 친구의 이야기를 듣고 난 세네터가 가볍게 말했다.

"그 새끼는 목적을 이루기 위해 그 어떤 일도 마다하지 않을 작자야. 내 모든 행동반경과 습관을 연구하고 있어. 삶과 죽음의 문제에 모험을 걸 종자가 아니야. 장담컨대, 지금, 이 순간에도 이 주변에 있을걸."

"젠장!"

세네터는 억지로 웃음을 지으며 소리 질렀다.

"자네 헨직과 죽음에 대한 강박을 앓고 있군. 위스키나 한잔 더 해."

그들은 술을 다 마신 후 함께 밖으로 나와 시청공원을 대각선으로 가로질러 브로드웨이로 향한 다음 북쪽으로 방향을 틀었다. 어둡고 텅 빈 커넬가와 그랜드가를 지났다. 그저 만취한 술꾼 몇몇만 보일 뿐이었다. 이따금 술집 옆문 가까이 모퉁이에 서 있던 경찰관이 그들 중 한두 명을 알아보고 밤 인사를 건넸다. 그런 사람들 말고는 아무도 없었다. 그들이 맨해튼의 이 구역을 오롯이 차지한 것 같았다. 언제나 유쾌하고 친절한 세네터의 존재와 위스키 대여섯 잔의 효과, 그리고 경찰의 존재가 모두 결합해 기자의 기분이 다소 나아졌다. 그러고 나서 불빛이 더 밝고 오가는 교통도 꽤 많은 14번가에 도달했다. 이제 윌리엄스가 가야 할 거리와 가까운 유니언 스퀘어가 눈에 들어왔다. 그는 용기가 샘솟는 걸 느끼며 혼자 가는 걸 꺼리지 않았다.

"잘 가!"

세네터가 유쾌하게 인사를 건넸다.

"집에 잘 들어가. 난 여기서 헤어져야 하니."

그는 한순간 머뭇거리다가 다시 발길을 옮기기 시작했고, 그러다가 다시 돌아보며 물었다.

"자네 정말 괜찮지?"

"내가 습격당한 걸 보고 특종이라도 잡으면 자네 급여는 두 배로 오를 거야."

윌리엄스는 크게 웃으며 대답했다. 그러고 나서 친구가 멀어지는 모습을 지켜보았다.

그러나 세네터가 사라진 순간 웃음도 사라졌다. 그는 나무들 사이로 홀로 광장을 지나 걸음을 재촉했다. 누군가 자신을 쫓아오고 있는지 확인하기 위해 한두 번 뒤를 돌아보았다. 그는 지나가는 길에 항상 노숙자들이 점령하는 밤의 공원 벤치를 세심하게 훑어보았다. 겉으로 보기에 불안을 초래할 만한 것은 아무것도 없었다. 몇 분 후면 그는 자신의 집 작은 침실에 안전하게 도착할 것이다. 도중에 버바커의 술집에 불이 켜져 있는 것을 보았다. 그곳은 점잖은 독일인들이 늦게까지 라인 와인을 마시고 체스를 즐기는 곳이었다. 그는 그곳으로 들어가 마지막으로 한잔 더 할까 잠시 망설였으나 이내 마음을 접었다. 그러나 광장 끝에 도달해 이스트 18번가의 어두운 입구 앞에 도착했을 때, 결국 다시 돌아가 한잔 더 하기로 했다. 그는 도로 연석 위에서 잠시 주저하다가 뒤로 돌았다. 그의 의지는 종종 이런 식으로 나사가 하나 빠진 것처럼 작동한다.

뒤돌아가기 시작하면서 그는 진실을 깨달았다. 그가 길을 돌려 어두운 길 입구를 피한 진짜 이유는 술 때문이 아니라 그곳 어둠에 숨어 있을지 모르는 누군가가 두려웠기 때문이었다. 그 사실이 갑작스럽게 떠올랐다. 그 길모퉁이에 가로등 불빛이 있었다면 절대 뒤돌지 않았을 것이다. 이미 술에 취해 혼란해진 머릿속에 그런 생각이 스칠 때, 그가 방금 들어가기를 포기했던 그 어둑한 곳에서 어떤 남자가 자신을 따라오는 걸 눈치챘다. 남자는 건물이나 난간에 바짝 붙어 어둠을 이용해 움직임이 보이지 않도록 행동하고 있었나.

윌리엄스가 와인 술집 창 맞은편 밝은 인도에 당도한 순간, 그 남자가 조용하면서도 빠른 걸음으로 그의 뒤를 바짝 따라붙었다. 그는 즉시 뒤돌아 남자를 마주 보았다. 검은 머리, 푸른 눈의 마른 남자였다. 머리색은 달랐지만 그는 즉시 알아보았다.

"아주 늦은 시간에 귀가하는군요."

남자가 즉각 말을 붙였다.

"《벌쳐》의 내 기자 친구 양반이라는 걸 알아봤다오."

그게 실제로 그가 내뱉은 말이었다. 목소리는 유쾌함을 가장했지만, 윌리엄스에게는 얼음같이 싸늘한 어조로 이런 말을 하는 것처럼 들렸다. '드디어 널 잡았다! 넌 지금 완전히 쓰러질 정도로 녹초가 되어 있는데? 이제 널 내 마음대로 주무를 수 있겠어.'

분명 그 얼굴과 목소리는 스토커 헨직이었다. 검게 염색한 저 머리는 그저 남자의 이목구비를 그로테스크하게 부각하고 창백한 피부를 더 도드라지도록 만들 뿐이었다.

첫 번째 든 본능은 뒤돌아 도망치고 싶은 것이었다. 그리고 두 번째 본능은 그자에게 덤벼들어 한 대 치고 싶은 것이었다. 죽음보다 더한 공포가 그를 사로잡았다. 머리에 권총을 갖다 댄다거나 곤봉을 휘두른다면 차라리 나았을 것이다. 그러나 이 혐오스러운 인간, 마르고 절름거리고 백지장처럼 하얀 얼굴의 이 남자, 오싹할 정도로 잔인함을 암시하는 이 작자가 글자 그대로 그를 소름 끼치게 만드는 바람에 그는 아무것도 할 수 없었다. 아무 말도 할 수 없었다. 이자의 작전을 정확하게 파악하자 고통이 배가되었다. 자신이 과음으로 지치고 멍해진 때를 골라 한밤에 그를 기다리고 있다니. 그 순간 그는 사형집행 몇 시간 전 죄인의 그 모든 기분을 알게 되었다. 히스테릭한 공포의 폭발, 자기 처지를 깨닫지 못하는 정신 상태, 똑바로 생각을 이어갈 능력의 부재, 그 모든 것들로 인한 무력감. 그러나 기자는 결국 자기도 모르게 이런 말을 내뱉었다. 힘없이 부자연스러운 어조로 나오는 목소리, 내는 건지 마는 건지 모를 억지웃음. 그는 언제라도 쓸 수 있는 문구를 웅얼거렸다.

"자기 전에 한잔 더 하려던 참인데, 같이 한잔하실까요?"

그 초대는 그 순간 그의 마음에 또렷이 떠오른 한 가지 아이디어로 촉발된 것이었다. 그 사실을 그는 나중에야 깨달았다. 그가 어떤 말을 하건 어떤 행동을 하건 절대로, 단한순간이라도, 헨직에게 자신이 겁먹은 무력한 희생자라고 생각하게 놔둬서는 안 된다는 아이디어였다.

그들은 나란히 길을 걸었다. 헨직은 말없이 그의 초대에 응했다. 윌리엄스는 벌써 이 남자의 집요하고 강한 의지에 현혹당하는 느낌이 들었다. 그의 생각은 통제력을 잃고 머리 바깥 어딘가에서 종잡을 수 없이 마구 날아다니는 것 같았다. 더 이상 할 말도 떠오르지 않았다. 조금이라도 한눈을 팔 기회가 생긴다면 목숨을 부지하기 위해 뒤돌아 텅 빈 거리로 내빼고 싶었다.

"라거 한 잔이요."

"나도 당신하고 그거 한잔하겠소. 용케 날 알아보았구려, 이렇게 했는데도……"

독일인이 말했다. 그는 자신의 머리와 콧수염 색깔이 바뀐 것을 가리키며 덧붙였다.

"또 원한다면 지난번 말한 인터뷰도 해드리리다."

기자는 대꾸할 적당한 말을 찾을 수 없어 힘없이 호응할 수밖에 없었다. 그는 무기력하게 상대의 얼굴을 들여다보았다. 마치 새 한 마리가 결국 자신을 홀린 뱀의 아가리에 곧장 뛰어들 때 느끼는 기분 같았다. 몇 주간의 공포가 마침내 실체를 드러내며 그의 가슴을 거머쥐었다. 그것은 물론 최면의 영향이었다. 그는 술에 취해 얼이 빠진 상태에서 어렴풋이 그렇게 생각했던 기억이 났다. 병에 걸려 과도하게 감수성이 예민해진 마음에 작용하는 사악하고 무자비한 자의 영향력이라고. 그리고 초대에 응하는 상대의 말을 듣는 동안 의사가 계획한 올가미에 완벽하게 걸려든 꼴이 되었다는 사실을 파악했다. 결국 자신의 생명에 위해를 가할 계획, 어쩌면 그저 기술적 공격—단순한 접촉—이면서 동시에 살해 시도가 될 공격. 귀에서 알코올이 윙윙 떠돌았다. 그는 이상하게 무기력함을 느꼈다. 그는 자신의 사형집행인과 함께 천천히 파멸을 향해 걸어가고 있었다.

그 상황의 심리를 분석할 그 어떤 시도도 완전히 그의 능력 범위 밖이었다. 그러나 윌리엄스는 감정의 소용돌이와 위스키의 흥분 사이에서 어렴풋이 두 가지 근본적으로 중요한 일을 떠올렸다.

첫 번째는 지금 당장은 정신이 혼란하고 미칠 것 같아도 자신의 의지와 노력으로 탈출할 궁극의 순간이 꼭 한 번 찾아오리라는 것이었다. 그러므로 현재로선 일시적 미봉책들에 단 한 점의 의지력도 낭비하지 않는 게 현명하다. 그는 볼 장 다 본 놈처럼 행동할 것이다. 지금 자신을 마비시키는 두려움은 점차 쌓여 포화 상태에 이를 테고, 바로 그 순간이 목숨을 건지기 위해 치고 나갈 때가 될 것이다. 아무리 겁쟁이라도 그 어떤 용감한 사람도 하지 못하는 미쳐 날뛰는 영웅적 행위를 할 수 있는 단계에 이를 수 있다. 그런 것처럼 두려움의 희생양은 상상력과 육체적 힘의 균형에 따라 특정 시점에 두려움이 물러나는 지점이 찾아오기 마련이다. 그러면 그는 과도한 두려움 그 자체로 인해 무감해지게 된다. 그때가 바로 포화의 지점이다. 그 순간 그는 갑자기 차분해지며 냉철한 판단력과 예리한 정확성을 발휘해 행동할 수 있을 것이다. 그러면 공격하는 자가 도리어 어리둥절해진다. 그것은 물론 피할 수 없는 진자의 운동이며, 그와 동일한 작용과 반작용의 법칙이다.

흐릿하게, 어쩌면 술에 취해 몽롱하게, 윌리엄스는 자신의 내면 깊은 곳에서 이 잠재적 힘을 인식했다. 작은 감정들이 자리한 의식의 표층 아래에서 말이다. 그가 그곳에 다다를 만큼 공포에 압도당했을 때 잠재적 힘을 표면으로 끌어올려 행동으로 옮길 수 있을 것이다.

윌리엄스는 잠재의식 속 맑은 정신의 자아가 내다본 이러한 선견지명 덕분에 자신을 괴롭히는 자가 그 어떤 제안을 해도 반대하지 않았다. 그자가 무엇을 하자고 하건 무조건 따르리라 본능적으로 마음먹었다. 그렇게 그는 궁극의 순간에 끌어모아야 할 힘을 하나도 낭비하지 않았다. 결국 자신이 양보해야 할 세부적인 걸 가지고 씨름해봤자 기운만 빼는 꼴이 될 테니까. 같은 맥락에서 그는 직관적으로 완전히 무기력한 자신의 모습이 적을 속일 수 있을 거라고 느꼈다. 그러면 딱 한 번 기회가 찾아올 때 단 한 번의 탈출 시도 성공률을 높일 것이다.

윌리엄스는 이러한 진정한 심리학을 전부 분석할 수는

없어도 '상상'할 수 있었다. 그럼 점은 때에 따라 그의 영적 능력이 민활하게 작동한다는 점을 보여주었다. 그의 깊은 잠재의식 속 자아가 감정의 스트레스와 술로 자극받아 그를 인도하고 있었다. 잠재의식 속 자아는 혼미해진 표면적 자아가 간섭하려 하지 않고 오히려 후면으로 물러나면 그에 비례해 더 능동적으로 그를 인도할 것이다.

그리고 그가 파악한 두 번째 근본적으로 중요한 일—첫 번째보다 더 영적 직관에 기인한 것—은 특정 시점까지는 술을 더 마시는 게 단연코 힘과 명료한 정신에 더 도움이 된다는 점이었다. 그러나 어디까지나 특정 시점까지만이라는 한계가 있었다. 그 시점이 지나버리면 의식을 잃을 것이다. 단 한 모금이라도 경계를 넘는 것은 한계를 넘어버리는 일이 된다. 아주 아슬아슬한 경계다. 그는 직관적으로 '취한 의식은 신비한 의식의 한 조각'이라고 생각했다. 현재 그는 그저 혼미하게 취했고 겁먹었지만, 추가적 술의 자극은 다른 감정들의 효과를 억제하고 그에게 무제한의 자신감을 선사할 것이다. 또한 판단력을 명료하게 해주고 능력을 정상 범위 훨씬 이상으로 끌어올릴 것이다. 단, 딱 맞는 순간에 멈춰야만 한다.

그가 이해하는 한 자신의 탈출 가능성은 이 두 가지에 달려 있었다. 첫째는 자신감을 얻고 또 술에 취해 비정상적으로 명료해지는 단계에 이를 때까지 술을 마셔야 한다. 그리고 두 번째는 헨직이 가하는 공포가 자신에게 더 이상 반응이 불가능할 정도로 극에 달할 때까지 기다려야만 한다. 그때가 바로 반격할 순간이다. 그때 그의 의지는 자유를 얻고 제대로 판단할 것이다.

그것이 바로 두려움과 알코올이 섞여 뒤죽박죽된 혼란의 이면 어딘가에 또렷하게 부각된 두 가지 근본적으로 중요한 일이었다.

윌리엄스는 지금 힘도 산산이 흩어져 있고 생각도 미약하게 마구 날뛰었지만, 자신을 증오하고 죽이려 드는 남자와 그렇게 나란히 길을 걸어갔다. 그는 오직 그의 말에 따르고 기다리는 일 외에 아무런 자유의지가 없었다. 지금 탈출을 시도해봤자 무조건 실패로 끝날 것이기에.

그들은 걸으면서 이야기를 조금 나누었다. 독일인은 마치 마음 맞는 지인인 것처럼 떠들었으나, 분명 '희생양은 이미 내 손아귀에 들어왔다, 발버둥 쳐봤자 이젠 소용없다'라는 생각을 드러내듯 행동했다. 그는 심지어 어떤 여자가 염색하면 더 젊어 보일 거라고 말해서 머리색을 바꿨다며 웃고 떠들기까지 했다. 윌리엄스는 그게 거짓말이라는 사실을 간파했다. 여자가 아니라 경찰 때문에 변장했겠지, 그렇게 생각했다. 어쨌든 이런 이야기로 이자의 허영심이 잘 드러났다. 그것은 하나의 생생한 자기현시였다.

헨직은 그(버바커)가 경찰에게 뇌물을 주지 않아 심야 영업으로 단속당할지 모른다며 버바커의 술집에 들어가는 걸 반대했다.

"3번가에 조용한 곳을 한 군데 알고 있소. 거기로 갑시다."

그가 권했다.

윌리엄스는 비틀거리며, 또 속으로 떨면서, 여전히 미약하게나마 탈출의 방법을 고심하며 그와 함께 옆 골목길로 접어들었다. 그는 싱싱 교도소의 자기 감방에서 나와 '전기의자'까지 이르는 짧은 복도를 걸어가던 죄인들이 생각났다. 그들이 지금 자신과 같은 기분이었을지 궁금했다. 그는 마치 사형집행장으로 끌려가는 것 같았다.

"나는 세균학에서 새로운 발견을 했다오, 병원균 말이오. 그걸로 난 더욱 유명해질 것이오. 굉장히 중요한 발견이라오. 내가 기자님을 위해 《벌처》에 독점권을 드리리다. 당신은 내 친구니까요."

그는 자신의 전문 분야에 관해 설명하기 시작했다. 기자의 마음은 '독소'니 '알칼로이드'니 하는 용어 속에서 길을 잃었다. 그러나 그는 헨직이 자신을 희롱하고 있다는 사실만은 명확히 알 수 있었다. 자신이 그자의 희생양으로 잡혀 있다는 사실은 절대적으로 확실했다. 그가 연신 심하게 비틀거리자 독일인이 부축한답시고 그의 팔을 붙잡았다. 윌리엄스는 그자의 사악한 손길에 비명을 지르거나 마구잡이로 주먹을 휘두르지 않기 위해 안간힘을 써야 했다.

그들은 3번가로 올라가 싸구려 술집의 옆문 앞에 멈추었다. 그는 입구 위에서 슈마허라는 이름을 알아보았다. 그러나 부채꼴 채광창의 희미한 빛 외에 모든 불빛이 꺼져 있었다. 한 남자가 반쯤 열린 문으로 고개를 내밀고 잠시 위아래로 훑어보더니 그들을 안으로 들이며 조용히 하라고 속삭였다. 그 행동은 밤새 영업하기 위해 경찰에 매달 일정한 뒷돈을 주고 소음이나 싸움이 발생하면 안 된다는 조건을 달고 영업하는 태머니 지역 술집 주인의 통상적인 공식이었다. 새벽 1시가 훌쩍 넘은 시각이라 거리는 텅 비어 있었다.

기자는 그런 술집에 꽤 익숙했다. 그렇지 않았다면 폐점 후 몰래 영업하는 '비밀 술집'의 음울하고 의심스러운 불길한 분위기 때문에 더욱 불안했을 것이다. 불쾌한 인상의 열두어 명의 남자들이 겨우 잔을 분간할 수 있을 만한 램프 불빛 단 하나에 의지해 바 주변에 모여 있었다. 그들이 나무 바닥을 밟으며 걸어 들어가자 바텐더가 헨직에게 알은체했다.

"갑시다."

독일인이 말했다.

"뒷방으로 갑시다. 내가 비밀번호를 알고 있소."

그는 미소 지으며 길을 안내했다.

그들은 실내 안쪽으로 걸어가 방문을 열고 들어갔다. 열두어 개의 테이블이 놓인 밝은 방이 나왔다. 대부분 테이블에는 남자들이 진한 화장을 한 여자들과 앉아 술을 마시며 큰 소리로 떠들거나 말다툼을 하거나 노래를 불렀다. 담배 연기가 자욱했다. 그들이 안으로 들어가 출입문에서 제일

먼 안쪽 구석 자리를 잡는 동안 아무도 그들을 눈여겨보지 않았다. 헨직이 그 자리를 골랐다. 단 한 명 있는 웨이터가 다가와 독일어로 "바스 네멘 디 헤렌(뭘 드시겠습니까)?"이라고 물은 다음 잠시 후 그들에게 라이 위스키를 가져왔다. 윌리엄스는 소다수를 섞지 않고 단숨에 한 잔 들이킨 후 즉석에서 한 잔을 더 시켰다.

"물을 엄청 탔군요."

그가 동행에게 쉰 목소리로 덧붙였다.

"어쨌든 엄청 피곤하네요."

"그럴 때는 코카인을 좀 하면 정신이 번쩍 날 텐데!"

독일인이 재미있다는 듯 대꾸했다. 세상에! 저자가 알아내지 못한 게 있기나 한가? 분명 자신을 며칠 동안 미행한 게 틀림없었다. 윌리엄스가 1번가 약국에 가서 병을 리필한 지 적어도 일주일은 넘었다. 사무실에서 퇴근해 귀가할 때마다 매일 밤 미행을 했던 건가? 그 무자비한 집요함을 생각하자 진저리가 났다.

"피곤하다니 빨리 끝냅시다. 그리고 혹시라도 실수가 있다면 교정을 위해 내일 내게 원고를 보여주면 될 거요. 여기서 나가기 전에 주소를 주리다."

윌리엄스는 점점 추악해지는 헨직의 말과 억양 때문에 자신이 점점 더 흥분하고 있다는 사실을 느낄 수 있었다. 그는 또 물을 타지 않은 위스키를 들이켰고, 또 한 잔을 시킨 다음 맞은편에 앉은 살인자와 잔을 부딪치고 절반을 삼켰다. 헨직은 술을 입에만 대고는 사악한 시선으로 술을 들이켜는 그를 바라볼 뿐이었다.

"난 속기를 할 수 있어요."

기자가 편안해 보이려 애쓰며 입을 열었다.

"아, 물론 알고 있소."

테이블 뒤에 거울이 있었다. 윌리엄스가 종이를 꺼내려 코트 주머니를 뒤지기 시작하자 헨직이 거울로 실내를 한 번 휙 둘러보았다. 윌리엄스는 그의 동작을 하나도 놓치지 않으며, 동시에 다른 테이블에 앉아 있는 사람들을 잽싸게 훑어보았다. 손님들은 하나같이 타락하고 만취한 얼굴을 하고 있었다. 그중 단 한 명에게도 도움을 요청할 수 없어 보였다. 그는 자기 맞은편에 앉아 있는 지적인 금욕주의자의 얼굴보다 상스럽고 야만스러운 저들의 얼굴이 더 낫다는 걸 깨닫고 놀라지 않을 수 없었다. 그들은 적어도 인간이었다. 반면에 헨직은 인간의 범주를 넘어선 무엇이었다. 다른 때 같았으면 혐오의 대상이었을 이런 추잡한 인간들이 더 친근하게 느껴진다는 사실이 앞에 앉은 이 인간에 대한 생생한 깨달음을 새로이 불러일으켰다. 그는 술을 들이켰고 또다시 주문했다. 그렇게 음주가 계속되자 처음 술을 마시고 두려움이 쌓이면서 빠져들었던 멍하고 부정적인 상태에서 벗어나 오히려 긴장이 고조되기 시작했다. 머리가 더욱 명료해졌다. 심지어 희미하게나마 의지력이 자극받는 게 느껴졌다. 그는 이미 보통 때 같았으면 휘청거릴 정도로 많이 마셨지만, 오늘 밤은 두려움의 감정이 알코올의 효과를 억제했다. 알코올은 오히려 그를 유례없이 꼿꼿하게 유지해주었다. 특정 경계를 넘지 않는다는 조건을 전제로 그는 영리하게 계산하여 계속 술을 마시다가 탈출할 수 있는 단 한 번의 결정적 기회를 포착해 자신의 모든 힘을 쏟아부을 것이다. 만약 그 심리적 순간을 놓치게 된다면 그는 그대로 허물어지고 말 것이다.

갑자기 난 쾅 소리에 그는 화들짝 놀랐다. 뒤쪽 벽에서 부딪히는 소리가 들렸다. 거울을 통해 확인해보니 한 중년 남자가 완전히 고주망태가 되어 균형을 잃고 자리에서 나자빠졌다. 그러자 여자 두 명이 쓰러진 남자를 일으켜 세워주는 척하면서 실제로는 바닥에 널브러진 남자의 주머니를 재빠르게 훑고 있었다. 한쪽 구석에선 코를 골며 내내 잠들어 있던 덩치 큰 남자가 드디어 코골이를 멈추고 깨어나 그 모습을 바라보며 웃었지만 아무도 간섭하지 않았다. 이런 부류의 사람들이 드나드는 이런 장소에서는 자기 신변은 자기가 지켜야 한다. 그렇지 않으면 대가를 받아들여야 한다. 덩치 큰 남자는 잔을 들어 목을 축이고 다시 잠잘 자세를 취했다. 그러자 실내의 소음은 다시 이전과 같은 수준으로 이어졌다. 방금 있었던 일은 '술에 몰래 마취제를 넣은 사건'이었다. 그러나 술집 주인의 짓이 아니라 여자들이 벌인 짓이었다. 윌리엄스는 저런 일쯤이야 뭐가 대수랴 하고 생각한 게 기억났다. 헨직의 계략이 훨씬 더 정교하고 영악하다. 바로 세균이다! 핀으로 한 번 긁어 세균을 주입한다!

"여기 내가 발견한 걸 적은 메모가 있소."

그가 방금 일어난 사건을 보며 의미심장한 미소를 짓더니 안주머니에서 종이를 꺼냈다.

"하지만 독일어로 써놓은 것이오. 내가 당신을 위해 번역해주리다. 종이하고 연필 있소?"

기자는 항상 지니고 다니는 복사지 한 다발을 꺼내 적을 준비를 했다. 그는 바깥 고가철도를 지나는 기차가 덜컥거리는 소리와 술에 취해 왁자지껄 떠드는 실내의 소음을 배경으로 독일인이 강철같이 무감하고 집요한 목소리로 '번역과 해설'을 이어가는 소리를 들었다. 이따금 사람들이 술집에서 나갔고, 새로운 손님들이 비틀거리며 들어왔다. 시끄럽게 싸우는 소리와 유리잔이 깨지는 소리가 점점 더 커지자 헨직은 다시 잠잠해질 때까지 기다렸다. 그는 새로 들어오는 모든 손님을 예리한 눈빛으로 살펴보았다. 이제 밤이 지나고 이른 새벽이 되자 새로 들어오는 손님은 거의 없었다. 실내는 점차 비기 시작했다. 웨이터는 문간 의자에서 꾸벅꾸벅 졸기 시작했다. 덩치 큰 남자는 여전히 구석에서 크게 코를 골고 있었다.

모두 나가고 그 남자만 남자 술집 주인은 바를 정리하기 시작했다. 덩치 큰 남자는 적어도 한 시간 동안은 술을 시키지 않았다. 그러나 윌리엄스는 꾸준히 술을 마셨다. 그렇게 그는 자신감과 결단력이 가득 차올라 힘의 정점에 다다를 시점을 노리며 끊임없이 술을 마셨다. 그 순간은 분명 가까이 다가오는 중이었다. 그렇다, 그러나 마찬가지로 헨직이 노리는 순간도 다가오고 있었다. 헨직 또한 절대적 확신에 차 있었다. 그는 윌리엄스에게 계속 술을 권하며 기쁨을 숨길 생각조차 하지 않으며 상대가 점점 무너져가는 모습을 바라보고 있었다. 이제 그는 흡족한 기분을 꽤 노골적으로 드러내 보였다. 희생양이 온전히 제 손아귀에 있으니 불안할 필요가 없다는 태도였다. 덩치 큰 남자가 자리에서 완전히 널브러졌을 때, 그 둘은 1~2분가량 그 누구의 시선에서도 벗어난 상황이 되었다. 그러자 그는 완전히 조심성을 버리고 자신감이 넘치는 태도를 보였다. 윌리엄스는 그 점을 눈여겨보았다.

기자의 의지가 점차 확고해지기 시작했고, 그에 따라 정신력도 높아졌다. 그러자 자신의 끔찍한 처지가 더욱 예리하게 느껴졌고, 따라서 두려움도 더욱 커졌다. 그가 기다리고 있던 두 가지 일이 이제 거의 손에 잡힐 듯 가까이 다가왔다. 공포의 포화 상태와 알코올의 정점의 순간에 다다르고 있었다. 그때 행동을 개시해 탈출하는 것이다!

그렇게 그는 상대의 말을 듣고 적으면서 점차 멍하고 부정적인 공포에서 능동적이고 긍정적 공포의 단계로 진입하고 있었다. 알코올은 계속해서 상상력의 숨겨진 중심부를 향해 뜨겁게 몰려갔다. 그곳에 닿자 효력이 드러나기 시작했다. 달리 말해 관찰력이 예리해졌고 감식력이 향상됐고 정신이 명료해졌다. 힘이 급속도로 커졌다. 정신의 명료함은 상대 마음의 움직임을 거의 인지할 수 있을 정도로 커졌다. 마치 시계 맞은편에 앉아 기계장치의 움직임을 파악하고 바늘이 똑딱거리는 미세한 소리를 들을 수 있는 것과 마찬가지 상태였다. 눈으로 보는 시각의 힘이 피부 전체로 퍼지는 것 같았다. 그는 실제로 보지 않고도 무슨 일이 벌어지는지 볼 수 있었다. 마찬가지로 고개를 돌리지 않고도 실내의 모든 소리를 들을 수 있었다. 매 순간 마음속이 더욱 명료해졌다. 그는 거의 천리안에 닿았다. 이른 밤에 품었던 예감, 이 국면이 올 거라는 예감이 드디어 실제로 실현되고 있었다.

그는 또 위스키를 들이켰으나 처음보다 좀 더 신중하게 마셨다. 이 예리한 영적 활동이 또한 무기력한 와해의 전조라는 사실을 잘 알기 때문이었다. 단 1~2분만 있으면 그는 힘의 정점에 다다를 것이다. 경계는 무섭도록 좁다. 그는 벌써 손가락의 통제력을 잃은 상태로 속기 발명자의 원래 체계와 닮은 점이 전혀 없는 글씨를 휘갈기고 있었다.

이 비정상적인 인지능력의 흰 빛이 커지면 커질수록 자신의 처지에 대한 공포감도 마찬가지로 더욱 생생해졌다. 그는 악마나 마찬가지인 영혼 없고 사악한 존재와 목숨을 걸고 싸우는 중이라는 사실을 알고 있었다. 이제 두려움의 감각이 매 순간 증폭되고 있었다. 인지력은 이내 행동으로 옮겨갈 것이다. 다가올 공격이 어떤 형태건 목숨을 구하기 위해 맞받아칠 것이다.

윌리엄스는 이미 충분히 자신의 행동을 통제할 수 있었다. 속임수 측면에서의 행동 말이다. 그는 취해서 글을 쓰는 행위와 어눌해진 말투, 전반적으로 허물어져 가는 상황을 과장해 보여주었다. 그리고 상대 마음의 움직임을 간파하는 능력으로 자신이 성공하고 있다는 걸 깨달았다. 헨직은 얼마간 속아 넘어갔다. 그는 점점 더 조심성을 잃고 있었다. 대놓고 짓는 의기양양한 표정이 그 사실을 증명했다.

윌리엄스는 이 끔찍한 인간이 보이는 각각의 행동이 드러내는 동기에 너무나 집중하다 보니 자신의 두뇌 어떤 부분도 그의 입에서 나오는 설명과 문장에 할애할 수 없었다. 그는 의사가 말하는 내용의 100분의 1도 듣지 못했고 이해하지 못했다. 그러나 그는 이따금 한 문장의 끝부분만 파악하고 가까스로 어색한 질문을 꾸며댈 수 있었다. 헨직은 그가 점차 더 심하게 해롱해롱하자 드러내놓고 기뻐하며 항상 긴 답변을 늘어놓았다. 그러면서 기자가 쓰고 있는 바보 같은 상형문자를 조용히 기쁜 표정으로 쳐다보았다. 그 모든 행동은 물론 완전한 눈속임이었지만, 헨직은 전혀 눈치채지 못했다. 그는 기자의 속기록이 절대 문자화되지 못할 걸 잘 알았으며, 또 자신의 희생양이 그 어떤 약을 써도 죽음을 면치 못할 치명적 질병에 걸렸다는 걸 깨닫기 훨씬 전에 자신은 무사히 빠져나갈 수 있다는 걸 잘 알았다. 그는 과학계의 은어를 써가며 마음껏 떠들어댔다.

윌리엄스는 그 모든 걸 분명히 보고 느꼈다. 그 느낌은 알코올에 자극받았으나 지금까지는 알코올의 치명적 혼란에 오염되지 않고 명료하게 남아 있는 마음속 깊은 곳에서 솟아올라 그에게 다가왔다. 그는 헨직이 행동을 개시할 마지막 순간을 기다리고 있다는 사실을 완벽하게 이해했다. 그자는 폭력적인 행동은 전혀 하지 않을 것이다. 다만 자신의 살해 계획을 아주 순진무구한 방식으로 실행에 옮겨 피해자가 당시에는 어떠한 의심도 하지 않도록 만들 것이다. 오로지 나중에 깨닫게 되는바, 자신에게 독극물이 주입되어…….

잘 들어! 저게 뭐였지? 급작스레 변화가 생겼다. 무언가가 변했다. 마치 징 소리 같았다. 갑자기 기자의 두려움이 배가되었다. 헨직의 계략이 한 단계 진전했다. 실제로는 아무런 소리가 나지 않았지만, 그의 감각들이 하나로 뭉쳐져 어떤 이유에서인지 변화를 감지했다. 그 감각은 청각의 형태로 나타났다. 두려움이 한계점 가까이 위태롭게 넘실거렸다. 그러나 아직 행동의 순간은 오지 않았다. 그는 다행히 또 다른 상반되는 감정의 도움으로 마지막 기회를 기다릴 수 있었다. 그는 잔을 비우며 일부러 술의 절반을 자신의 코트에 흘렸고, 그러면서 헨직의 얼굴에 대고 웃음을 터트렸다. 눈앞에 화이티 파이프가 스티브 브로디 술집의 테이블 모서리에서 칵테일 잔을 떨어뜨리고 잡는 모습이 생생하게 떠올랐다.

그 웃음은 조심성을 잃을 정도로 만취한 이가 터뜨리는 실없는 웃음이었다. 그러자 독일인은 화들짝 놀라며 의심스럽게 올려다보았다. 그는 이런 일을 예기치 못했을 것이다. 윌리엄스는 눈을 내리깔고 그의 얼굴에 드러난 순간적으로 놀란 표정을 확인했다. 스스로 생각했던 것처럼 이 상황을 자신이 완전히 장악하고 있는 게 아니라는 걸 느낀 표정이었다.

"가……갑자기 화이티 파이프가 카……칵테일 잔, 잔으로 스티브 브로디를 쳐서 브룩크……크린 다리에서 떨어뜨……려 그거 생각이 나……"

윌리엄스는 완전히 통제력을 잃은 목소리로 더듬거렸다.

"그, 화이……트 파이……프 알죠, 그죠? 하, 하, 하!"

헨직을 선수 치고 따돌리기 위해 그보다 더 좋은 방법은 없었을 것이다. 그는 확신과 냉정한 결의의 표정을 되찾았다. 소음에 놀라 깬 웨이터는 불편한 듯 자리에서 꿈틀거렸다. 구석 자리의 덩치 큰 남자는 가슴에 고개를 처박고 자는 바람에 숨이 막혔는지 캑캑거렸다. 그러다가 실내는 다시 조용해졌다. 독일인은 다시 자신감을 찾고 상황을 주도했다. 그는 윌리엄스가 자신의 그물에서 쉽게 빠져나가지 못할 만큼 충분히 취한 모습을 노려보았다.

그 순간에도 기자의 인지력은 고장 나지 않았다. 그때 변화가 생겼다. 헨직이 무언가를 하려고 한다. 그의 마음이 분주히 윙윙거리고 있었다.

희생양은 지금 절정의 순간—공포가 의지력을 방출하고 알코올이 실수의 가능성을 넘어 그를 고무할 시점—이 코앞으로 다가온 시점에서 모든 것을 훤한 대낮에 살펴보는 것처럼 명료하게 살펴보았다. 사소한 것들이 그를 정점으로 이끌었다. 텅 빈 실내, 조만간 술집이 문을 닫는다는 사실, 출입문과 셔터 틈새 아래로 스며드는 회색빛, 창백한 가스등 불빛 아래 맞은편 얼굴의 사악함이 점차 커지고 있는 점. 아악! 공기는 퀴퀴한 술 냄새, 담배 연기, 사라진 여자들의 싸구려 향수 냄새가 범벅이 되어 어찌나 악취로 진동하는지! 바닥에는 얼토당토않게 끄적거린 종이 뭉치가 널려 있었다. 테이블은 군데군데 젖어 있었고, 담뱃재가 사방에 널려 있었다. 그러나 그의 손과 발은 얼음처럼 차가웠으며 눈은 타는 듯이 뜨거웠다. 심장은 부드러운 망치로 방망이질 치고 있었다.

헨직은 이제 목소리도 말투도 변해 있었다. 그는 몇 시간 동안 이 순간을 위해 달려왔다. 모든 게 보일 수 있는 상황이었지만 아무도 볼 사람이 없었다. 덩치 큰 남자는 아직도 코를 고는 중이었고, 웨이터도 다시 잠들어 있었다. 바깥쪽 바에는 침묵이 흘렀다. 여기 벽으로 둘러쳐진 실내에선 이제 죽음만이 기다리고 있었다.

"자, 《벌처》 기자님. 이제껏 설명했던 걸 확실히 보여드리리다."

헨직은 이제껏 들어왔던 목소리 중에 가장 금속성 목소

리로 말했다. 그는 기자가 가져온 종이 뭉치에서 빈 종이를 꺼내 조심스럽게 테이블의 젖은 부분을 피해 기자 쪽으로 내밀었다.

"잠깐 연필 좀 빌려주실까요?"

윌리엄스는 완전히 취한 모습을 꾸며내며 허우적거리다가 연필을 윤기 나는 나무 바닥에 떨어뜨리고는 상대 방향으로 밀어 보냈다. 그는 고개를 가슴팍에 떨구고 만취한 눈빛으로 멍하니 쳐다보았다. 헨직은 연필을 주워 어떤 윤곽을 그리기 시작했다. 그의 필치는 흔들리지 않았다. 입가엔 미소가 엿보였다.

"여기 보이죠? 이건 인간의 팔이라오."

그가 쓱쓱 스케치하며 설명했다.

"이게 주 신경이고 여기 이게 동맥이죠. 음, 당신한테 설명한 것처럼 내가 발견한 건 간단히 말해……."

그는 의미 없는 의학 용어들을 쏟아내기 시작했다. 그러는 동안 윌리엄스는 일부러 자기 손을 테이블 위에 편안하게 올려놓았다. 그는 헨직이 언제라도 예시를 들겠다며 자기 손을 붙잡을 거라는 사실을 완벽하게 예측하고 있었다.

이제 공포가 극으로 치달았다. 그리하여 이 끔찍한 밤 처음으로 행동 개시의 시점을 노렸다. 포화 상태에 거의 도달하고 있었다. 겉으로 보기엔 완전히 인사불성이었지만, 그는 실제로 명료한 인지와 판단력 모두 최고조에 다다른 상태였다. 여차하면—헨직이 실제로 최종 공격을 시작하는 순간— 공포가 최후의 일격을 가하기 위해 필요한 추가적 힘과 결단력을 제공할 것이다. 정확히 어떤 방법일지, 어떤 형태를 띨 것인지 지금으로선 알 수 없었다. 그것은 그 순간의 영감에 좌우될 것이다. 그는 그저 그 일이 가능할 정도의 힘을 유지해야 한다는 사실만을 알고 있었다. 바로 그 순간이 지나면 그는 완전히 취해 바닥에 쓰러지고 말 것이다.

헨직이 느닷없이 연필을 떨어뜨렸다. 연필은 달그락거리며 방의 구석으로 굴러갔다. 보아하니 그저 실수로 떨어뜨려서 구른 게 아니라 일부러 힘을 실어 던진 거라는 사실을 알 수 있었다. 그리고 그는 연필을 주우려고 하지 않았다. 윌리엄스는 그의 의도를 파악하기 위해 연필을 주우려 몸을 구부리는 동작을 해 보였다. 그러자 헨직은 그가 예상한 그대로 곧바로 자신을 막아 세웠다.

"여기 다른 연필이 있다오."

그가 재빨리 말하며 안주머니에 손을 넣더니 길고 검은 연필을 꺼냈다. 윌리엄스는 반쯤 감은 눈으로 순식간에 일별했다. 그 연필은 한쪽 끝이 날카롭게 깎여 있었고, 반대편 끝은 유리같이 투명한 8밀리미터 정도의 보호 캡으로 씌워져 있었다. 그게 코트 단추에 스치면서 딸깍 소리가 났다. 그 순간 윌리엄스는 헨직이 술에 취한 사람은 인지하기 불가능할 정도로 매우 빠른 손동작으로 그 캡을 제거하는 것을 보았다. 그 안에 무언가가 잠시 반짝였다. 반짝거리는 뾰족한 금속―핀― 같았다.

"잠깐 손을 좀 내밀어 주시죠? 내가 설명한 팔 신경의 위치를 정확히 알려드리리다."

의사는 금속성의 목소리로 말을 이었는데, 살해를 시도하는 마당에도 전혀 긴장감이 묻어나지 않았다.

"말로 하는 것보다 훨씬 더 명확하게 알게 될 거요."

윌리엄스는 1초의 망설임도 없이―아직 행동의 순간이 오지 않았기에― 몸을 앞으로 비틀거리며 테이블 위에서 엉거주춤 팔을 뻗었다. 헨직은 손가락을 잡더니 손바닥이 위로 향하게 뒤집었다. 다른 손으로는 연필을 잡고 손목을 가리켰다. 그러더니 그의 소매를 끌어올리면서 팔꿈치를 향해 위로 나아가기 시작했다. 그의 손길은 그야말로 죽음의 손길이었다. 윌리엄스는 연필의 반대편 끝에 붙은 검은 핀 끝에 치명적 질병의 세균이 묻어 있다는 사실을 확신했다. 특별히 배양해 유별나게 강한 병원균일 것이다. 이제 몇 초 안에 연필이 뒤집히며 우연인 듯 핀이 그의 손목을 긁을 것이다. 그러면 악성 독이 그의 혈관으로 흘러들 것이다.

그는 이 사실을 잘 알고 있으면서도 동시에 자신을 통제하고 있었다. 이 모든 끔찍한 시간 내내 기다리고 있던 순간, 바로 그 최후의 순간이 딱 아슬아슬한 때에 이르러 드디어 실행에 옮겨지고 있었다. 그는 그 사실을 깨달았다. 그리고 자신 역시 행동할 준비가 되었다.

윌리엄스가 그 시점에 이르기 위해 필요한 최후의 추가

적 두려움을 제공하는 작고 평범한 디테일이 있었다. 바로
손길이었다. 헨직의 손이 닿는 느낌은 모든 신경에 최대치
의 전율을 선사했고, 감각의 극단까지 검은 공포로 가득 채
웠다.

그 순간 윌리엄스는 자기 통제력을 되찾으며 절대적으
로 냉정한 정신이 되었다. 공포는 무기력을 불러오는 억제
력을 제거하는 수준까지 치솟았다. 그리하여 그는 폭음에
뒤이은 무기력함이 마비되고, 두뇌가 감각의 접수를 멈추
는 지점에까지 이르렀다. 두려움의 감정은 죽었다. 그는 제
존재의 모든 힘을 발휘해 행동할 준비가 되었다. 그 힘 또
한 오랜 억눌림 끝에 최고조에 이른 강력한 힘이었다.

더욱이 절대 실수하면 안 된다. 동시에 알코올의 영향력
이 정점에 도달하며 일종의 백색광이 그의 마음을 채웠다.
무얼 하고 어떻게 해야 하는지 모든 것이 명료하게 보였다.
그는 확신에 넘치는 정신으로 자기 통제력을 발휘했다. 이
순간 자신이 무엇이든 할 수 있음을 느꼈다. 그는 그 밤 내
내 희미하게 의식하고 있던 내면의 지침에 무조건적으로
따랐다. 말하자면 그가 한 일은 의도적 계획이 아니라 본능
적으로 한 일이었다.

윌리엄스는 연필이 뒤집혀 핀 끝이 자신의 정맥을 향하
는 시점을 기다렸다. 그는 헨직이 살인 행위에 온전히 몰두
한 상태로 다른 모든 것을 망각하고 있을 때, 바로 그때 기
회를 노릴 것이다. 그 정점의 순간에 이르면 독일인의 마음

은 오직 한 가지에 집중할 것이다. 그는 자신 주변의 아무 것도 인식하지 못할 것이다. 그는 공격이 성공할 거란 확신으로 무방비 상태가 될 것이다. 그러나 그 정점의 순간은 기껏해야 5초 이상 지속되지 못할 것이다.

기자는 시선을 들어 올려 처음으로 상대의 눈을 뚫어져라 응시했다. 방 안의 다른 풍경이 시야에서 사라질 때까지 시선을 거두지 않았다. 불빛에 빛나는 흰 피부가 보였다. 그렇게 상대를 노려보면서 그는 테이블 너머로 아주 오랫동안 그에게 쏟아져 들어오던 독과 증오와 복수의 흐름을 붙잡았다. 그걸 한순간에 붙잡아 원래 힘에 저 자신이 회복한 의지의 힘을 더해 상대의 두뇌에 되돌려 보냈다.

헨직은 그것을 느꼈다. 그리고 한순간 동요하는 것 같았다. 그는 제 희생양의 태도가 갑작스레 바뀐 것을 보고 넋이 나갈 정도로 크게 놀랐다. 그렇다고 마지막 일격을 멈추진 않았다. 그는 구석에 있던 덩치 큰 남자가 시끄럽게 잠에서 깨어 자리에서 일어나려고 하는 틈새에 행동을 개시했다. 그 순간 천천히 연필을 돌려 핀 끝이 자신의 손에 얹힌 기자의 팔을 향하게 했다. 졸음에 겨운 웨이터는 문간을 넘어가려는 술 취한 남자를 도와주고 있었다. 주의를 산만하게 만드는 모든 요인이 헨직에게 유리하게 작용했다.

그러나 윌리엄스는 자신이 해야 할 일을 잘 알고 있었다. 그는 전혀 떨지 않았다.

"그 핀이 날 긁으면,"

그가 술기운이 전혀 없는 목소리로 단호하게 소리쳤다.

"그건 죽음을 의미하겠지."

독일인은 술 취한 윌리엄스의 목소리가 바뀐 것을 알아차리고 놀라움을 감출 수 없었다. 그러나 그는 여전히 희생양의 만취 상태에 대해 확신했으며 복수를 철저하게 즐기려 들었다. 잠깐의 망설임 뒤에 그는 매우 낮은 목소리로 입을 열었다.

"당신은 내가 유죄판결을 받도록 애썼으니 이제 내가 벌을 내리는 것뿐이야. 그게 다야."

그가 손을 움직이자 핀 끝이 조금 아래로 내려왔다. 윌리엄스는 피부에 아주 희미하게 따끔거리는 감각을 느꼈다. 아니, 그랬다고 생각했다. 독일인은 핀을 찌를 방향을 제대로 잡기 위해 다시 고개를 숙였다. 이 순간이야말로 헨직이 그토록 집중하며 기다리던 마지막 반격의 순간이었다. 드디어 그 순간이 찾아왔다.

"그러나 알코올은 그걸 좌절시킬 것이다!"

기자가 깜짝 놀랄 만큼 큰 웃음을 터뜨리며 크게 소리지르자 의사는 한순간 어리둥절해졌다. 그는 놀라서 얼굴을 들었다. 그 순간 의사의 손안에 그토록 취한 채 무기력한 상태로 놓여 있던 기자의 손이 번개처럼 뒤집히더니, 헨직이 무슨 일이 벌어지는지 깨닫기도 전에 그들의 위치가 역전되었다. 윌리엄스는 그의 손목을 붙잡았다. 연필도 손목도 쇳덩이처럼 굳건한 손아귀로 붙잡았다. 그리고 기자는 다른 손으로 독일인의 새하얀 얼굴을 온 힘을 다해 강타했다. 안경이 깨졌다. 그는 고통스런 비명을 내지르며 벽으로 나가떨어졌다.

잠깐 동안 엉겨 붙고 주먹을 마구 내지르는 난타전이 이어졌다. 테이블과 의자들이 날아다녔다. 그때 윌리엄스 뒤에서 한 사람이 팔을 뻗더니 피를 흘리는 헨직의 얼굴 가까이 밝게 빛나는 은색 물건을 겨누었다. 다시 보니 권총이었다. 총을 든 남자는 구석 자리에서 밤새 자고 있던 술에 취한 덩치 큰 사내였다. 기자는 번개처럼 그가 다울링의 파트너—본부 형사—라는 사실을 깨달았다.

기자는 한발 물러섰다. 머릿속이 다시 헤엄을 쳤다. 서 있는 것조차 너무나 힘들었다.

"난 밤새 네놈의 게임을 지켜보고 있었지."

그는 본부 형사가 저항하지 않는 독일인의 손목에 수갑을 채우며 하는 말을 들었다.

"우리는 지난 몇 주 동안 널 미행했어. 네놈이 몇 시간 전에 브루클린 교회를 떠날 때 붙잡을 수도 있었지만, 네놈이 뭔 일을 꾸미고 있는지 정확히 확인해보고 싶었지. 알겠냐? 네놈은 여러 추악한 사건으로 이미 베를린에서 수배를 내렸고, 우리는 어젯밤에 드디어 체포 명령을 받았어. 자, 이제 그만 가자."

"너희들은 아무것도 밝힐 수 없을 거야."

헨직이 소맷부리로 피범벅이 된 얼굴을 닦으며 말했다.

"자, 봐. 내가 스스로 긁어버렸어!"

형사는 아마 그의 마지막 말을 이해하지 못했을 것이다. 따라서 그는 그 말에 신경 쓰지 않았다. 그러나 윌리엄스는 형사의 시선을 좇아 그의 손목에 난 상처를 보았다. 살짝 피가 나고 있었다. 싸우는 와중에 핀이 원래 의도된 곳이 아니라 다른 곳에 닿았으리라.

그 후 기자는 아무것도 기억하지 못했다. 몸의 반응이 급격하게 몰려왔기 때문이었다. 그 끔찍한 밤의 스트레스가 그를 완전히 뻗게 만들었다. 축적된 알코올의 영향력이 그 모든 일이 끝나자마자 파도처럼 그를 덮쳤다. 그는 그대로 정신을 잃고 바닥에 널브러졌다.

* * * * *

뒤이어 생긴 병은 단순히 '신경'의 문제였다. 그는 1~2주 후 건강을 회복하고 신문사 일에 복귀했다. 그는 복귀한 즉시 조사해보았지만 헨직이 체포된 사건은 신문에 거의 실리지 않았다는 사실만을 확인했을 뿐이었다. 그 사건에는 흥미를 끌 만한 점이 별로 없었고, 뉴욕은 이미 새로운 공포에 한창 빠져 있었다.

그러나 그 진취적인—언제나 승진할 절호의 기회를 노리는— 아일랜드 사나이 다울링은 그에 관해 할 이야기가 있었다.

"영국 기자님, 이번엔 운이 없었네."

그는 안타까워하며 말을 이었다.

"정말 운이 하나도 없었어. 끝내주는 이야깃거리가 될수 있었을 텐데, 신문에 오르지도 못했어. 그 젠장맞을 독일놈 슈미트, 일명 브루너, 그러니까 헨직이 우리가 심층조사를 위해 재구속을 신청하기도 전에 교도소 병원에서 죽고 말았어."

"뭐로 죽은 거야?"

기자가 잽싸게 물어보았다.

"블랙 발진티푸스. 뭐, 그렇게 부르는 거 같아. 하여튼 엄청난 급성으로 나흘 만에 죽었어. 의사 말에 그런 병은 처음 본다고 하더군."

"어쨌거나 그자가 처리되어서 기쁘군."

윌리엄스가 말했다.

"음, 그렇지."

다울링은 무언가 망설이듯 덧붙였다.

"하지만 그건 진짜 끝내주는 이야기였는데. 그 작자가 더 버텼으면 좋았을걸. 그러면 내가 직접 나서서 뭔가를 캐낼 수 있었을 텐데 말이야."

엿듣는 자

The Listener

9월 4일.

나는 연 소득 120파운드에 걸맞은 집을 찾아 런던 시내를 샅샅이 헤매고 다닌 끝에 마침내 한 곳을 구했다. 현대식 편의시설이 없는 방 두 개짜리 집이었다. 물론 다 쓰러져가는 낡은 집이었지만 P궁에서 엎어지면 코 닿을 만한 거리였고, 또 점잖은 동네로 소문난 지역에 위치한 집이었다. 집세는 연세로 25파운드였다. 절망적으로 자포자기하던 찰나 우연히 얻은 집이었다.

우연이란 기록할 가치도 없는 그저 진짜 우연을 말한다. 1년짜리 계약서를 써야만 했는데 나는 기꺼이 그렇게 했다. 햄프셔에 있던 옛집에 오랫동안 보관되어 있던 가구 정도면 이 집에 충분할 것이다.

10월 1일.

나는 여기 런던의 중심가에 방 두 개짜리 셋집에 살고

있다. 이따금 글을 한두 편 기고하는 잡지사 사무실에서도 멀지 않은 곳이다. 건물은 막다른 골목의 맨 끝에 있다. 골목은 포장이 잘되어 있고 깨끗하다. 주로 공공기관처럼 보이는 차분한 건물들의 후면이 늘어선 곳이다. 골목 안에는 마구간도 있다. 내 집에는 '챔버스'라는 고상한 이름이 붙어 있다. 어쩐지 그러한 고풍스런 이름이 이 집에 너무 과하다고 느껴진다. 언젠가 자긍심으로 으스대다가 어느 날 무너져 내릴 것 같은 느낌이 든다. 집은 매우 낡았다. 내 응접실 바닥에는 계곡도 있고 낮은 언덕도 있으며, 문 상부는 천장부터 매우 심하게 기울어져 있다. 분명 50년쯤 전에 바닥과 문이 싸움이라도 벌인 게 분명하다. 그리하여 그때부터 그것들이 사이가 틀어진 모양이다.

10월 2일.

집주인은 마르고 늙은 여성으로 시들고 칙칙한 얼굴이다. 말수 또한 매우 적다. 몇 마디 주고받는 것도 힘에 부치는 듯하다. 어쩌면 폐가 먼지로 반쯤 막힌 건지도 모른다. 주인은 내 방들을 되도록 먼지 하나 없이 깨끗이 유지하며, 힘 좋은 젊은 여자 일꾼을 시켜 내 방에 아침 식사를 가져오게 하고 불을 지피도록 시킨다. 이미 밝혔듯이 집주인은 말수가 적다. 내 딴에 비위를 맞춰가며 물어본 끝에 내가 현재 이 집에 세 들어 사는 유일한 세입자라는 짧은 대답을 들을 수 있었다. 내가 쓰는 방들은 몇 년 동안 비어 있었다

고 한다. 위층에 다른 신사들이 살았으나 지금은 떠나고 없
다고 한다.

집주인은 말을 할 때 절대 내 눈을 똑바로 바라보지 않
고 내 조끼 가운데 단추에 흐릿한 시선을 고정한다. 그러다
보면 나는 예민해져서 단추가 제대로 끼워지지 않은 건지,
혹은 아예 어긋나게 끼운 게 아닌지 염려된다.

10월 8일.

나는 주 단위 장부를 깔끔하게 관리하고 있다. 이제까지
쓴 비용은 적당하다. 우유와 설탕 7펜스, 빵 6펜스, 버터 8
펜스, 마멀레이드 잼 6펜스, 달걀 1실링 8펜스, 세탁부 2실
링 9펜스, 기름 6펜스, 서비스료 5실링, 총계 12실링 2펜스.

집주인에게는 아들이 하나 있는데, 그녀의 말에 따르면
"승합버스에서 뭘 한다"고 한다. 그는 어머니를 보러 가끔
방문하는데 아무래도 술꾼인 것 같다. 왜냐하면 낮이건 밤
이건 큰 소리로 떠들어대고, 아래층 가구에 걸려 자빠지곤
하기 때문이다.

나는 오전 내내 실내에 머물며 글을 쓴다. 쓰는 글들은
다음과 같다. 만화에 쓸 운문, 3년 동안 '매달리고' 있으며
나 나름의 포부를 품은 소설, 상상력을 무한정으로 펼치는
동화책, 또 다른 책 하나는 내가 살아 있는 한 계속될 것인
데, 삶의 고된 여정에서 내 영혼의 진전과 후퇴를 가감 없
이 솔직하게 써 내려갈 책이기 때문이다. 이것들 이외에도

시집을 하나 쓰고 있는데, 이것은 일종의 안전판 역할을 한다. 이 시집에 대해서는 어떠한 포부도 지니고 있지 않다.

나는 일하는 사이사이 언제나 다른 할 일이 있다. 오후에는 보통 건강을 위해 산책을 한다. 리전트 공원을 지나 켄싱턴 가든으로 향하거나, 가끔은 더 나아가 햄스테드 히스까지 가기도 한다.

10월 10일.

오늘은 모든 게 엉망이었다. 나는 아침으로 달걀 두 개를 먹는다. 오늘 아침은 그중 하나가 상해 있었다. 나는 벨을 눌러 에밀리를 불렀다. 신문을 읽던 중이라 에밀리가 왔을 때 시선을 돌리지 않고 지적했다.

"달걀이 상했어."

"오, 그래요? 다른 걸로 가져다드릴게요."

에밀리는 그러고는 달걀을 가지고 나갔다. 나는 그녀가 돌아올 때까지 5분 가까이 기다렸다. 에밀리는 테이블에 새 달걀을 놓고 나갔다. 그러나 눈길을 돌려 보니 에밀리가 멀쩡한 달걀을 가져가고 온통 누렇고 푸릇하게 상한 달걀을 찻잔 가신 물을 받는 그릇에 남겨놓은 것이었다. 나는 다시 벨을 눌렀다.

"멀쩡한 달걀을 가져갔어."

"오! 어쩐지 제가 가져간 달걀에선 냄새가 별로 심하지 않더라고요."

에밀리가 이내 싱싱한 달걀을 가져왔다. 나는 두 개의 달걀로 아침 식사를 했으나 이미 입맛이 떨어진 상태였다. 모두 매우 사소한 일인 건 잘 안다. 하지만 그깟 멍청한 일로 난리를 친 게 짜증이 났다. 달걀 사건 때문에 내가 할 일 전반에 영향을 받았다. 형편없는 글을 써서 찢어버렸다. 두통이 일었다. 나는 혼잣말로 욕을 했다. 모든 게 다 엉망이었다. 그리하여 일을 '집어치우고' 긴 산책길에 나섰다.

돌아오는 길에 싸구려 식당에서 저녁 식사를 때우고 9시쯤 집으로 돌아왔다.

막 도착할 때쯤 바람이 불며 비가 내리기 시작했다. 궂은 밤이 될 것 같았다. 골목은 음울하고 황량해 보였다. 집 안의 홀은 무덤같이 냉기가 흘렀다. 새집으로 이사해 처음 맞는 폭풍이 치는 밤이었다. 외풍이 끔찍하게 들이쳤다. 바람은 종횡으로 불다가 방 한가운데에서 맞부딪혀 소용돌이치는 회오리를 이루었다. 은밀하고 차가운 기류가 머리카락까지 곤두세웠다. 창문 틈새를 짝이 안 맞는 양말들과 넥타이로 틀어막은 다음 몸을 데우기 위해 연기 나는 난롯가에 자리를 잡고 앉았다. 글을 쓰려고 했으나 너무 추워서 포기하고 말았다. 종이에 닿는 손이 얼음장처럼 차가웠다.

바람이 낡은 집에 일으키는 장난이라니! 버려진 골목에 몰아치는 바람은 마치 발길을 재촉하던 수많은 사람이 문에 막혀 갑자기 멈춰서는 소리처럼 들렸다. 호기심에 찬 수많은 사람이 문밖에서 대열을 이루어 내 창문을 엿보는 것 같은 느낌이 들었다. 그러고 나서 그들은 다시 발길을 돌리고는 웃고 속삭이며 도망친다. 하지만 또다시 바람이 일면 그 바람과 함께 돌아와 그 뻔뻔한 짓을 다시 벌이는 것이다. 내 방의 반대편으로는 정사각형 창이 딱 하나 있다. 그 창밖으로는 일종의 긴 수직 통로, 또는 우물 같은 공간이 존재한다. 그리고 정면으로는 약 2미터 간격으로 맞닿은 다른 집의 뒷벽이 보인다. 이 깔때기 같은 통로 아래로 바람이 낙하하고 헐떡이고 고함을 질렀다. 나는 일찍이 그런 소음을 들어본 적이 없었다. 두꺼운 외투를 입고 난롯가에 앉아 문밖과 창밖 두 방향에서 들려오는 소리를 듣고 있으려니, 내 귀에 굴뚝 안에서 깊게 윙윙거리는 소리까지 들렸다. 항해 중인 배를 타는 듯한 기분이었다. 마치 흔들리는 파도 위에서 딛고 일어설 바닥을 찾아 헤매는 것 같았다.

10월 12일.

나는 이다지도 외롭고 이다지도 빈곤하지 않기를 바란다. 그러나 그러면서도 외로움과 빈곤을 사랑한다. 외로움은 바람과 비와 함께하기에 고마움을 느끼게 해준다. 빈곤은 간을 보존해주고, 또 여자들의 비위나 맞추며 시간을 낭비하는 걸 막아준다. 가난하고 추레한 차림의 남자는 바람직한 '동반자'가 되지 못한다.

부모님은 돌아가셨고 단 하나 있는 누이는…… 아니, 죽은 게 아니고 매우 부유한 남자와 결혼했다. 그들은 대부분 시간을 여행하는 데 보낸다. 남편은 건강을 되찾기 위해, 누이는 저 자신을 잊기 위해 여행한다. 순전히 누이의 무관심 때문에 그녀는 내 인생에서 죽은 지 오래다. 5년 동안 단 한 번의 연락도 없던 누이는 크리스마스에 불쑥 50파운드 수표를 보냈다. 그 일로 둘 사이의 문이 완전히 닫히고 말았다. 그것도 제 남편이 서명한 수표였다! 나는 그 수표를 천 개의 조각으로 갈가리 찢은 다음 소인이 찍히지 않은 봉투에 넣어 되돌려 보냈다. 나는 적어도 누이에게 착불이라는 형태로 대가를 치르도록 했다는 사실이 매우 흡족했다! 누이는 커다란 깃촉펜으로 답장을 써서 보냈다. 편지지 전체에 딱 세 줄의 글뿐이었다.

넌 보아하니 여전히 온전치 못하구나.
게다가 무례하고,
은혜도 모르다니.

나는 언제나 나의 부계 가족의 광기가 세대를 뛰어넘어 내게 나타날까 봐 두려움에 떨었다. 그런 생각이 날 괴롭혔다. 누이 또한 그걸 알고 있었다. 그러니 예의범절에 관한 이 작은 논쟁 이후로 문은 꽝 닫혔다. 절대 다시 열리지 않을 것이다. 나는 문이 꽝 닫히는 소리를 들었다. 그와 함께 내 가슴속 벽들이 우르르 허물어지는 소리도 들었다. 그 벽 안에 있던 자기瓷器들, 각각 귀중한 가치를 품고 있는 자기가 잘게 부서지는 소리를 들었다. 그것들은 희귀한 자기들로, 그중 일부는 먼지만 털어주면 빛을 발할 것들이었다.

바로 그 벽들 안에는 또한 거울들도 있었다. 나는 가끔 그 거울에 어린 시절의 안개 낀 풀밭이며 꽃목걸이, 따뜻한 비가 내리면 과수원 곳곳에 흩뿌려지던 꽃송이들, 긴 산책길 끝에 닿던 동굴, 건초 창고에 숨겨놓았던 사과 등을 비추어보곤 했다. 거울 속 누이는 나와 떼려야 뗄 수 없는 친구였다. 그러나 문이 꽝 닫혔을 때 그 거울들은 위에서부터 아래까지 쫙 금이 가며 깨지고 말았다. 그 거울들이 품고 있던 풍경들은 영원히 사라져버렸다. 나는 지금 완전히 혼자다. 나이 마흔에는 정성 들인 우정을 다져나갈 수 없다. 그렇게 쌓인 우정 말고 다른 모든 것은 대부분 가치가 없다.

10월 14일.

내 침실은 가로세로 3×3미터다. 방은 거실보다 아래에 위치해서 계단을 하나 내려가면 나온다. 두 방은 아무 일 없는 밤이면 매우 조용하다. 이 버려진 골목엔 오가는 교통이 없기 때문이다. 이 골목은 이따금 부는 바람의 노랫소리에도 불구하고 가장 아늑한 공간이다. 어둠이 내리면 내 창 아래쪽 막다른 골목으로 동네의 모든 고양이가 모인다. 고양이들은 맞은편 건물 암막창暗膜窓의 긴 난간에 아무런 방해를 받지 않고 눕는다. 9시 30분 무렵 우편집배원이 다녀간 후로는 감히 아무도 그들의 불길한 비밀 회합을 방해할 엄두를 내지 못하기 때문이다. 단, 내 발길과 이따금 "승합버스에서 뭘 하는" 집주인 아들의 비틀거리는 발길만 닿을 뿐이다.

10월 15일.

나는 'A.B.C'에서 수란水卵과 커피로 저녁을 먹고 리전트 공원 바깥쪽 경계를 따라 돌며 산책했다. 집으로 돌아왔을 때는 10시였다. 고양이들을 세어보니 자그마치 열세 마리였다. 모두 검은색 고양이로 바람을 피해 골목 벽에 웅크리고 있었다. 추운 날이었다. 검푸른 하늘에 빛나는 별들이 얼음으로 된 점 같아 보였다. 내가 지나가자 고양이들은 고개를 돌려 날 노려보았다. 그렇게 많은 눈이 깜빡이지도 않고 날 노려보고 있으니 기이하게도 수줍은 마음이 들었다. 열쇠를 찾으려 주머니를 더듬고 있을 때 고양이들이 소리도 없이 아래로 뛰어내려 내 발에 몸을 비볐다. 안으로 들여달라고 요구하는 것 같았다. 그러나 나는 고양이들의 면전에서 문을 닫아버리고 잽싸게 위층으로 올라갔다. 더듬더듬 성냥을 찾으며 안으로 들어설 때 거실은 지하 석조 납골당처럼 차갑게 느껴졌다. 공기는 평소 같지 않게 매우 습했다.

10월 17일.

　나는 며칠 동안 상상력을 발휘할 여지가 없는 어려운 글을 가지고 씨름하는 중이다. 내 상상력에는 분별력 있는 고삐가 필요하다. 나는 상상력이 고삐가 풀려날까 봐 두렵다. 그랬다가는 나도 모르게 별들 너머, 또는 세상의 바닥 아래 무시무시한 곳으로 이끌려가곤 한다. 그 위험성에 대해 나보다 잘 아는 사람은 없다. 그러나 여기서 그런 이야기를 적는 것은 얼마나 어리석은 짓인가. 알 만한 사람도 없고 깨달을 사람도 없기 때문이다! 요즈음 나는 특이한 생각에 사로잡혀 있다. 이전에는 한 번도 해보지 못한 생각들이다. 약물과 마약과 기이한 질병의 치료법에 관한 생각이다. 나는 그런 생각이 어디서 나온 것인지 그 원천을 상상조차 할 수 없다.

　지금 끊임없이 내 머릿속으로 밀고 들어오는 그러한 아이디어들에 대해 단연코 이제껏 생각해본 적은 단 한 번도 없다. 나는 근래 들어 운동을 하지 못했다. 날씨가 궂었기 때문이었다. 그리고 오후 시간은 모두 대영박물관 열람실에서 보냈다. 나는 그곳을 이용할 수 있는 독자카드를 가지고 있다.

　불쾌한 걸 알아냈다. 집 안에 쥐가 있다. 밤에 쥐들이 거실 바닥의 언덕과 계곡에서 다다닥 뛰어다니는 소리를 침실에서 들었다. 그러면 잠이 싹 달아나곤 한다.

10월 19일.

집주인에게 작은 남자아이가 있다는 사실을 알아냈다. 아마도 아들의 아이인 것 같다. 날씨가 좋을 때면 아이는 골목에서 노는데, 자갈길에서 나무로 만든 손수레를 끈다. 손수레 바퀴 하나가 빠진 상태라 매우 심란한 소음을 낸다. 참을 대로 참다가 너무 신경에 거슬리는 바람에 더 이상 글을 쓸 수가 없었다. 그리하여 나는 벨을 눌러 에밀리를 불렀다.

"에밀리, 꼬마에게 좀 조용히 하라고 말 좀 해주겠어? 도저히 일을 할 수가 없네."

에밀리가 아래층으로 내려갔고 이내 부엌문에서 아이를 부르는 소리가 들렸다. 나는 아이가 노는 걸 방해하는 좀 매정한 사람이 된 게 아닌가 하는 마음이 들었다. 그러나 몇 분 후 다시 소음이 시작되었다. 나는 아이야말로 매정한 녀석이라고 생각했다. 아이는 부러진 손수레에 끈을 매어 자갈길에서 질질 끌고 다녔다. 마침내 그 덜컥거리는 소리가 내 몸의 모든 신경을 긁어댔다. 도저히 참을 수가 없어서 다시 벨을 눌렀다.

"저 소리 당장 멈추게 해!"

나는 에밀리에게 단호한 목소리로 말했다.

"네, 알겠습니다."

에밀리가 씩 웃으며 덧붙였다.

"저도 시끄러운 거 알아요. 하지만 수레바퀴 하나가 나

갔더군요. 마구간 남자가 고쳐준다고 했는데 아이가 싫다
네요. 자기는 그게 더 좋다고요."

"아이가 좋아하는 거야 모르겠고. 제발 소리나 안 나게
해. 도저히 글을 쓸 수가 없어."

"예, 알겠습니다. 몬슨 부인께 말할게요."

그 후로 더는 소음이 들리지 않았다.

10월 23일.

지난주에는 매일 그 손수레가 자갈 위에서 덜거덕거렸
다. 마침내 그게 무슨 말 두 필이 끄는 바퀴 네 개짜리 거대
한 화물 마차가 아닐까 하는 생각마저 들었다. 나는 매일
아침 어쩔 수 없이 벨을 누르고 소리를 멈추게 시켜야만 했
다. 마지막엔 몬슨 부인이 직접 올라와 언짢게 해서 죄송하
다고 사과했다. 그러면서 다시는 소리가 나지 않을 거라고
했다. 집주인은 평소 같지 않게 길게 말을 늘어놓으며 내가
편하게 지내는지, 방은 괜찮은지 물었다. 나는 조심스럽게
대답했다. 쥐 이야기도 했다. 집주인은 그게 생쥐라고 했
다. 나는 외풍 이야기도 꺼냈다. 집주인은 "예, 바람이 잘 통
하는 집입니다"라고 답했다. 고양이도 언급했더니 그녀는
고양이들이 자기가 기억하는 한 쭉 이곳에 살았다고 했다.
집주인은 결론 삼아 이 집이 200년이 넘었고, 내 방을 썼던
지난번 세입자 신사는 화가였고, 그래서 "벽 사방팔방에 진
짜 지미 보이스와 래플스를 걸어놓았다"고 했다. 나는 몇

분 지나고 나서야 집주인이 말하려는 게 치마부에*와 라파엘**이라는 사실을 알아차렸다.

10월 24일.

지난밤 "승합 버스에서 뭘 한다"는 아들이 집에 왔다. 그는 술을 마신 게 분명했다. 내가 잠자리에 들고 한참 후에 아래층 부엌에서 화가 나 소리 지르는 목소리가 들렸기 때문이었다. 한번은 이상한 말이 바닥을 타고 올라왔다.

"꼭대기부터 바닥까지 싹 다 불태워버려야 이 집구석을 바로잡을 수 있다고!"

나는 똑똑 바닥을 두드렸다. 그랬더니 갑자기 소리가 멈췄다. 물론 더 나중에 꿈속에서 그들의 고함을 들었지만.

내 집은 매우 조용하다. 때로는 너무 조용하다. 바람이 없는 밤엔 무덤처럼 고요해 집이 외딴 시골에 있는 것 같다. 런던의 번잡한 교통이 일으키는 왁자한 소음은 내게 그저 저 멀리에서 울리는 둔중한 진동쯤으로 느껴진다. 그건 마치 행군하는 군대나 한밤에 매우 먼 곳에서 포효하는 거

*

이탈리아 피렌체파의 대표적 화가. 비잔틴풍의 형식주의를 취하면서도 조형성이 강한 종교화를 그렸다.

**

이탈리아 문예 부흥기의 화가이자 건축가. 아름답고 온화한 성모를 그리는 데 재능이 특출나 미술사에 독자적인 자리를 차지하고 있으며, 르네상스 고전 양식을 확립했다.

대한 해일처럼 때로 불길한 음조를 띤다.

10월 27일.

몬슨 부인은 경탄을 자아낼 만큼 조용한 여성이지만, 어리석고 안달복달한다. 그녀는 곧잘 아주 멍청한 짓을 한다. 방의 먼지를 털면서 내 물건들을 모조리 엉뚱한 곳에 배치한다. 책상 위에 놓여 있어야 할 재떨이는 벽난로 선반에 모셔다 놓는다. 잉크스탠드 옆에 있어야 할 펜을 얹어놓는 트레이는 책상 위에 있는 책들 사이에 교묘하게 숨겨 놓는다.

장갑의 경우 집주인은 책이 반쯤 채워진 서가 위에 매일 우스꽝스러운 형태로 배열해 놓는다. 그러면 나는 문 옆에 있는 낮은 테이블 위에 다시 갖다 놓아야 한다. 또한 그녀는 안락의자를 벽난로와 램프 사이에 기묘한 각도로 놓는다. 그리고 테이블보—케임브리지 트리니트 홀 대학 시절의 얼룩이 묻은 보—의 경우 하도 요상한 각도로 놓아 그걸 볼 때마다 마치 내 타이와 옷 전부가 비뚤어지고 뒤틀린 듯한 느낌이 든다. 집주인은 나를 화나게 만든다. 그 여자의 침묵과 온순함에 때로 짜증이 난다.

때로 그 여자에게 잉크스탠드를 집어던지고 싶은 욕망이 인다. 그리하여 그녀의 촉촉이 젖은 무신경한 눈에 표정을 불러일으키고, 그 생기 없는 입술에서 꽥 소리가 터져나오게 만들고 싶다. 아, 이런! 내가 이따위 폭력적인 말을 하다니! 이런, 어리석은! 그러나 그 말들은 나의 말이 아니라 어딘가에서 무언가가 내 귀로 속삭이는 것 같은 느낌이 든다. 내 말인즉, 나는 절대 아무렇지 않게 그런 말을 쓰는 사람이 아니다.

10월 30일.

이곳에 온 지 한 달이 되었다. 아무래도 이곳이 나와 잘 맞지 않는 것 같다. 두통은 더 잦아졌고 강도도 더 세졌다. 신경이 항상 날카로워 불쾌감과 짜증이 인다.

몬슨 부인에게 매우 큰 거부감이 드는데, 분명 그녀도 내게 똑같이 느끼는 것 같다.

어쩐지 이 집에 내가 전혀 모르는 일들이 벌어지고 있고, 집주인은 내게 그 일을 숨기려고 조심하는 것 같은 느낌이 자주 든다.

어젯밤 집주인 아들이 이 집에서 잤다. 오늘 아침 나는 창가에 서 있다가 그가 나가는 모습을 보았다. 그는 고개를 들어 나와 눈이 마주쳤다. 막돼먹은 인상에 독특하게 불쾌한 얼굴이었다. 그는 매우 불쾌하게 나를 곁눈질했다. 적어도 나는 그렇다고 생각했다.

나는 분명 사소한 일들에 말도 안 되게 민감해지고 있다. 아무래도 혼란스러운 신경 때문인 것 같다. 나는 오늘 오후 대영박물관의 열람실 책상에서 몇몇 사람들이 나를 째려본다는 걸, 또 나의 모든 동작을 관찰하고 있다는 걸 알아차렸다. 책을 보다가 시선을 올릴 때마다 그들과 눈이 마주쳤다. 불필요하기도 하고 불쾌하기도 한 일 같아 평소보다 일찍 자리를 떴다. 열람실 문에 도달해 마지막으로 뒤를 돌아 실내를 둘러보았을 때, 책상에 있는 모든 사람이 나를 쳐다보는 모습을 목격했다. 기분이 매우 언짢았으나, 그런 일에 신경을 쓰는 게 어리석다는 걸 잘 안다. 내가 컨디션이 좋을 때면 사람들은 날 그냥 스쳐 지나친다. 운동을 좀 더 규칙적으로 해야겠다. 요즈음 거의 하지 못했다.

11월 2일.

이 집의 완벽한 침묵이 나를 압도하기 시작했다. 위층에 다른 사람이 살았으면 좋겠다. 머리 위로 발소리가 난 적이 한 번도 없고, 내 방문을 지나 위로 계단을 오르는 소리도 없다. 직접 위층으로 올라가 위층 방들이 어떻게 생겼는지 알아보고 싶은 호기심이 든다. 이곳에선 외롭고 고립된 느낌이 든다. 세상의 버려진 구석에 휩쓸려 내려와 잊힌 것 같은 느낌……. 한번은 실제로 금이 간 기다란 거울들을 바라보고 있는 자신을 깨달았다. 그러면서 과수원 나무 아래서 춤을 추는 햇빛을 보려고 했다. 그러나 이제 그곳엔 깊은 어둠만 몰려드는 것 같았다. 나는 이내 단념하고 말았다.

온종일 바람 한 점 없이 매우 어두웠다. 안개가 내리기 시작했다. 오늘 오전 내내 독서용 등을 사용해야 했다. 오늘은 수레 끄는 소리가 나지 않았다. 그러다 보니 그 소리마저 그리웠다. 오늘 아침 어둑어둑한 고요 속에 혼자 있다보니 그 소리마저 환영해줄 수 있을 것 같다는 생각이 들었다. 결국 그 수레 소리는 매우 인간적인 소리였다. 막다른 골목의 이 빈집은 유쾌하지 못한 다른 소리들을 품고 있다. 이 골목에서 한 번도 경찰관을 본 적이 없다. 우편집배원은 이곳에 배회할 마음 같은 건 전혀 없다는 듯 언제나 서둘러 빠져나간다.

밤 10시. 이 글을 적는 지금 아무 소리도 들리지 않는다. 그저 먼 곳에서 들리는 교통의 속삭임과 낮게 한숨짓는 바람 소리만을 느낀다. 그 두 소리는 서로서로 융합한다. 이따금 고양이 한 마리가 어둠 속에서 으스스하게 날카로운 울음을 토해낸다. 고양이들은 어둠이 내리면 언제나 내 방 창문 아래 모인다. 바람은 깔때기 속으로 말려 들어가며 먼 곳에서 갑자기 거대한 날개를 펄럭이는 소리를 낸다. 황량한 밤이다. 길을 잃은 느낌, 잊힌 느낌이 든다.

11월 3일.

창문으로 내다보면 누가 오는지 알 수 있다. 누군가 출입문으로 다가오면 모자가 보이고 어깨와 벨을 누르는 손도 보인다. 두 달 전 이곳으로 이사 온 이래 단 두 사람만이 날 보러 왔다. 그 둘 다 위로 올라오기 전 내가 먼저 창문에서 보았다. 내가 안에 있는지 묻는 그들의 목소리도 들었다. 그 둘 중 누구도 다시 오지 않았다.

나는 힘겨운 글을 마쳤다. 그러나 전체를 읽어보니 전

혀 만족스럽지 않았다. 그리하여 나는 거의 모든 페이지마다 연필로 그어댔다. 내 글에는 나도 설명할 수 없는 이상한 표현들과 아이디어들이 존재했다. 불안까지는 아니더라도 놀라움을 일으킬 만한 내용이었다. 전혀 내가 쓴 글 같지 않았다. 또 그렇게 쓴 기억도 없다. 기억력까지 손상을 입은 것일까?

펜을 찾을 수가 없다. 그 멍청한 늙은 여자가 매일 다른 곳에 펜을 둔다. 집주인에게 새로운 은폐 장소를 그렇게도 많이 찾아낸 것에 대해 합당한 공로라도 인정해주어야 할 판이다. 그러한 창의적인 재간은 놀라운 재주다. 나는 집주인에게 반복해서 당부했지만 언제나 "에밀리에게 말할게요"라고 대답했다. 에밀리는 또 항상 "몬슨 부인께 말할게요"라고 답했다. 어리석은 그들 때문에 짜증이 솟구치고 생각이 다 흩어진다. 나는 그 잃어버린 펜들로 그들의 눈을 푹 찔러서 눈알을 빼낸 다음 저 수천 마리 배고픈 고양이들이 할퀴고 물어뜯게 던져주고 싶다. 으악! 이 무슨 경악스러운 생각인가! 도대체 이런 생각은 어디서 튀어나온 것인가? 경찰이 그런 생각을 할 수 없는 것과 마찬가지로 이건 절대 내 생각일 리 없다. 그러나 나는 그걸 글로 적어야만 한다고 느꼈다. 마치 내 머릿속에 노래를 부르는 어떤 목소리가 들리고, 소리가 끝날 때까지 내 펜이 멈추지 않는 것만 같았다. 그 무슨 가당치 않은 허튼수작인가! 나는 나 자신을 잘 통제해야 한다. 그러기 위해 좀 더 정기적으로 운동을 해야 한다. 신경과 간이 끔찍하게 나를 괴롭힌다.

11월 4일.

나는 프랑스인 구역에서 '죽음'에 관한 기이한 강연을 참관했다. 그러나 실내가 너무 덥고 또 너무 피로한 상태라 잠이 들고 말았다. 그러나 내가 들은 유일한 부분은 상상력을 생생하게 자극했다. 강연자는 자살에 관해 이야기하면서 스스로 목숨을 끊는 일은 비참한 현재에서 도망치는 게 아니라 미래의 더 큰 슬픔을 불러들이는 행동일 뿐이라고 했다. 그는 자살로 본인의 책임을 쉽게 피할 수 없다고 단언했다. 자살자들은 그렇게 폭력적으로 삶을 끊어버린 바로 그곳에 다시 돌아와 삶을 시작할 수밖에 없을 뿐만 아니라, 나약함에 대한 고통과 벌이 더 추가된다. 그들 중 많은 이들은 다른 이의 몸—보통 무시무시한 집착에 굴복하는 광인이나 마음이 약한 사람의 몸—을 새로이 부여받기 전까지 이루 말할 수 없는 비참함에 빠진 채 지상을 떠돌아다닌다. 그것이 그들이 도망칠 수 있는 유일한 수단이다. 얼마나 기이하고 끔찍한 생각인가! 차라리 내내 잠들어서 그런 이야기를 하나도 듣지 않았으면 좋았을걸. 그런 소름 끼치는 공상이 아니더라도 내 마음은 이미 음울하기 짝이 없다. 그렇게 해로운 선동은 경찰이 단속해야 한다. 나는《타임스》지에 기고해서 알릴 것이다. 좋은 생각이다.

나는 소호의 그리스 거리를 거쳐 집으로 돌아오며 100년

전으로 거슬러 올라갔다고 상상했다. 드 퀸시*가 "의롭고 미묘하며 강력한" 마약을 칭송하며 여전히 이곳 밤거리를 배회하고 있었다. 그의 원대한 꿈이 아주 멀지 않은 곳에 떠 있는 듯했다. 머릿속에 한번 들어찬 그 영상이 떠나지 않았다. 나는 그가 세입자 없는 추운 저택에 그 이상한 버려진 작은 아이와 함께 승마복 외투 하나를 덮고 어둠 속에서 자는 모습을, 또는 유령 같은 앤과 함께 헤매고 있는 모습을 보았다. 그리고 나중에 영원히 함께할 약속을 위해 앤을 만나러 그레이트 티치필드가 아래로 향하는 모습을 보았다. 앤이 절대 지킬 수 없었던 약속. 그 남자—당시에는 소년이었던—가 외로운 가슴에 품었을 무언가를 생각하니 형언할 수 없는 우울과 이루 말할 수 없는 슬픔과 고통이 나를 압도했다.

골목을 따라 올라가자 꼭대기 층의 창문에 불빛이 밝혀진 모습이 보였다. 그리고 블라인드에 어린 커다란 그림자로 머리와 어깨를 분간할 수 있었다. 주인집 아들이 이 시간에 저 위층에서 뭘 하고 있는지 의아했다.

*

영국의 비평가이자 수필가인 토머스 드 퀸시. 대표작으로 아편이 주는
몽환의 쾌락과 매력, 그 남용에 따른 고통과 공포를 이야기한
『어느 아편 중독자의 고백』이 있다.

218

11월 5일.

오늘 아침 글을 쓰고 있는데 누군가 삐걱거리는 계단을 올라 내 방문을 조심스럽게 두드리는 소리가 났다. 나는 안주인이겠거니 생각하며 "들어오세요!"라고 외쳤다. 그랬더니 문 두드리는 소리가 다시 이어졌다. 나는 더 크게 소리질렀다.

"들어오세요, 들어와요!"

그러나 아무도 문고리를 돌리지 않았다. 나는 계속 글을 쓰며 짜증을 냈다.

"들어오기 싫으면 말던가!"

글을 계속 썼냐고? 그러려고 했으나 갑자기 생각이 싹 말라버렸다. 단어 하나도 쓸 수 없었다. 누런 안개가 짙게 낀 어두운 아침이었다. 따라서 아침 공기에서 얻을 만한 영감은 없었다. 게다가 저 멍청한 여자가 방문 밖에 서서 다시 들어오라는 말을 듣기 위해 기다리는 모습이 내 머릿속을 가득 채우며 짜증이 솟구쳤다. 그러면서 나머지 모두가 내 머릿속에서 밀려났다. 나는 마침내 벌떡 일어나 직접 문을 열었다.

"뭘 원해요? 도대체 왜 안 들어오는 거요?"

나는 소리 질렀다. 그러나 말은 허공에 흩뿌려지며 사라졌다. 아무도 없었다. 짙은 안개가 누런 소용돌이를 이루어 허름한 계단을 집어삼키고 있었다. 인간의 흔적은 그 어디에도 없었다.

나는 이 집과 소음에 저주를 퍼부으며 문을 세차게 꽝 닫고는 책상으로 돌아왔다. 몇 분 후 에밀리가 편지 한 통을 들고 왔다.

　"몇 분 전에 너나 혹은 몬슨 부인이 내 방문을 두드렸니?"

　"아닙니다, 선생님."

　"확실해?"

　"몬슨 부인은 시장에 가셨고 집 안엔 저하고 아이만 있어요. 저는 여태까지 설거지를 하고 있었고요."

　나는 에밀리의 얼굴이 창백해졌다고 생각했다. 그녀는 문 쪽으로 가는 길에 어깨 너머를 살펴보며 안절부절못했다.

　"기다려, 에밀리."

　나는 에밀리를 불러 세우고 내가 들은 소리에 대해 이야기했다. 에밀리는 멍청하게 나를 응시하다가 방 안 이곳저곳을 두리번댔다.

　"그게 누구였지?"

　나는 이야기 끝에 물었다.

　"몬슨 부인은 쥐라고 하는데요."

　에밀리는 마치 학습한 말을 내뱉듯 대답했다.

　"쥐라니! 말도 안 되는 소리! 그런 게 아니었어. 누군가 내 방문을 살피고 있었다고. 누구였지? 집주인 아들이 집에 있니?"

　그녀의 태도가 둘러대는 모습에서 급작스럽게 진지한

표정으로 바뀌었다. 에밀리는 진실을 말하고 싶어 하는 것 같았다.

"오, 아니에요. 집 안엔 선생님과 저와 아이밖에 없어요. 선생님 방에 올 사람이 없었다고요. 그 노크 소리는……."

에밀리는 너무 많은 말을 했다고 생각한 듯 갑자기 말을 멈췄다.

"음, 그래, 노크 소리가 뭐?"

내가 좀 더 부드럽게 물었다.

"물론, 쥐가 노크한 게 아니고요, 발소리도 아니고요. 하지만 그, 뭐냐면……."

에밀리가 말을 더듬다가 완전히 멈췄다.

"이 집에 뭐 잘못된 거라도 있어?"

"오, 아니에요, 선생님. 배수에는 아무 문제 없어요!"

"내가 물어본 건 배수구가 아니라, 혹시라도 여기서 뭐…… 안 좋은 일이라도 벌어진 거니?"

에밀리는 머리끝까지 빨개지더니 갑자기 다시 창백해졌다. 분명 무언가 압박을 느끼는 것 같았다. 말하고 싶어 안절부절못하지만 한편으로 두려운 것 같았다. 무언가 입에 올리면 안 되는 게 있는 것 같았다.

"난 그게 뭐라도 상관없어. 그저 알고 싶을 뿐이야."

나는 이야기를 끌어내기 위해 그렇게 설득했다.

에밀리는 겁먹은 눈으로 나를 올려다보며 얼결에 내뱉기 시작했다.

"위층에 살던 신사분한테 일어난 일인데……."

바로 그때 아래층에서 에밀리를 부르는 날카로운 목소리가 들렸다.

"에밀리, 에밀리!"

집주인이 돌아와 부르는 소리였다. 에밀리는 마치 밧줄에 묶여 끌려가듯 우당탕 아래층으로 내려갔다. 그리하여 나는 도대체 위층 남자에게 어떤 일이 벌어졌기에 아래층에 사는 내 귀에 그렇게 이상한 소리가 들리는 건지 오만 가지 추측만 떠안게 되었다.

11월 10일.

나는 대단한 일을 마쳤다. 그 어려운 글을 다 마치고 《○ 리뷰》지에 게재하게 되었다. 게다가 원고를 하나 더 청탁받았다. 나는 컨디션도 기분도 좋다. 규칙적인 운동을 하고 잠도 잘 잔다. 두통도 없고 신경도 간도 무리가 없다. 이제는 아이가 손수레를 끌고 노는 걸 보면서도 짜증이 일지 않는다. 어떨 때는 그 아이와 함께 어울리고 싶을 정도다. 심지어 잿빛 안주인이 내 연민을 자극하기도 한다. 나는 그녀가 안됐다는 생각이 든다. 너무 초췌하고 너무 피로하고 이 집처럼 너무 이상하게 삐걱거리는 느낌이다. 한때 무언가 대단한 충격을 받고 또 다른 일이 벌어질까 봐 시시각각 두려워하는 것 같은 인상이다. 오늘 내가 펜을 재떨이에 두지 말고 장갑을 책꽂이에 놓지 말라고 매우 부드럽게

이야기하자, 그녀는 처음으로 희미한 눈으로 내 눈을 바라
보더니 웃는 건지 마는 건지 알 수 없는 미소를 지으며 대
답했다.

"기억하도록 노력할게요, 선생님."

나는 그녀의 등을 토닥이며 이야기하고 싶었다.

"자, 기분 좀 풀어요. 인생이 뭐 그리 나쁜 건 아니잖아
요."

오! 기분이 매우 좋다. 신선한 공기와 성공, 단잠처럼 좋
은 건 없다. 그런 것들은 절망과 풀지 못한 열망이 갉아 먹
는 심장을 마법처럼 치유해준다. 나는 심지어 고양이들에
게도 친절한 마음이 든다. 오늘 밤 11시에 귀가할 때 고양
이들이 한 줄로 문까지 따라오자, 나는 몸을 숙여 그중 한
마리를 쓰다듬어주기까지 했다.

쳇! 그 녀석이 하악 소리를 내며 침을 뱉고 앞발로 나를
할퀴었다. 발톱이 내 손을 긁으며 한 줄로 가늘게 피가 맺
혔다. 다른 고양이들은 춤을 추듯 옆으로 물러나 어둠 속으
로 사라졌다. 그러면서 오히려 내가 자기들에게 상처를 준
것처럼 새된 비명을 질러댔다. 이 고양이들은 날 정말 증오
하는 것 같다. 어쩌면 그 녀석들은 단지 먹이를 바라는 것
일 수도 있다. 먹이를 주고 나면 날 공격할 것이다. 하하! 나
는 순간적인 짜증에도 불구하고 그런 생각을 하며 위층 내
방까지 웃으며 올라왔다.

불 꺼진 방은 매우 추웠다. 성냥을 찾기 위해 벽로 선반

까지 손을 더듬어 나아갈 때, 나는 즉각 어둠 속에 누군가 내 옆에 서 있다는 사실을 깨달았다. 물론 아무것도 볼 수 없었다. 그러나 선반을 더듬어 나아가는 내 손가락에 무언가가 힘차게 와닿았고, 그 즉시 물러나는 게 느껴졌다. 그것은 차갑고 습했다. 나는 그게 분명 누군가의 손이라고 확신할 수 있었다. 즉시 소름이 끼쳤다.

"누구요?"

나는 큰 목소리로 외쳤다.

내 목소리는 깊은 우물 속으로 떨어지는 조약돌처럼 침묵 속으로 빠져들었다. 대답은 없었다. 그러나 동시에 누군가 방을 가로질러 문 쪽으로 움직이는 소리가 났다. 혼란에 빠진 발소리였다. 가는 길에 가구에 옷이 스치는 소리도 났다. 다음 순간 나는 손으로 성냥통을 더듬어 찾고는 램프에 불을 밝혔다. 나는 몬슨 부인이나 에밀리, 또는 승합 버스에서 뭔 일을 한다는 아들이 보일 거라 예상했다. 그러나 가스램프 불빛은 텅 빈 방을 비추었다. 어디에도 사람의 흔적은 없었다. 나는 머리카락이 곤두섰다. 누군가 뒤에서 내게 다가올까 봐 본능적으로 벽에 기대섰다. 나는 오싹함에 덜덜 떨었다. 그러나 이내 진정했다. 열린 문밖은 층계참과 연결되어 있었다. 나는 속으로 덜덜 떨며 방을 가로질러 문밖으로 나갔다. 방에서 나오는 불빛이 계단에 닿았지만, 어디에도 그 누구도 보이지 않았다. 또한 빠져나가는 사람이 있다면 분명 삐걱거리는 나무계단에서 소리가 났을 텐데 아무 소리도 들리지 않았다. 나는 다시 몸을 돌려 안으로 들어가려 했다. 그때 머리 위에서 어떤 소리가 내 귀를 잡아끌었다. 매우 희미한 소리였으나 바람 소리는 아니었다. 무덤처럼 고요한 밤이었기 때문이었다. 소리는 다시 나지 않았다. 그러나 나는 위층으로 올라가 직접 이 모든 게 무슨 의미인지 찾아보기로 했다. 두 가지 감각이 영향을 받았다. 촉각과 청각. 그리고 나는 내 착각이라고 믿을 수 없었다. 그리하여 양초의 불을 밝히고 이 이상한 낡은 집의 위층으로 살그머니 불쾌한 탐험길에 올랐다.

첫 번째 층계참에는 잠긴 문이 단 하나 있었다. 두 번째 층계참에도 문이 하나만 있었으나 문고리를 돌리자 문이 열렸다. 오랫동안 비어 있는 방 특유의 차고 곰팡내 나는 공기가 훅 밀려 나왔다. 그와 함께 형언할 수 없는 이상한 냄새가 났다. 나는 숙고해서 형용사를 사용한다. 매우 희미하고 희석되긴 했지만 그럼에도 구역질을 일으키는 냄새였다. 이전에 한 번도 맡아보지 못한 냄새였다. 도저히 묘사할 재간이 없다.

작은 정사각형 방은 천장이 지붕으로 막혀 있었다. 경사진 천장에는 두 개의 작은 창이 나 있었다. 카펫도 없었고 가구도 하나 없었다. 그저 무덤처럼 차가웠다. 얼음장 같은 공기와 알 수 없는 냄새가 결합해 방은 혐오스럽기 그지없었다. 한동안 둘러보며 사람이 기어 들어갈 수 있는 찬장이나 몸을 숨길 구석 하나 보이지 않는 걸 확인하고 난 후 서

둘러 문을 닫고 아래층 침실로 돌아왔다. 아무래도 소음을 착각한 게 분명한 것 같았다.

밤에 나는 멍청하지만 매우 생생한 꿈을 꾸었다. 꿈속은 어두워 제대로 보이지 않았지만, 집주인과 또 다른 누군가가 네발로 기어 내 방에 들어왔고, 뒤이어 거대한 고양이 떼가 함께 들어왔다. 그들은 침대에 누워 있는 나를 공격해 살해하고는 내 시신을 질질 끌고 위층으로 올라가 지붕 아래 그 작은 정사각형의 차가운 방바닥에 버려두었다.

11월 11일.

나는 에밀리와 대화—하다가 멈춘 그 대화—를 나눈 후 한 번도 그녀를 보지 못했다. 몬슨 부인이 전적으로 내 시중을 들었다. 부인은 보통 때와 마찬가지로 내가 딱 싫어하는 방식으로 일을 처리했다. 하나하나 언급하기엔 너무 사소한 문제들이었지만 이루 말할 수 없을 정도로 짜증이 났다. 적은 용량으로 지속해서 모르핀을 맞는 것처럼, 그녀는 마침내 축적된 효과를 내기 시작했다.

11월 12일.

오늘 아침 나는 일찍 잠에서 깨어 책 한 권을 가지러 거실로 나왔다. 기상 시간 전까지 침대에서 독서를 할 셈이었다. 에밀리가 불을 지피고 있었다.

"안녕!"

나는 기분 좋게 인사를 건넸다.

"불을 따뜻하게 지폈으면 좋겠네. 아주 추워."

여자가 고개를 돌려 놀란 얼굴로 나를 쳐다보았다. 에밀리가 아니었다!

"에밀리는 어디 갔죠?"

"제가 오기 전에 있던 여잔가요?"

"에밀리가 떠났어요?"

"저는 6일에 왔는데요. 그 여자는 그때 이미 없었어요."

나는 책을 가지고 침실로 돌아왔다. 에밀리는 우리가 대화를 나눈 직후 내보내진 게 틀림없었다. 그 생각이 나와 인쇄된 페이지 사이로 계속해서 끼어들었다. 자리에서 일어날 시간이 되었다는 게 오히려 반가웠다. 그런 즉각적인 행동, 그런 가차 없는 결정은 분명 누군가에게 무언가 중대한 일이 일어났음을 의미하는 것 같았다.

11월 13일.

고양이가 발톱으로 긁은 상처가 부풀어 올라 나를 아프고 성가시게 만들었다. 상처 부위가 욱신거리고 가려웠다. 혈액 상태도 좋지 않은 것 같았다. 안 그랬다면 벌써 나았을 것이다. 나는 소독제를 묻힌 주머니칼로 상처 부위를 절개해 깨끗하게 소독했다. 고양이에게 입은 상처로 불쾌한 일을 당한 이야기를 들은 게 한두 번이 아니다.

11월 14일.

이 집이 내 신경에 끼치는 그 기이한 영향에도 불구하고 나는 이 집이 좋다. 런던의 심장부이면서도 외따로 황량한 집이다. 그러나 바로 그런 이유로 조용히 일할 수 있다. 나는 이 집이 왜 이렇게 싼지 궁금하다. 다른 사람들은 의심하겠지만 나는 이유를 묻지도 않았다. 거짓을 듣는 것보다 차라리 아무 답을 듣지 않는 게 낫다. 집 밖에서 고양이들을 치우고, 집 안에서 쥐들을 치울 수만 있다면 좋겠다. 나는 점점 더 이 집의 특수성에 익숙해질 것이다. 그리고 이곳에서 죽을 거라고 느낀다. 아, 그 표현이 참 기묘하게 읽히고 잘못된 인상을 준다. 달리 말해, 나는 이곳에서 죽을 때까지 살겠다는 의미다. 나는 우리 중 하나가 먼저 재가 되어 쓰러질 때까지 매년 임대계약을 갱신할 것이다. 현재의 상태로 예상해보면 건물이 먼저 쓰러질 것이다.

11월 16일.

신경이 곤두섰다가 가라앉기를 반복하는 게 지긋지긋하고 또 맥이 빠지기도 한다. 오늘 아침 일어나 보니 방 안 여기저기에 옷들이 널브러져 있고, 침대 옆 등나무 의자는 뒤집혀 있었다. 코트와 조끼는 밤에 누가 입어본 듯 흐트러진 모습이었다. 나는 끔찍하고도 생생한 꿈을 꾸었다. 손으로 얼굴을 가린 어떤 남자가 내게 다가와 고통에 빠진 듯 울부짖었다.

"덮개는 어디서 구할 수 있나요? 오, 제발 옷을 누가 입혀줄까요?"

얼마나 어리석은가! 그러면서도 조금 무서웠다. 꿈은 무서울 정도로 현실감이 넘쳤다. 내가 마지막으로 몽유병 증상을 보였던 게 1년이 넘었다. 나는 그 당시 살던 얼스 코트가의 차가운 보도에서 깨어나 대단히 큰 충격을 받았다. 다 나았다고 생각했는데 분명 그렇지 않은 것 같다. 이 일이 내게 불안을 안겨주었다. 오늘 밤 나는 발가락을 침대 기둥에 묶는 옛 방법에 의지해야겠다.

11월 17일.

지난밤 나는 또 무시무시한 꿈에 시달렸다. 누군가 내 방 위아래로 돌아다니는 것 같았다. 때로는 거실로 들어오고 다시 침대 옆으로 와서 나를 뚫어져라 쳐다보곤 했다. 나는 밤새 누군가에게 감시당했다. 나는 실제로 잠에서 깨지는 않았다. 물론 자주 깰 뻔했다. 나는 그게 소화불량 때문에 생긴 악몽이라고 생각한다. 오늘 아침에 만성 두통이 아주 지독하게 도졌기 때문이다. 그러나 잠에서 깼을 때 옷이 전부 바닥에 널브러져 있었고(내가 그렇게 집어던진 건가?) 바지들은 거실로 이어진 계단에 걸려 있었다.

그보다 더 심한 일은 아침에 방에서 그 이상한 악취를 맡은 것 같다는 점이다. 매우 희미하긴 했지만 더럽고 구역질 나는 냄새였다. 도대체 그건 무슨 냄새일까? 혹시…… 앞으로는 문을 잠가야겠다.

11월 26일.

지난 한 주 동안 좋은 일이 많이 생겼다. 운동도 규칙적으로 잘 실행했다. 기분도 좋았고 마음가짐도 한결같이 유지했다. 단 평정심을 깰 두 가지 일이 일어났다. 첫 번째 일은 그 자체로는 사소하고 분명 쉽게 설명할 수 있는 일이다. 내가 11월 4일 밤 불빛을 보고 블라인드에 어린 커다란 머리와 어깨 그림자를 본 그 위층 창문은 지붕 아래 있는 정사각형 창 중 하나였다. 그런데 실제로는 그 창문에 블라인드가 없었다!

두 번째 일은 이렇다. 지난밤 11시 무렵 새로이 쌓인 눈을 밟으며 집으로 돌아오고 있을 때, 나는 우산을 낮게 쓰고 있었다. 발자국이 하나도 없는 눈길로 골목을 반쯤 올라왔을 때 내 앞에 어떤 남자의 다리가 보였다. 우산에 가려 남자의 상체가 보이지 않았지만, 우산을 위로 들어 올리자 키가 크고 몸집이 큰 남자가 나와 마찬가지로 내 집 쪽을 향해 걸어가고 있었다. 그는 기껏 나와 1미터쯤 떨어져 있었다. 아까 골목에 접어들었을 때만 해도 골목이 텅 비어 있다고 생각했었다. 그러나 착각이었을 수도 있다.

갑자기 돌풍이 몰아쳐 우산으로 앞을 막지 않을 수 없었다. 30초도 지나지 않아 다시 우산을 들어 올렸을 때 골목엔 아무도 보이지 않았다. 몇 발 더 내디뎌 문에 도달했다.

평소처럼 닫혀 있었다. 그때 나는 갑자기 새로이 쌓인 눈길에 발자국 흔적이 없다는 것을 깨닫고 감각의 혼란을 겪었다. 다시 발길을 돌려 처음 남자를 본 곳까지 돌아가 확인해보았으나 내 발자국만 보일 뿐 다른 발자국은 흔적도 없었다. 소름 끼치고 오싹해서 위층으로 올라가 얼른 문을 잠그고 잠자리에 들었다.

11월 28일.

침실 문을 잠그자 평화가 찾아왔다. 나는 잠결에 몽유병이 도져 돌아다녔다고 확신한다. 아마도 스스로 묶은 발가락을 풀었다가 다시 묶은 것 같았다. 문을 잠그고 안전을 유지한다고 생각하는 것 자체로 불안한 마음을 지우고 조용히 잠들기에 충분했다.

그러나 지난밤 다시 골칫거리가 다른 방식으로, 그것도 좀 더 공격적인 방식으로 새로이 시작되었다. 나는 어둠 속에서 누군가가 내 침실 방문 밖에 서서 귀를 기울이고 있다는 인상에 잠에서 깼다. 잠에서 더 또렷하게 깨어나자 느낌은 확신으로 커졌다.

감지할 수 있을 정도의 움직임이나 숨소리는 없었다. 하지만 나는 엿듣고 있는 이가 가까이 있다는 확신을 가지고 침대에서 빠져나와 문으로 다가갔다. 그러자 옆방에서 누군가 살금살금 걷는 소리가 희미하지만 분명하게 들려왔다. 그러나 귀를 기울여보니 그것은 사람의 발소리도 규칙적인 걸음도 아니었다. 누군가 갈피를 잡지 못하고 손과 무릎으로 이리저리 바닥을 기어다니는 소리 같았다.

나는 즉각 방문을 열고 거실로 들어섰다. 신경에 이는 미묘한 진동으로 내가 서 있는 바로 그 지점에 무언가가 순식간에 사라졌다는 사실을 느낄 수 있었다. 엿듣는 자가 이동한 것이다. 그는 이제 다른 문 뒤 통로에 서 있었다. 그러나 그 문 또한 닫혀 있었다. 나는 최대한 소리를 죽이며 재빨리 방을 가로질러 문고리를 돌렸다. 통로에서 차가운 바람이 훅 밀어닥치자 몸이 바들바들 떨렸다. 문간에는 역시나 아무도 없었다. 작은 층계참에도 아무도 없었다. 계단을 내려가는 이도 없었다. 그러나 나는 이 한밤에 아주 재빨리 움직였기 때문에 엿듣는 자가 멀리 도망칠 수 없다는 사실을 알았다. 분명 찾아보면 결국 그자와 대면하게 될 거라고 생각했다. 그리고 과민한 신경과 공포에 맞설 용기가 시의적절하게 샘솟았다. 그런 용기는 이 침입자를 찾아서 그자의 비밀을 밝혀내야만 내 안전과 정신건강을 지킬 수 있다는 불편한 확신에서 기인한 것 같았다. 그자의 존재를 그토록 생생하게 느낄 수 있었던 이유는 집중하여 엿듣는 그자의 강렬한 욕구가 내 마음에 영향을 끼쳤기 때문이 아니었을까?

나는 좁은 층계참을 가로질러 나아가다가 이 작은 집의 심연을 내려다보았다. 아무것도 보이지 않았다. 어둠 속에서 아무도 움직이지 않았다. 맨발에 닿는 바닥깔개가 얼음장처럼 차가웠다.

갑자기 무언가가 내 눈길을 위로 잡아끌었다. 나는 그것이 무엇인지 알 수 없었다. 그저 불분명한 이유로 위를 올려다보니 꺾어져 올라가는 계단 중간쯤에 한 사람이 보였다. 그는 난간에 기댄 채 내 얼굴을 똑바로 노려보았다. 그는 층계에 서 있다기보다 난간에 매달려 있는 것처럼 보였다. 어둠 때문에 개략적인 윤곽 이상을 또렷이 볼 수는 없었지만, 머리와 어깨가 엄청나게 커 보였다. 바로 위 지붕 천창에 또렷하게 그림자가 어려 있었다. 내가 본 게 어떤 괴물 같은 얼굴이 아닌가 하는 생각이 머릿속을 스쳤다. 거대한 두개골, 갈기 같은 머리, 넓게 솟은 어깨는 분석할 수 없던 그 짧은 순간에 무언가 인간 같지 않은 인상을 주었다. 공포에 사로잡힌 나는 몇 초 동안 내가 어디에 있는지, 무엇을 하고 있는지 정확히 인식하지도 못한 채 그자의 응시를 되받아쳤다. 내 위에 자리한 그 어둡고 불가사의한 얼굴을 향해 어둠 속을 뚫어져라 쳐다보았다.

그때 나는 아주 새로운 방식으로 내가 바로 그 비밀스러운 한밤의 엿듣는 자와 마주하고 있다는 사실을 깨달았다. 그러고는 다가올 일에 대해 단단히 마음을 부여잡았다.

이 끔찍한 순간 내게 찾아온 무모한 용기의 원천은 영원히 설명 불가능한 미스터리가 될 것이다. 공포로 떨면서도, 이마는 끈적끈적한 땀에 젖었어도, 나는 용기를 내어 나아가기로 했다. 스무 가지가 넘는 질문이 입술에 맴돌았다.

당신은 누군가? 뭘 원하는가? 뭘 보고 듣는 건가? 왜 내 방으로 오는가? 그러나 그중 어떤 질문도 분명한 말로 나오지 못했다.

나는 즉시 계단을 오르기 시작했다. 내가 나아가는 동작을 보이자마자 그자는 어두운 곳으로 물러나기 시작했다. 그자는 재빨리 물러났다. 몇 발자국 앞에서 그가 기어가는 소리가 들렸다. 우리는 계속 같은 거리를 유지했다. 내가 층계참에 도달하자 그는 다음번 계단 중간쯤을 오르고 있었다. 그러고 나서 내가 중간쯤 도달하자 그는 이미 꼭대기 층계참에 도착했다. 나는 그때 그가 지붕 아래 작은 정사각형 방문을 여는 소리를 들었다. 그 즉시 그자가 들어가고 문이 닫히지도 않았지만, 그가 움직이는 소리는 완전히 멈추었다.

그 순간 나는 불이나 막대기, 혹은 어떤 것이든 무기가 될 만한 것이 있었으면 싶었다. 그러나 나는 아무것도 가지고 있지 않았다. 뒤돌아가는 것도 불가능했다. 그리하여 빈손으로 나머지 계단을 올라 금세 어둠 속에서 이 생명체가 방금 들어간 문 앞에 도달했다.

나는 한동안 주저했다. 문은 반쯤 열려 있었고, 엿듣는 자는 분명 문 바로 뒤에서 귀를 기울이는 자세를 취하고 있을 것 같았다. 그자를 찾아 어두운 방을 헤매는 게 막막하기만 했다. 그자가 있는 좁은 공간으로 들어가는 게 두려웠다. 생각만 해도 구역질이 났다. 그리하여 나는 그냥 뒤돌아가려고 거의 마음먹었다.

그럴 때 어떻게 사소한 것들이 우리의 의식에 매우 중요하고 엄청난 일로 다가오며 충격을 가하는지 이상한 노릇이다. 무언가—딱정벌레나 혹은 쥐—가 내 뒤쪽 바닥을 후다닥 기어갔다. 그때 완전히 닫히지 않은 문이 움직이며 5~6센티미터 정도 열린 게 눈에 들어왔다. 나는 갑작스럽게 단호한 태도를 되찾고 문을 걷어찼다. 그러자 문이 완전히 벌러덩 열렸다. 나는 그 어두운 심연 속으로 천천히 나아갔다. 맨발이 바닥에 닿아 내는 소리가 어찌나 이상하던지! 온몸의 피가 윙윙 노래를 부르며 머리로 몰렸다!

나는 안으로 들어섰다. 사방에서 어둠이 날 감쌌다. 심지어 창문도 보이지 않았다. 손으로 벽을 더듬으며 나아갔다. 그 전에 그자가 도망치는 것을 막기 위해 우선 문부터 닫았다.

그곳에 우리 둘이 있었다. 사면의 벽에 갇힌 채 서로 몇 발자국 떨어진 곳에.

그러나 내가 무엇과 함께, 누구와 함께 그렇게 갇혀 있었던가? 순간 이 모든 일을 밝혀줄 것처럼 잽싸게 불이 번쩍였다. 그리고 나는 내가 멍청이, 완전히 멍청이라는 사실을 깨달았다! 또다시 저주받은 내 신경의 짓이다. 꿈, 악몽, 그리고 옛 습관, 몽유병 증상. 그 인물은 꿈속의 인물이었다. 나는 꿈속에서 보았던 인물들이 깨고 나서도 얼마간 내 앞에 나타난 적이 여러 번 있었다.

마침 파자마 주머니에 성냥이 하나 있어 벽에 대고 그어 불을 밝혔다. 방은 완전히 비어 있었다. 그림자조차 보이지 않았다. 나는 나의 지독한 신경과 그 멍청하고 생생한 꿈을 저주하며 얼른 침실로 내려왔다. 그러나 다시 잠이 들자마자 그 기괴한 남자가 또다시 내 침대 옆으로 기어와 나를 굽어보며 거대한 머리를 내 귀에 가까이 대고 똑같은 말을 속삭였다.

"네 몸을 원해. 그 덮개를 줘. 난 그걸 기다리며 언제나 엿듣고 있는 거야."

그 말 또한 꿈만큼이나 멍청했다.

어쨌든 나는 위층 정사각형 방에서 나는 그 기이한 냄새가 무슨 냄새인지 궁금하다. 나는 그 냄새를 또다시 맡았다. 이전보다 더 강했는데, 오늘 아침 일어나 보니 내 침실에서도 그 냄새가 났다.

11월 29일.

유월의 안개 낀 바다 위로 달이 천천히 떠오르듯 그 생각이 내 마음속으로 들어왔다. 나의 예민한 신경과 몽유병 속 꿈들만으로는 이 집이 내게 끼치는 영향을 제대로 설명할 수 없다는 생각이었다. 그 생각은 보이지 않는 세밀한 그물처럼 나를 사로잡는다. 나는 도망치고 싶어도 그럴 수 없다. 그것은 나를 끌어당기며 붙들려 한다.

11월 30일.

오늘 아침 아덴에서 편지가 왔다. 얼스 코트에 있던 나의 옛집에서 다시 회송된 편지였다. 트리니티 대학 친구인 챕터가 보낸 편지였다. 그는 동양에서 고국으로 돌아오는 길에 편지로 내 주소를 물었다. 나는 그가 도착할 때까지 맡아달라는 요청과 함께 그가 말한 호텔로 답장을 보냈다.

이미 밝혔듯 내 방 창문은 골목을 다 내다볼 수 있어서 누가 오는지 어렵지 않게 확인할 수 있다. 오늘 아침 한창 글을 쓰고 있는데 골목으로 올라오는 발소리가 났다. 그 소리에 나는 무언지 알 수 없지만 막연히 불안한 마음이 들었다. 나는 창가로 다가가 한 남자가 문이 열리길 기다리며 서 있는 모습을 보았다. 어깨는 넓었고 실크 모자는 광택이 났으며 깃 부위가 멋지게 어울리는 코트 차림이었다. 그 정도만 볼 수 있었고 더는 보이지 않았다. 이내 문이 열렸다. 남자의 목소리를 들었을 때 내 신경에 닿은 충격은 의심의 여지가 없었다.

"—씨 여기 계십니까?"

나의 이름이었다. 대답은 들리지 않았으나 당연히 긍정의 대답일 수밖에 없었다. 남자가 홀 안으로 들어온 후 문이 닫혔기 때문이었다. 그 후 계단을 오르는 발소리를 기다렸으나 아무런 소리가 나지 않았다. 그 어떤 소리도 들리지 않았다. 너무나 이상해서 방문을 열고 내다보았다. 아무도 보이지 않았다. 나는 좁은 층계참을 가로질러 가서 골목 전체를 내다볼 수 있는 창으로 밖을 내다보았다. 오가는 사람이 아무도 없었다.

골목은 텅 비어 있었다. 그때 나는 아래층 부엌으로 내려가 잿빛 얼굴의 여주인에게 방금 어떤 신사가 날 찾아왔는지 물었다. 그녀는 기묘하고 피로한 미소를 띠며 대답했다.

"아뇨!"

12월 1일.

나는 내 신경 상태에 대해 진심으로 우려스럽고 불안하다. 꿈은 꿈이다. 그러나 이전에는 한 번도 훤한 대낮에 꿈을 꾼 적이 없었다.

나는 챕터가 도착하기를 학수고대하고 있다. 그는 훌륭한 친구다. 원기 왕성하고 건강하며 신경증 따위는 없고 또 불필요한 상상력도 별로 없다. 게다가 1년에 2,000파운드에 달하는 수입이 있다.

그는 정기적으로 내게 여러 가지 제안을 한다. 마지막 제안은 내게 자신의 비서 노릇을 하며 세계일주를 함께하자는 것이었다. 그것은 내 여행경비를 대주면서 얼마간의 용돈을 주기 위한 세심한 배려였다. 그러나 나는 언제나 그의 제안을 거절했다. 나는 그와 우정을 유지하고 싶다. 우리 사이에 여자 문제가 끼어들 수는 없다. 돈 문제는 그럴 수 있지만. 그리하여 나는 그럴 여지를 주지 않는다. 챕터는 항상 나의 "공상"을 비웃었다. 그는 단조로운 마음을 가진 사람들이 그렇듯 상상력이 지극히 평범한 수준이다. 그러나 그런 명백한 결핍에 대해 누가 조롱이라도 하면 그는 매우 분노한다. 심리적 측면에서 보았을 때 그는 아둔한 유물론자로, 언제나 다소 웃긴 친구다. 그 친구에게 내가 이 집에 관해 이야기해주고 나서 그가 내릴 냉정하고 현실적인 판단을 듣는다면 나는 진정 안도감을 느낄 것 같다.

12월 2일.

내가 이 짧은 일기에 언급하지 않은 여러 일 가운데 가장 이상한 부분이 있다. 진실을 말하자면 나는 그걸 문자로 남기는 게 두려웠다. 나는 그걸 항상 마음 한구석에 품고 있으면서도 구체화되는 걸 최대한 피해왔다. 그러나 나의 노력에도 불구하고 그건 계속해서 커지고 있다.

이제 내가 그 문제에 관해 똑바로 직시할 때가 되었다. 그러나 내가 상상한 것보다 표현하기가 더 어렵다. 입 안에 맴돌지만, 막상 소리 내어 부르려 하면 사라지고 마는 반쯤 기억나는 노래처럼, 그러한 생각들은 내 마음 한쪽 구석에서 한 무리를 이루지만 앞으로 나아가는 걸 거부한다. 그것들은 몸을 웅크리고 앞으로 도약할 준비를 하지만 실제 도약은 절대 일어나지 않는다.

이 집에서 일에 매우 몰두할 때를 제외하면 나는 갑자기 나 자신의 것이 아닌 생각과 아이디어를 품게 되는 스스로를 발견하곤 한다. 내 기질과는 완전히 이질적인 새롭고 이상한 관념들이 계속해서 불쑥 떠오르곤 한다. 그것들이 정확히 무엇인지는 별로 중요하지 않다. 중요한 점은 그것들이 이제껏 흐르던 내 생각의 통로와는 완전히 별개라는 사실이다. 특히 그런 생각들은 내가 무언가에 몰두하지 않고 쉬고 있을 때 찾아온다. 난롯가에서 몽상에 빠져 있거나 시선을 끌지 못하는 책을 그저 들고 있을 때 같은 경우다. 그러면 내 것이 아닌 이러한 생각들이 생명을 얻어 나를 몹시 불편하게 만든다. 때로 그것들이 너무나 강렬하여 나는 거의 누군가 방 안 내 옆에서 소리 내어 생각을 전하는 것처럼 느껴지곤 한다.

분명 신경과 간이 심각하게 고장 난 것 같다. 좀 더 열심히 일하고 더 힘차게 운동해야만 한다. 그런 끔찍한 생각들은 내 마음이 어딘가에 아주 깊이 몰두해 있을 때는 찾아오지 않는다. 그러나 그것들은 항상 존재한다. 마치 살아 있는 것처럼 기다리고 있다.

내가 위에서 묘사하려고 시도한 것이 내게 처음 찾아왔을 때는 이 집에 이사 오고 며칠이 지난 시점이었다. 그러더니 그 이후부터 점점 강도가 세졌다. 또 다른 이상한 일은 여기 있는 내내 딱 두 번 나를 찾아왔다. 그게 날 섬뜩하게 만든다. 그것은 무언가 치명적이고 혐오스러운 질병이 가까이 있다는 의식이다. 그것이 열병처럼 내게 다가오다가 사라지면, 나는 달달 떨며 추위를 느낀다. 또 공기가 몇 초간 오염되는 것 같다. 이 질병에 관한 생각이 너무나 예리하고 설득력이 강해 두 경우 모두 머리가 순간적으로 어지러웠고, 마음속에 백열白熱의 불꽃처럼 내가 알고 있는 모든 위험한 질병들의 불길한 이름들이 번쩍거렸다. 이 초자연적 현상을 설명할 재간이 없다는 사실은 내가 하늘을 날 수 없는 것만큼이나 자명하다. 그러나 끈적끈적한 피부와 고동치는 심장은 꿈이 아니다. 그런 것들이 잠깐이나마 초자연적 현상이 벌어졌다는 사실을 증명한다.

그런 치명적인 질병이 가까이 있음을 가장 강력하게 인식한 순간은 28일 밤 엿듣는 자를 쫓아 위층으로 올라갔을 때였다. 지붕 아래 그 작은 정사각형 방에서 우리가 함께 갇혀 있을 때, 나는 이 보이지 않는 악성 질병의 실제 정수와 정면으로 마주했다고 느꼈다. 그 이전에는 그런 느낌이 내 가슴에 들어온 적이 없었다. 그런 일이 다시는 일어나지 않기를 신에게 기도한다.

그렇다! 나는 이제 고백했다. 나는 이제껏 나 자신의 글로 보기 두려워했던 느낌을 적어도 일부는 묘사했다. 왜냐하면—더는 나 자신을 속일 수 없으므로— 내가 매일 아침에 먹는 식사가 꿈이 아닌 것처럼, 그날 밤(28일)의 경험이 꿈이 아니었기 때문이다. 그리고 형언할 수 없는 공포를 유발했던 일을 나 스스로 설명하려고 그저 꿈일 뿐이라고 치부했던 그날의 글은 오로지 내가 진짜 느꼈고 진짜라고 믿는 것을 말로 인정하고 싶지 않은 나의 욕망에서 기인했다. 만약 현실이라고 인정했다면 그로 인해 두려움은 내가 참을 수 있는 범위를 벗어났을 것이다.

12월 3일.

챕터가 왔으면 좋겠다. 나는 이미 사실들을 정리해놓았
다. 나는 그에게 그걸 이야기할 때 믿지 못하겠다는 듯 차
가운 회색 눈으로 나를 뚫어져라 쳐다보는 그의 모습을 상
상할 수 있다. 내 방문의 노크 소리, 잘 차려입은 방문객, 훤
히 밝혀진 위층 창문과 블라인드에 비친 그림자, 눈길에서
내 앞을 걸어가던 남자, 한밤에 널브러진 내 옷들, 에밀리
가 하다가 만 고백, 집주인의 의심스러운 침묵, 한밤 계단
의 엿듣는 자, 그리고 이어진 꿈속의 그 끔찍한 말들, 무엇
보다도 그 분간하기 어려운 혐오스러운 질병의 존재감과
내 것이 아닌 생각들의 흐름.

챕터의 얼굴이 보이고 그의 신중한 말이 들리는 것 같다.

"자네 또 마리화나 했구먼. 그리고 먹는 것도 소홀히 한
모양이군. 평소처럼 말이야. 내 신경과 의사에게 진찰 한번
받아봐. 그러고 나서 나와 함께 프랑스 남부로 여행이나 하
자고."

간 질환이나 예민한 신경 따위에 대해서 아무것도 모르
는 이 친구는 한 번씩 불현듯 자신의 신경계가 쇠퇴하기 시
작했다는 생각이 들 때마다 훌륭한 신경과 전문의에게 정
기적으로 진찰을 받던 참이었다.

12월 4일.

엿듣는 자 사건이 벌어진 이후로 나는 침실에 수면등을 켜놓았고, 그 후로 아무런 방해 없이 숙면을 취할 수 있었다. 그러나 지난밤 그보다 훨씬 심한 곤란을 겪었다. 나는 갑자기 잠에서 깨었다가 어떤 남자가 화장대 앞에서 거울을 보고 있는 모습을 보았다. 방문은 평소대로 잠겨 있었다. 나는 즉시 그게 엿듣는 자라는 걸 알 수 있었다. 혈관 속에서 피가 얼어붙는 것 같았다. 두려움이 파도처럼 나를 덮쳤다. 나는 침대에 누운 채 온몸이 뻣뻣해졌다. 움직일 수도 말할 수도 없었다. 그러나 그토록 혐오스러운 냄새가 방 안에 진동한다는 사실만은 인지했다.

남자는 키가 크고 덩치가 좋은 것 같았다. 그는 거울을 향해 몸을 숙이고 있었다. 내게는 등을 보였으나, 나는 거울 속에서 거대한 머리와 얼굴이 수면등 불빛을 받아 번쩍번쩍 발작적으로 빛나는 모습을 보았다. 커튼 틈새로 들어오는 매우 이른 아침의 으스스한 한 줄기 회색빛 또한 공포를 배가시켰다. 그 빛은 얼굴 주변으로 마구 늘어진 황갈색 갈기 같은 머리에 닿아 있었다. 잔뜩 부풀어 오른 주름진 얼굴은 한번 보면 절대 잊히지 않는 ○○의—나는 감히 그 끔찍한 단어를 옮길 수가 없다— 사자 같은 표정을 짓고 있었다.

그러나 나는 확증할 수 있는 증거를 보았는데, 그것은 바로 희미하게 뒤섞이는 두 불빛 속에서 남자가 거울에 비취 유심히 살펴보는 두 뺨의 청동색 반점들이었다. 입술은 창백했으며 매우 두껍고 컸다. 한 손은 보이지 않았으나 다른 손은 내 아이보리색 머리빗을 잡고 있었다. 손의 근육이 기이하게 수축해 있었고, 손가락들은 야위어 보일 정도로 가늘었다. 손등은 쪼글쪼글 주름져 있었다. 남자의 손은 마치 커다란 회색 거미가 도약을 위해 웅크린 모습, 또는 커다란 새의 발 같았다.

내가 이 알 수 없는 존재와 한 방에 단둘이 있다는 사실, 그것도 팔을 뻗으면 닿을 거리에 있다는 사실이 나를 압도했다. 그자가 갑자기 몸을 돌려 그 거대한 머리와 전혀 균형이 맞지 않는 작은 구슬 같은 눈으로 나를 바라보았을 때, 나는 침대에서 똑바로 벌떡 일어나 앉아 커다란 소리로 비명을 질렀다. 그러고 나서 완전히 정신을 잃고 뒤로 뻗었다.

12월 5일.

오늘 아침 정신이 들고 처음 확인한 것은 내 옷들이 바닥 전체에 널브러져 있는 광경이었다. 생각을 제대로 그러모을 수 없었다. 갑자기 격렬하게 몸이 떨리기 시작했다. 나는 즉시 챕터의 호텔로 찾아가 그가 언제 오는지 알아보기로 했다. 어젯밤 벌어진 일을 떠올리기조차 싫었다. 너무 끔찍해 어떻게든 그에 대해 생각하지 않으려 애썼다. 현기증이 일면서 이상한 기분이 들었다. 아침 식사도 할 수 없었고 두 번이나 피를 토했다. 외출하려고 옷을 입는데 이륜

마차가 자갈길을 시끄럽게 덜커덕거리며 다가오는 소리가 나더니 1분 후 문이 열렸다. 기쁘게도 내 머릿속을 차지하고 있던 인물이 안으로 들어왔다.

그의 건강한 얼굴과 조용한 눈은 즉시 효력을 발휘했다. 나는 다시 평온해졌다. 그와의 악수 자체가 일종의 강장제 역할을 했다. 그러나 마음 든든한 저음의 목소리를 집중해 듣고 있으면서 지난밤의 유령이 조금씩 희미해지자, 나는 정신 사납고 불가해한 내 이야기를 그에게 전달하는 게 얼마나 어려운 일인지 깨달았다. 사람 중엔 동물적 힘을 발산해 미묘한 유령의 기운을 무력화하고 효율적으로 막는 이들이 있다. 챕터가 바로 그런 사람이다.

우리는 마지막으로 만난 이후 벌어졌던 일들에 관해 이야기를 나누었다. 또 그는 내게 자신의 여행 이야기를 들려주었다. 그 친구는 말하고 나는 들었다. 그러나 나는 내가 말해야 할 무시무시한 일에 압도당해 그의 이야기를 잘 들어주지 못했다. 나는 끊임없이 적당한 기회를 노려 이야기할 때가 오기를 기다렸다.

그러나 오래지 않아 그 친구도 그저 시간을 때우기 위해 이야기를 늘어놓고 있다는 사실을 깨달았다.

그 친구 또한 무언가 마음속에 중요한 걸 품고 있었다. 너무나 중차대한 일이라 딱 합당한 순간이 저절로 펼쳐질 때까지 기다리고 있었다. 그리하여 우리는 둘 다 30분 내내 각자의 폭탄을 터뜨리기에 알맞은 완벽한 심리적 순간을 기다리고 있었다. 그리고 우리 둘 다 강렬하고 분주한 마음으로 서로를 견제하고 있었다. 하지만 이제 더는 그럴 수 없었다. 나는 그 점을 깨닫자마자 마음을 내려놓기로 했다.

나는 당분간 내 이야기를 포기했다. 그러고 나자 그 친구가 내 마음의 억제력에서 벗어나 즉각 그 무거운 마음의 짐을 덜어내기 위해 준비하는 모습을 보였다. 나는 그 모습에 흡족했다. 이야기는 점점 집중력을 잃어갔다. 흥미도 사그라졌다. 여행에 대한 묘사도 생생함을 잃어갔다. 문장 사이사이가 끊기고 있었다. 그는 이내 같은 말을 반복했다. 그의 말은 살아 움직이는 생각을 담지 못했다. 말이 끊기는 시간이 점점 더 길어졌다. 그때 바람 앞의 촛불처럼 모든 흥미가 사그라지고 말았다. 그는 말을 멈추고 진지하고 불안한 눈빛으로 내 얼굴을 똑바로 바라보았다.

드디어 심리적 순간이 찾아왔다!

"있잖아……."

그가 말을 꺼내다가 갑자기 뚝 멈췄다.

나는 나도 모르게 어서 말을 해보라는 몸짓을 보였다. 그렇지만 말을 건네지는 않았다. 나는 임박한 폭로가 너무나 두려웠다. 말보다 먼저 검은 그림자가 다가오고 있었다.

"있잖아."

마침내 친구가 불쑥 다시 입을 열었다.

"도대체 자네 이곳에는 왜 온 거야? 이 집에 말이야?"

"우선, 싸서 그랬지. 그리고 시내 중심인 데다……."

"싸도 너무 싸지. 왜 그런지 물어보지 않았나?"

"그땐 그런 생각이 들지 않았어."

침묵이 이어지는 사이 그는 내 눈을 피했다.

"이거야, 원, 뭔지 말 좀 해보게!"

나는 안 그래도 예민한 신경이 거슬려 더 이상 견딜 수 없어 소리 질렀다.

"여긴 블라운트가 오랫동안 살았던 곳이네. 그리고 그 친구가 여기서…… 죽었어. 예전에 그 친구 보러 여기 자주 왔었다네. 뭐라도 도움을 줄 수 있을까 해서 말이야, 그 친구의 그……"

그가 다시 말을 딱 멈췄다.

"그러니까! 어서 말을 좀……"

나는 힘겹게 재촉했다.

챕터는 눈에 띄게 몸을 떨면서 창을 향해 고개를 돌렸다.

"하지만 그 친구 상태가 너무 악화해서 난 견딜 수가 없었어. 난 항상 무엇이든 잘 견딜 수 있다고 생각했는데도 말이지. 신경을 너무 자극했고, 이상한 꿈을 꾸기 시작했어. 밤이고 낮이고 시달렸다네."

나는 그를 응시하며 아무 말도 하지 않았다. 나는 이제껏 블라운트라는 이름을 들어보지 못했고, 그가 도대체 무슨 말을 하는지도 몰랐다. 그러나 동시에 온몸이 떨렸고, 입은 바싹 마르기 시작했다.

그가 거의 속삭이는 소리로 말을 이었다.

"그때 이후로 처음 여기 왔다네. 진짜 소름 끼쳐. 맹세컨대 여긴 사람 살 곳이 못 돼. 친구, 자네가 이 정도로 나빠 보이는 건 정말 처음이야."

"계약은 1년이라네."

나는 억지로 웃으며 불쑥 말을 꺼냈다.

"계약서에 서명하고 할 거 다 했어. 진짜 싸게 잡은 집이라고 생각했는데."

챕터는 몸을 떨며 코트 단추를 목까지 여몄다. 그러더니 누가 들을세라 연신 등 뒤를 살피며 낮은 목소리로 속삭였다. 나 또한 누군가 다른 사람이 우리와 함께 방 안에 있다고 확신할 수 있었다.

"그 친구 스스로 했어. 누구도 그 친구를 비난하지 않았지. 고통이 이루 말할 수 없었다네. 마지막 2년 동안 그는 외출할 때 베일을 쓰고 다녔어. 그러고도 밀폐된 마차를 타고 다녔지. 오랫동안 그를 간병하던 사람도 마침내 떠날 수밖에 없었어. 양쪽 발이 다 떨어져 나가 그 친구는 바닥을 네발로 기어다녔다네. 그 지독한 냄새라니……."

나는 여기서 그의 말을 끊을 수밖에 없었다. 더 이상 그런 종류의 세세한 이야기를 참고 들을 수 없었다. 피부가 축축해졌다. 더위와 추위가 번갈아가며 느껴졌다. 그러다가 마침내 이해가 가기 시작했다.

챕터가 말을 이었다.

"불쌍한 친구! 나는 최대한 눈을 감고 있곤 했어. 그는 항상 베일을 벗게 해달라고 사정했지. 그러면서 나에게 신경이 많이 쓰이는지 묻곤 했어. 나는 열린 창 앞에 서 있었고. 그래도 그는 한 번도 날 만지지 않았다네. 그 친구는 이 집 전체를 세 얻었어. 어떤 것도 그를 이 집에서 나갈 수 없게 했어."

"그가 바로 이 방을 썼나?"

"아냐. 꼭대기 층 작은 방을 썼다네. 지붕 바로 아래 정사각형 방 말이야. 그 친구는 거기가 어두워서 좋다고 했어. 아래층 방들은 지상과 너무 가까웠어. 그는 사람들이 창을 통해 올려다볼까 봐 두려워했지. 사람들이 그 친구를 따라 문까지 떼로 몰려와서는 그 친구 얼굴을 한번 볼까 싶은 마음에 창문 아래 서 있곤 했거든."

"하지만 병원엔 왜 안 가고?"

"병원 근처도 가지 않으려 했어. 병원에서도 그 친구를 억지로 붙잡아둘 수 없었고. 사람들이 그 병은 전염성이 없다고들 해서 그 친구가 여기 머무는 걸 막을 도리가 없었던 거지. 그 친구는 온종일 의학책을 읽으며 지냈어. 약이니 치료법 같은 것들을 찾아보면서. 머리와 얼굴도 무시무시하게 변했지. 마치 사자 갈기처럼 말이야."

나는 나머지 이야기를 어서 해보라고 손을 들어 재촉했다.

"그는 세상의 짐이었어. 자기도 그걸 알았지. 어느 밤 나는 그가 그 사실을 아주 뼈아프게 깨닫고는 더 이상 살고 싶지 않아 한다는 생각이 들더라고. 그는 약을 자기 마음껏 쓸 수 있었지만……. 어느 날 아침에 바닥에 숨진 채 발견되었지. 그게 2년 전 일이야. 사람들 말로는 몇 년은 더 살 수 있었다고 하더라고."

"그럼, 도대체!"

나는 더 이상 불안을 참지 못하고 소리를 높였다.

"그자가 앓던 병이 뭐였는지 말을 해보게. 숨기지 말고, 어서!"

"난 자네가 아는 줄 알았다네!"

그는 진정 놀란 표정으로 같은 말을 반복했다.

"난 자네가 아는 줄 알았다고!"

그가 몸을 앞으로 숙였다. 우리는 눈빛이 마주쳤다. 그는 말을 내뱉기가 겁나는 듯 거의 들리지 않게 속삭였다.

"나병 환자였어!"

웬디고

The Wendigo

1910년

1

그해 상당수의 사냥팀이 새로운 길을 찾지 못해 헤매고 있었다. 무스(말코손바닥사슴)는 웬일인지 보기 드물게 극도로 겁을 많이 냈다. 많은 수렵인은 상상력이 허락하는 선에서 가장 좋은 핑계를 만들고서는 각자 가족의 품으로 돌아갔다. 캐스카트 박사가 노획물 하나 없이 돌아온 것은 유별난 일이었다. 그러나 그는 대신 이제껏 쏴서 잡은 그 모든 수컷 무스를 다 합한 것만큼 값어치 있는 경험을 품고 돌아왔다. 그도 그럴 것이 애버딘의 캐스카트는 무스 이외에 다른 것들에도 관심이 큰 사람이었다. 그중에는 인간의 기이한 정신활동에 관한 관심도 포함된다. 그러나 이 특별한 이야기는 집단환각 현상을 다룬 그의 책에 아무런 언급이 되지 않았다. 그 이유는 단지 본인이 그 일에 너무나 밀접한 역할을 했기에 전체적으로 신뢰 가는 판단을 내리기가 불가능하다는 점(그가 한때 동료에게 직접 한 이야기다)……

캐스카트 자신과 그의 가이드 행크 데이비스 외에 캐스

카트의 젊은 조카로 '위 커크' 교회의 목사가 될 예정인 신학생 (당시 캐나다 오지에 첫 방문한) 심슨과 심슨의 가이드인 데파고가 그 특별한 탐험의 일행이었다. 조셉 데파고는 프랑스어가 모국어인 '카눅'*이었다. 그는 오래전 고향 퀘벡을 떠나 캐나다 퍼시픽 철도가 건설 중일 때 랫 포티지**에서 오랫동안 지냈다. 그는 사냥과 야영 등 숲에 관한 노련한 지식과 미개지에서 생존하기 위한 지혜가 탁월했을 뿐만 아니라 옛 '삼림 생활자'***의 노래를 할 줄 알았고, 거기에 덧붙여 흥미진진한 사냥 이야기에도 능했다. 더욱이 그는 미개척지에 펼쳐진 고독한 자연이 선사하는 독특한 마력魔力에 깊게 감응했다. 집착에 가까울 정도로 야생의 고독에 대해 낭만적인 열정을 품었다. 오지의 삶에 매료된 그는 오지의 미스터리를 푸는 데 비상한 능력을 발휘했다.

이 특별한 탐험에 데파고가 합류하게 된 건 행크의 선택이었다. 행크는 그를 잘 알았고 매우 신뢰했다. 행크는 또한 그에게 "딱 친구를 대하듯" 욕지거리를 일삼았다. 전혀

---

*

프랑스계 캐나다인을 뜻하는 말로 쓰임에 따라 경멸적 함의가
내포되기도 한다.

**

온타리오주 케노라의 옛 지명이다.

***

모피 회사에 고용되어 오지로 인원과 물자를 수송하던
뱃사람이나 인부를 뜻한다.

불필요한 말이었지만 그림같이 생생한 욕설에 능해서 이 두 명의 건장하고 강인한 오지인 사이의 대화는 자주 활력 넘치는 묘사를 뽐냈다. 그러나 행크는 자신의 오래된 "사냥 보스" 캐스카트 박사에 대한 존경심으로 그 흘러넘치는 욕설의 강을 얼마간 둑으로 막아놓았다. 그에 더해 젊은 심슨이 이미 "조금은 목사라고 할 수" 있는 인물임을 알았기 때문이기도 했다. 또한 그는 시골 풍습에 따라 캐스카트 박사를 '닥doc'이라 불렀다. 어쨌든 행크는 데파고에게 딱 한 가지 반감을 품고 있었다. 행크의 표현을 빌리자면 프랑스계 캐나다인들은 가끔 "비틀어지고 음울한 정신의 산물"을 드러낸다는 것이었다. 그 말인즉, 그가 딱 전형적인 특성에 들어맞는 라틴계 유형이라는 점이었다. 따라서 그가 한 번씩 뚱하게 입을 다물어버리면 제아무리 꼬드겨도 입을 열지 않는다는 뜻이기도 했다. 달리 말해 데파고는 상상력이 풍부하고 멜랑콜리했다. 대개 그러한 증상이 나타나는 원인은 데파고가 너무 오래 '문명'에 노출되었기 때문이었다. 며칠간 미개지에서 야생의 삶을 살면 언제나 회복되었다.

이 네 사람이 한 팀이 되어 "수줍은 무스 해" 10월인 지난주에 랫 포티지의 북쪽 멀리 황량하고 적막한 오지에서 야영했다. 거기에 지난 몇 년 동안 사냥 여행 때 캐스카트 박사와 행크 일행과 동행해 요리사 역할을 했던 인디언 펑크도 함께했다. 그의 임무는 그저 야영지에 머물며 물고기를 잡고 사전 지시에 따라 사슴고기 스테이크를 요리하고 커피를 끓이는 일이었다. 그는 이전 손님들이 물려준 닳아 빠진 옷을 입고 다녔다. 무대 위의 흑인이 진짜 아프리카인처럼 보이지 않는 것처럼, 거친 검은 머리와 검은 피부만 빼면 도시의 옷을 입고 있는 그의 모습은 진짜 인디언 같아 보이지 않았다. 그렇지만 펑크는 사멸하고 있는 제 종족의 본능을 아직 내면에 간직하고 있었다. 말수 적은 태도와 강인한 인내심도 그대로였고, 또한 미신도 여전했다.

그날 밤 활활 타는 불가에 모인 일행은 낙담한 상태였다. 무스 흔적조차 보지 못한 채 일주일이 흘렀기 때문이었다. 데파고가 노래를 부르고 이야기도 늘어놓았지만, 행크는 기분이 좋지 않은지 그에게 "사실을 뒤죽박죽 곤죽으로 만들어서 죄다 닳아빠진 구라 외에는 쓰잘머리 없는 이야기"라고 자꾸 구박했다. 그리하여 그 프랑스 남자는 마침내 뚱하게 입을 다물어버렸다. 무엇으로도 누그러질 것 같지 않아 보였다. 캐스카트 박사와 조카 심슨은 피곤한 하루를 보내느라 녹초가 되었다. 펑크는 나뭇가지를 엮어 세운 움막 아래에서 설거지를 하며 혼자 투덜거렸다. 그는 나중에 그곳에서 잠을 잤다. 천천히 식어가는 불을 살릴 생각은 아무도 하지 않았다. 머리 위 꽤 겨울 느낌이 나는 하늘에서 별들이 반짝였고, 바람은 거의 불지 않았다. 일행 뒤로 고요한 호수 연안을 따라 벌써 슬그머니 얼음이 얼고 있었다. 광활한 숲은 귀를 기울이고 있었다. 숲의 고요함이 살금살금 다가와 그들을 에워쌌다.

행크가 갑자기 특유의 비음 섞인 목소리로 침묵을 깼다.

"닥, 저는 내일 새로운 땅으로 가는 것에 찬성합니다."

그는 힘찬 어조로 자신의 고용주를 건너다보았다.

"여기서 뭉개봤자 염병, 까마귀 대가리 하얘지길 바라는 격이죠."

"나도 그렇게 생각하네. 그 생각이 좋은 거 같아."

언제나 말수가 적은 캐스카트가 동의했다.

"그렇죠, 아무렴요. 좋습니다."

행크가 자신에 차 말을 이었다.

"그럼, 이제 닥과 저는 서쪽으로 향하지요. 가든 호수 방향으로 한번 가보자고요! 우린 그짝 땅은 아직 발도 대지 않았고……."

"그래, 자네랑 가겠네."

"그리고 데파고 너는 심슨 씨와 함께 작은 카누를 타고 호수를 가로질러 넘어가. 그러고 나서 육로를 이용해 피프티 아일랜드 워터까지 배를 옮겨. 그리고 그짝 남쪽 연안을 잘 살펴봐. 작년에 무스가 그짝에서 완전히 진을 치고 있었거든. 어쩌면 걔네들이 어디 한번 덤벼봐라 하며 거기서 또 죽치고 있을지도 모르니까."

불에 시선을 고정한 데파고는 아무런 대꾸를 하지 않았다. 어쩌면 아까 이야기를 하던 중에 행크가 자기 말을 끊은 것 때문에 아직도 꽁하고 있는지도 몰랐다.

"올해 그짝으로 가본 사람은 아무도 없다는 데 내 남은 쩐을 탈탈 털어 다 걸겠어!"

행크는 그럴 만한 이유가 있다는 듯 강조해서 덧붙였다. 그는 날카로운 시선으로 자신의 파트너를 돌아보았다.

"실크 텐트를 가지고 가서 며칠 밤 지켜봐."

행크는 모든 문제가 확실히 결정된 듯 말했다. 그가 사냥 팀의 조직책이자 계획을 수립하는 책임자였기 때문이었다.

누가 보아도 데파고가 그 계획에 반색하지 않는다는 사실은 명백했다. 그러나 그의 침묵은 보통의 반대의견을 넘어 다른 무언가를 내포한 것 같았다. 그는 예민한 검은 얼굴에 불빛이 번쩍이는 것 같은 기이한 표정을 지었다. 그 표정은 다른 세 남자가 알아채지 못할 정도로 빨리 사라지지는 않았다.

"그 사람 뭐 때문인지 몰라도 겁먹은 것 같던데요."

심슨이 삼촌과 함께 쓰는 텐트에서 나중에 말했다. 캐스카트가 보기에도 당시 데파고의 표정이 꽤 기이해서 머릿속에 각인되었지만 심슨의 말에 즉각 대꾸하지 않았다. 아까 그 순간 그의 표정은 자신도 이해하지 못할 불안감을 유발했다.

데파고의 기이한 표정을 맨 처음 알아차린 사람은 당연히 행크였다. 이상한 건 그가 상대의 불만 어린 침묵에 참을성을 잃고 화를 내는 대신 즉각 데파고의 비위를 맞추기 시작했다는 점이다.

"하지만 올해 아무도 그쪽에 올라가지 않은 데는 뭐, 별

다른 이유가 있는 건 아냐."

그는 눈에 띄게 목소리를 낮추며 덧붙였다.

"좌우당간 네가 생각하는 이유는 아니란 말이지! 지난 해엔 불이 나서 못 갔던 거고, 내 생각에 올해는 그냥……, 그냥 그랬던 거지, 뭐. 그게 다야!"

행크는 분명 데파고의 사기를 북돋우려고 애쓰는 것처럼 보였다.

조셉 데파고는 한순간 시선을 들어 올렸다가 이내 다시 아래로 내렸다. 숲속에서 한 줄기 바람이 휘익 불어와 순간적으로 잔불을 화르르 발갛게 살렸다. 캐스카트 박사는 가이드의 얼굴에서 다시 그 표정을 감지했다. 역시나 마음에 들지 않았다. 게다가 이번에는 그 표정의 본질이 절로 드러났다. 순간적으로 영혼까지 겁을 집어먹은 남자의 눈빛이었다. 그 눈빛은 인정하고 싶지 않을 만큼 캐스카트를 불안하게 만들었다.

"그쪽으로 가면 나쁜 인디언 놈들이라도 있는 건가?"

그는 문제를 대수롭지 않게 넘기려고 웃으며 물었다. 한편 심슨은 너무 졸려 이 미묘한 긴장이 흐르는 대화를 알아차리지 못하고 입이 찢어져라 크게 하품을 하며 잠자리로 향했다.

"아니면……, 아니면 뭐 그곳에 무슨 문제라도 있는 건가?"

그는 조카가 들을 수 없는 거리로 물러나자 다시 물었다.

행크는 평소와는 다르게 무언가 감추는 듯한 눈빛으로 그를 마주 보았다.

"그냥 겁먹어서 저래요."

그는 그저 사람 좋은 태도로 대답했다.

"거, 뭐냐, 어떤 전설 같은 게 있는데 그것 때문에 저렇게 뻣뻣하게 겁을 먹은 거라고요. 그게 답니다. 안 그래, 친구?"

그는 불 가까이 모카신을 신은 데파고의 발을 허물없이 툭 찼다.

데파고는 백일몽에서 강제로 깨어난 듯 재빨리 올려다보았다. 주변에서 일어나는 일을 모두 놓치지 않은 채로 빠져든 백일몽이었다.

"겁먹다니! 뭘, 겁먹어!"

그는 반항심으로 얼굴을 붉히며 소리쳤다.

"이 오지에서 조셉 데파고를 겁먹게 할 건 암것도 없다고. 꼭 명심해라!"

그가 힘주어 말하면서 분출한 열기 때문에 그의 말이 진실인지 아닌지 제대로 판단하기 어려웠다.

행크는 박사를 돌아보았다. 그는 무언가 말을 덧붙이려다가 갑자기 멈추고 주변을 둘러보았다. 어둠 속에 그들 뒤쪽에서 어떤 소리가 나서 셋은 모두 깜짝 놀랐다. 살펴보니 그들이 대화를 나누는 동안 나무 움막 안에서 나와 불빛이 닿는 원 바로 주변까지 다가와 이야기를 듣고 있던 늙은 펑크였다.

"나중에 다시 이야기하시죠."

행크가 윙크하며 속삭였다.

"위층 3등석 관객이 1층 1등석으로 내려오지 않을 때 말입니다!"

그는 그러더니 후다닥 자리에서 일어나 인디언의 등을 찰싹 때리며 떠들썩하게 소리 높였다.

"자, 불가로 바짝 다가와서 자네 그 칙칙한 붉은 피부를 좀 데우게나."

그는 펑크를 끌고 모닥불로 다가가 나무를 좀 더 집어넣었다.

"아까 자네가 해준 밥 엄청 죽여줬어."

그는 펑크의 생각을 다른 쪽으로 돌리려고 작심한 듯 기운차게 말을 이었다.

"그리고 우린 이렇게 불 앞에서 노릇노릇 달궈지는데 늙은 자네를 찬 데서 얼어 터지게 놔두는 건 기독교인이 할 짓이 아니지!"

펑크는 행크의 능청스러운 수다를 반만 알아들었다. 그는 그저 어두운 미소를 지으며 발을 녹일 뿐 아무런 대꾸를 하지 않았다. 그리고 캐스카트 박사는 이내 더 이상의 대화가 어렵다고 판단하고는 조카가 있는 텐트로 향했다. 남은 세 남자는 활활 타는 불을 쬐며 담배를 입에 물었다.

좁은 텐트 안에서 동료를 깨우지 않고 옷을 벗기란 쉽지 않다. 쉰이 넘은 나이에도 뜨거운 피가 흐르는 단련된 몸을 지닌 캐스카트는 행크의 표현대로 "황혼기의 많은 날"을 야외에서 보냈다. 그러는 동안 그는 행크와 데파고가 망치와 모루처럼 맹렬하게 싸우는 장면을 보았다. 행크가 망치 역할이었고, 작은 프랑스계 캐나다인이 모루 역할이었다. 그건 흡사 상투적인 서부극의 배경 그림 같아 보였다. 불빛이 춤을 추며 그들의 얼굴이 차례대로 조각조각 붉어졌다 검어졌다 돌변했고, 챙이 늘어진 모자에 모카신을 신은 데파고는 미국 서부 황무지 '배드랜드'의 악당 같았으며, 모자도 쓰지 않고 마구잡이로 어깨를 들썩이는 행크는 기만당한 정직한 영웅 같았다. 그리고 뒤에서 염탐자 역할을 하는 늙은 펑크는 미스터리의 분위기를 더욱 끌어올리고 있었다.

박사는 하나하나 번갈아 살펴보며 미소 지었다. 그러나 동시에 그의 내면 깊숙이 무언가가—그게 무언지는 알 수 없었다— 다소 움츠러들었다. 마치 감지할 수 없는 경고의 속삭임이 영혼의 표면에 닿고는 포착하기도 전에 다시 사라져버리는 느낌이었다. 어쩌면 그건 데파고의 눈에 어린 '겁먹은 표정'에서 기인한 것인지도 모른다. "어쩌면"이라고 한 이유는 매우 예리한 그의 분석력을 비껴갈 정도로 파악하기 어려운 감정이었기 때문이다. 그는 어렴풋이 인식했다. 어쩌면 데파고가 근심거리를 유발할지도 모르겠다고…… 가령, 그가 행크만큼 안정적인 가이드가 아닐지도……그 이상은 그가 파악할 수 없을 것……

그는 조금 더 남자들을 지켜본 뒤에야 바람이 통하지 않는 텐트 안으로 들어갔다. 심슨은 이미 깊은 잠에 빠져 있었다. 그는 행크가 뉴욕의 한 흑인 술집에서 만취한 미친 아프리카인처럼 욕을 해대는 모습을 보았다. 그러나 그것은 '애정 어린' 욕이었다. 이제 그들이 거친 언행을 삼가게 만들었던 인물이 잠들자 그 우스꽝스러운 욕설들이 자유롭게 난무했다. 행크는 이내 애정 어린 태도로 동료의 어깨에 팔을 둘렀다. 그러더니 둘은 함께 그들의 텐트가 희미하게 빛나고 있는 어둠 속으로 나아갔다. 펑크 또한 금세 자리를 뜨더니 반대편 자신의 냄새 나는 이불 속으로 사라져버렸다.

캐스카트 박사도 마찬가지로 잠자리에 들었다. 마음속의 막연한 호기심과 피로와 잠이 여전히 서로 엉겨 싸웠다. 피프티 아일랜드 워터 지역의 무엇이 데파고를 겁먹게 한 걸까? 그리고 행크가 말을 하다가 펑크가 나타나자 입을 다문 이유도 아리송했다. 그렇게 생각을 이어가던 중에 잠이 그를 압도했다. 내일 알아보면 되겠지. 잡히지 않는 무스를 찾아가는 길에 행크가 그 이야기를 해줄 것이다.

거친 야생의 아가리에 겁 없이 자리를 잡은 그들의 작은 야영지에 깊은 침묵이 내려앉았다. 호수는 별빛 아래 검은 유리장처럼 반짝였다. 차가운 공기가 사방을 들쑤시고 있었다. 먼 곳의 능선들과 막 얼기 시작한 호수들로부터 소식을 싣고 오는 바람에, 또 숲속 깊은 곳에서부터 조용한 밤의 물결을 쏟아내는 밤공기 속에, 벌써 다가오는 겨울의 매

섭고 싸늘한 냄새가 희미하게 섞여 있었다. 후각이 무딘 백인 남자들은 그 냄새를 간파하지 못했을 것이다. 나무 타는 냄새 하나에도 압도되는 그들은 160킬로미터 떨어진 곳의 이끼와 나무껍질과 얼고 있는 늪지가 내뿜는 전기적 파장 같은 그 신호를 포착하지 못했을 것이다. 심지어 숲의 정령과 미묘하게 결탁한 행크와 데파고마저 민감한 콧구멍을 벌렁거리며 애써본다 하더라도 어쩌면 소용없었을지도…….

그러나 한 시간 후 모두가 죽은 듯 잠들어 있을 때 늙은 펑크는 이불에서 기어 나와 유령처럼 호수 연안으로 내려갔다. 오직 인디언의 피가 흐르는 자만이 가능한 방식으로 쥐 죽은 듯 나아갔다. 그는 고개를 쳐들고 사방을 둘러보았다. 두껍게 내려앉은 어둠이 시야를 거의 막고 있었다. 하지만 그는 동물처럼 어둠도 막지 못하는 다른 감각을 지니고 있었다. 그는 귀를 기울여보았고, 그런 다음 공기의 냄새를 맡았다. 솔송나무 줄기처럼 꿈쩍 않고 그곳에 서 있었다. 그는 5분 후 다시 고개를 들고 냄새를 맡았다. 그러고 나서 같은 행동을 반복했다. 예리한 공기를 맛볼 때 놀랄 만한 그의 신경이 따끔거렸다. 겉으로는 아무런 표시가 나지 않았다. 그 자극은 그저 그의 내부를 훑으며 지났다. 그러고 나자 그는 오직 야생의 삶을 사는 사람과 동물만이 할 수 있는 방식으로 주변의 암흑과 자신의 모습을 융화시키고는 몸을 돌렸다. 여전히 유령 같은 움직임으로 살며시 자신의 움막으로 돌아갔다.

펑크마저 잠든 직후 그가 간파했던 변화한 바람이 호수에 반사된 별들을 살짝 흔들어놓았다. 피프티 아일랜드 워터 너머 먼 곳의 능선들 사이에서 오른 바람은 그가 응시했던 방향에서 이곳으로 날아온 다음 쉬쉬 낮은 한숨을 토하며 잠든 야영지를 지나 커다란 나무들의 정수리를 훑고 지났다. 그 소리는 너무나 미묘해 들리지 않았다. 그와 함께 황량한 밤의 길 아래로 너무나 희미하고 높아서 머리카락처럼 가늘고 예민한 인디언의 신경으로도 감지하기 어려운 기이한 냄새가 스쳐 지나갔다. 익숙하지 않은, 아니, 완전한 미지의 그 어떤 냄새, 괴이하게 불안을 초래하는 냄새였다.

프랑스계 캐나다인과 인디언 피가 흐르는 남자는 각각 이때쯤 불안을 느끼며 잠에서 뒤척였다. 그러나 둘 다 깨지는 않았다. 그때 유령 같은 기이한 냄새, 결코 잊을 수 없는 그 냄새가 저 너머 주인 없는 숲속으로 사라졌다.

2

야영지 일행들은 아침 태양이 떠오르기 전에 하루를 시작하고 있었다. 밤사이 눈이 조금 내렸고 공기는 매우 날카로웠다. 펑크는 일찍 자신의 임무를 마쳤다. 커피와 구운 베이컨 냄새가 각 텐트를 간질이고 있었다. 모두가 컨디션이 좋았다.

"바람이 바뀌었어!"

심슨과 심슨의 가이드가 작은 카누에 짐을 싣는 걸 지켜보며 행크가 기운 좋게 소리 질렀다.

"호수를 가로지르고 있어. 당신네 둘에게는 죽여주게 좋은 바람이야. 거기다 눈까지 내렸으니 무스를 추적하는 건 손 안 대고 코 풀기야! 그짝에 무스가 있다면, 바람이 지금처럼 불고 있으니 그것들이 당신네 궁뎅이 냄새도 맡지 못할 거야. 행운을 빌어, 무슈 데파고!"

그는 익살스럽게 프랑스식으로 데파고를 부르고는 한마디 덧붙였다.

"본 샹스(행운을 비네)!"

데파고는 침울한 기분이 사라진 듯 기분 좋은 얼굴로 행운의 인사에 화답했다. 8시가 되기도 전에 늙은 펑크는 야영지에 홀로 남게 되었다. 캐스카트와 행크는 서쪽 길을 따라 멀리 나아갔고, 실크 텐트와 이틀 치 식량과 함께 데파고와 심슨을 실은 카누는 이미 호수의 품 한가운데 정동쪽을 향해 까닥까닥 움직이는 어두운 점으로 변해갔다.

날카로운 겨울 공기는 나무가 우거진 능선과 호수와 저아래 숲의 세상 위로 찬란한 온기를 선사하는 태양에 의해 누그러졌다. 물새들이 바람으로 찰싹이며 반짝이는 물보라 사이를 스치듯 날고 있었다. 자맥질하는 새들은 해를 향해 물이 똑똑 떨어지는 머리를 흔들고는 다시 재빨리 물속으로 들어가 시야에서 사라졌다. 인간의 발길이 닿은 적 없는 미개척된 오지가 광활하고 황량하게 끝도 없이 펼쳐졌다. 그 광대하고 파손되지 않은 카펫은 허드슨만의 얼어붙은 연안까지 이어져 있었다.

춤추는 카누의 뱃머리에서 힘차게 노를 젓는 심슨은 난생처음 그런 모습을 보고는 장엄한 아름다움에 매료되었다. 그는 가슴으로는 자유와 광활한 공간에 넋을 잃었고, 폐로는 시원하고 향기로운 바람에 취해 있었다. 선미에서 원주민 뱃노래를 흥얼거리는 데파고는 살아 움직이는 생명체를 다루듯 자작나무 카누를 능숙하게 조종하며 동료의 모든 질문에 기분 좋게 응대했다. 둘 다 즐겁고 홀가분한 마음이었다. 그럴 때 사람들은 겉으로 드러나는 속세의 계층 따위 구별을 내려놓는다. 그리하여 그들은 그저 공통의 목표를 향해 함께 헤쳐나가는 인간일 뿐이다. 고용주 심슨과 피고용인 데파고는 이런 원시적 힘들 사이에서 그저 두 명의 남자, '안내자'와 '안내를 받는 자'가 되었다. 물론 우월한 지식을 가진 자가 통제권을 장악한다. 그리고 젊은 남자는 다시 생각해볼 필요도 없이 일종의 종속적 관계 비슷한 위치를 받아들였다. 그는 데파고가 자신을 부를 때 '씨' 자를 빼고 그저 단순히 "있잖소, 심슨"이나 "심슨 대장"이라고 부를 때 이의를 제기할 생각 따위 꿈도 꾸지 않았다. 맞바람을 맞으며 힘겹게 20킬로미터를 노 저어 나아간 후 깊숙한 연안에 닿을 때까지 변함없이 그런 식이었다. 그는 그저 웃으며 아예 그런 점을 의식조차 하지 않았다.

이 '신학생'은 물론 아직은 견문이 좁긴 했지만, 재주가 많고 인격을 갖춘 젊은이였기 때문이었다. 그리고 이번 여행—제 나라와 스위스 일부 빼고 야생을 구경하는 첫 여행—은 모든 면에서 너무나 거대한 규모라 다소 어리둥절할 정도였다. 원시림에 대해 들어서 아는 것과 실제로 원시림을 눈으로 보는 것은 아주 다르다는 걸 깨달았다. 그 안에 머물고 몸소 부대끼며 야생의 삶을 알아가는 일은 그 어떤 지식인도 이제껏 성스럽고 영원하리라 여긴 개인적 가치관을 일정 정도 변화시키지 않고는 겪을 수 없는 통과의례 같은 것이었다.

심슨은 새 소총을 처음 손에 쥐었을 때 흠잡을 데 없이 반짝이는 총열을 바라보면서 처음으로 어렴풋이 그런 감정을 느낀 바 있었다. 그러고 나서 호수와 육로를 이용해 본부 야영지로 이동하던 사흘간의 여정은 그 감정을 한 단계 더 심화시켰다. 그리고 이제 그들이 야영지를 꾸린 오지의 변두리에서 유럽 대륙만큼이나 광활한, 사람의 발길이 닿지 않은 순전한 야생의 심장부로 들어가려는 지금 이 순간, 이 상황의 진정한 본질이 그에게 와닿았다. 기쁨과 경외감이 일었다. 그건 자신의 상상력을 온전히 누릴 수 있는 순간이었다. 또한 자신과 데파고 둘이서 다수와 맞서는, 적어도 거인과 맞서는 일이었다!

저 멀고 고독한 숲의 황량한 광휘가 심슨을 압도했다. 그는 자신의 존재가 한없이 작게 느껴졌다. 그저 무자비하고 두렵다고 묘사할 수밖에 없는, 뒤엉킨 미개척지의 저 준엄한 모습이 지평선 위로 넘실대는 먼 곳의 푸른 숲에서 피어올랐다. 그는 조용한 경고를 이해했으며, 자신의 완전한 무력함을 깨달았다. 피로와 기아로 인한 냉혹한 죽음과 심슨 사이에, 인간이 주인인 저 먼 문명의 상징은 데파고뿐이었다.

그리하여 심슨은 데파고가 카누를 연안으로 끌어올려 뒤집고는 노를 그 밑에 잘 꾸려놓고 나서 길인지 아닌지 알 수 없는 오솔길 양편을 따라 늘어선 가문비나무 줄기에 '표식을 남기기' 위해 꽤 멀리 나아가기 직전 무심한 듯 툭 던지는 말을 들으며 전율을 느꼈다.

"이보쇼, 심슨. 혹시 나한테 뭔 일이 생기면 이 표식들을 보고 카누를 찾으면 됩니다. 그러고서 태양을 향해 정서쪽으로 방향을 잡고 본부 야영지로 가는 거요, 알겠죠?"

그 말은 이 세상에서 가장 당연하고 자연스러웠다. 데파고는 억양에 아무런 변화 없이 그런 말을 꺼냈다. 그저 그 순간 그 상황을 상징하는 말, 또 인간의 무력함을 가장 잘 상징하는 말이었다. 마치 젊은이의 감정을 대변하는 것 같았다. 심슨은 데파고와 단둘이 원시세계에 진입했다. 그게 전부였다. 인간의 우월성의 또 다른 상징인 카누는 뒤에 남겨졌다. 나무에 도끼로 찍어 새겨놓은 그 작은 노란 표식들은 카누를 숨겨놓은 장소를 나타내는 유일한 흔적이었다.

한편 카누를 뒤로한 채 짐을 어깨에 짊어지고 각각 소총을 든 두 남자는 바위와 쓰러진 나무들을 가로지르며 나아갔다. 때론 반쯤 얼어붙은 늪지를 건너기도 했다. 숲속 곳곳에 아름답게 박힌 수많은 호수 주변으로 안개가 피어올랐다. 5시경 그들은 느닷없이 숲속 가장자리에 닿았다. 그들 앞으로 거대한 물이 나타났고, 그 건너편에는 솔숲 옷을 입은 각양각색의 섬들이 점점이 박혀 있었다.

"피프티 아일랜드 워터라오. 태양이 그 늙은 대머리를 막 저 안에 처박으려고 하고 있군요."

데파고가 지친 목소리로 말했다. 그는 자기도 모르게 시적 언어를 구사했다. 그들은 즉시 밤을 보낼 텐트를 치기 시작했다.

아주 짧은 시간에 움직임이 너무 많지도 않고 너무 적지도 않은 그 솜씨 좋은 손길로 실크 텐트는 팽팽하고 안락하게 쳐졌다. 발삼나무 가지로 만든 침대도 마련되었으며, 요리용 모닥불도 별다른 연기 없이 활활 타고 있었다. 스코틀랜드 젊은이가 함께 카누에서 견지낚시로 잡은 물고기를 손질하는 동안 데파고는 무스의 흔적이 있는지 숲속을 "얼른 한 바퀴 돌아보고" 오는 게 낫겠다고 말했다.

"걔네들이 다녀가면 나무줄기에 뿔을 비벼댄 흔적이 남는데 혹시 그런 게 있나 살펴볼게요. 아니면 아직 남아 있는 단풍나무 잎사귀들을 뜯어 먹거나 할 텐데."

그는 그렇게 말하고는 길을 나섰다.

데파고의 작은 체구는 황혼 녘 그림자처럼 순식간에 사라졌다. 심슨은 숲이 그토록 쉽게 그를 빨아들이는 광경을 바라보며 경탄했다. 단지 몇 발짝 나아갔을 뿐인데 더는 시야에서 보이지 않았다.

근처에 낮은 덤불은 거의 없었다. 나무들은 꽤 간격을 두고 서 있었다. 개활지에는 거대한 줄기를 자랑하는 가문비나무와 솔송나무 대신 창과 같이 가느다란 자작나무와 단풍나무가 자랐다. 이따금 보이는 쓰러진 거목들과 여기저기 지면을 뚫고 나와 거친 어깨를 드러낸 회색 바위의 둥근 면을 빼면 유럽의 어느 공원처럼 보이기도 했다. 왠지 인간의 손길이 닿은 것 같은 느낌도 났다. 그러나 오른쪽으

로 살짝 틀자 불에 탄 지역이 몇 킬로미터나 광활하게 펼쳐
지며 그곳의 참모습을 드러냈다. 지난해에 몇 주 동안 사납
게 몰아쳤던 화재가 휩쓸고 간 그곳에는 지금은 검게 탄 그
루터기들이 가지 하나 없이 서 있었다. 마치 거대한 성냥
심지들이 땅에 박힌 것처럼 섬뜩하고 추한 모습이었다. 황
폐하고 거칠기 짝이 없었다. 비에 젖은 재와 숯 냄새가 여
전히 희미하게 공중에 떠돌고 있었다.

　땅거미가 급속히 깊어갔다. 숲의 빈터가 어두워졌다. 타
닥거리는 장작 타는 소리와 호숫가 바위 연안에 부딪는 작
은 파도 소리만이 정적을 깨는 유일한 소리였다. 해가 지자
바람도 잦아들었다. 그러자 광활한 나무들의 세상에선 아
무것도 움직이지 않았다. 고요와 적막 속에서 숭배받는 숲
의 신들이 언제고 나무들 사이에서 그 위대하고 무시무시
한 모습을 드러낼 것 같았다. 야영지 앞쪽으로는 곧게 뻗은
거대한 나무줄기들을 기둥 삼아 관문처럼 시야가 트여 있
었는데, 그곳으로 길이가 한쪽 끝에서 반대쪽 끝까지 25킬
로미터가량에 폭은 8킬로미터쯤 되는 초승달 모양의 호수
인 피프티 아일랜드 워터가 모습을 드러냈다. 심슨이 이제
껏 보았던 그 어떤 하늘보다 더 맑은 장미와 사프란 색깔의
하늘이 그 창백한 화염을 물결 위로 흩뿌리고 있었다. 그곳
에 섬들—분명 50개를 훨씬 넘어 100개는 되는 것 같았다
—이 마법에 걸린 함대의 아름다운 돛배처럼 둥실 떠 있었
다. 빛이 사그라지자 정수리가 하늘에 살짝 닿은 소나무들

로 테를 두른 섬들이 천상으로 오르는 것처럼 보였다. 섬들은 닻을 올리고 황량한 고향 호수의 물결 대신 천상의 길을 항해할 것 같았다.

그리고 나부끼는 삼각기들처럼 다양한 빛깔을 띠는 구름 조각들이 별을 향한 그들의 출발에 신호를 보내고…….

그 아름다운 풍경이 기이하게 마음을 고양했다. 심슨은 프라이팬과 불을 조절하며 생선을 훈제하면서 동시에 그걸 맛보려다 손가락을 뎄다. 한편으로 그의 마음속 한구석에서는 황야의 다른 측면에 관한 생각이 자리하고 있었다. 그건 바로 인간 삶에 대한 무관심, 인간을 전혀 신경 쓰지 않는 무자비한 황무지의 영혼이었다. 데파고마저 가고 없는 상황에서 완전한 고독감이 다가와 심슨을 휘감았다. 그는 주위를 둘러보며 동료가 돌아오는지 귀를 기울였다.

발소리가 들리자 기쁨이 일었다. 그러나 그와 함께 불안도 다가왔다. 그는 본능적으로 생각했다.

'무슨 일이 벌어져서 데파고가 돌아오지 않으면…… 내가 어떻게 해야……, 뭘 할 수 있지……?'

그들은 제힘으로 마련한 저녁 식사를 맛있게 즐겼다. 무수히 많은 생선을 먹어 치웠다. 50킬로미터를 거의 아무것도 먹지 않은 채 힘겨운 '강행군'을 펼친 후였다. 그들은 우유를 한 방울도 섞지 않고 그렇게 강행군한 사람이 아니었다면 마시고 죽을 수도 있을 만큼 독한 차를 마셨다. 식사를 마치고 나서는 활활 타는 불가에 둘러앉아 피로한 팔다리를 주물렀다. 그러면서 내일의 계획에 대해 웃으며 이야기를 나누었다. 데파고는 기분이 매우 좋았다. 물론 무스의 흔적을 찾지 못해 실망하긴 했다. 그러나 어차피 날이 어두워 얼마 못 가 보지 않았는가. 불에 탄 지역도 상황이 나빴다. 옷과 손은 검댕 때문에 새까매졌다. 심슨은 그를 바라보며 다시금 황무지에서 단둘이 처한 상황을 생생하게 깨달았다.

그는 이내 말을 꺼냈다.

"데파고, 이 숲은 너무 광활해서 편치가 않군요. 아니, 머물기에 그렇다는 말입니다. 뭐, 안 그래요……?"

심슨은 그저 당장의 기분을 표현했을 뿐이었다. 그는 진지함, 장엄함을 품을 준비가 되어 있지 않았다. 가이드는 진지하고 장엄한 태도로 말을 이었다.

"제대로 파악하셨구려, 심슨 대장."

그는 갈색 눈으로 탐색하듯 심슨의 얼굴을 보며 답했다.

"그리고 맞는 말이오. 숲은 끝이 없어요. 끝이 전혀 없다고요."

그러더니 그는 혼잣말하듯 목소리를 낮췄다.

"많은 이들이 그걸 뒤늦게 깨닫고는 완전 개박살 났지!"

심슨은 데파고의 진지한 태도가 불편하게 느껴졌다. 그 태도에는 이곳의 풍경과 환경에 대한 너무 많은 암시가 담겨 있는 것 같았다. 심슨은 괜한 말을 꺼낸 것이 후회되었다. 그는 갑자기 삼촌의 말이 생각났다. 인간은 때로 황야가 내뿜는 기이한 열병에 걸린다고 했던 말이었다. 그리하여 사람이 살지 않는 황무지의 유혹에 매우 강렬하게 사로잡혀 마치 마법에 걸린 듯, 환상에 사로잡힌 듯 죽음으로 나아간다는 말이었다. 그리고 그는 데파고에게 삼촌의 그 이상한 말에 부합하는 면모가 있다는 사실을 예리한 통찰력으로 파악했다. 심슨은 다른 주제로 대화를 이끌었다. 가령 행크와 박사에 관한 이야기, 누가 먼저 무스를 찾을지 경쟁에 관한 이야기를 자연스럽게 꺼냈다.

데파고가 태연하게 답했다.

"그들이 정서향으로 향하면 지금 우리하고 100킬로미터가량 멀어질 거요. 늙은 펑크는 중간에서 혼자 생선과 커피로 따뜻하게 배나 실컷 불리고 있겠지."

그들은 그런 그림을 그려보면서 함께 웃었다. 그러나 대수롭지 않게 던진 그 100킬로미터라는 거리가 심슨으로 하여금 그들이 사냥을 벌이고 있는 이 땅의 어마어마한 규모를 다시금 깨닫게 해주었다. 100킬로미터는 단지 한 발짝에 불과했다. 300킬로미터는 그보다 한두 발짝 더 나아간 거리일 뿐이다. 그는 길을 잃은 사냥꾼 이야기들이 끊임없이 떠올랐다. 어마어마한 숲의 아름다움에 현혹되어 집을 나가 헤매는 남자들의 열정과 미스터리가 너무도 생생하게 그의 영혼을 휩쓸고 지나갔다. 기분이 그리 유쾌하지 않았다. 그는 달갑지 않은 생각들이 집요하게 밀려드는 이유가 동료의 기분 때문인지, 아니면 다른 이유가 있는 건지 어렴풋이 궁금해졌다.

"너무 피곤하지 않다면 노래 한 곡 해봐요, 데파고. 지난번에 부른 옛 뱃사공 노래 있잖아요."

심슨은 데파고에게 자신의 담배쌈지를 건네주고는 자신의 파이프에도 담배를 채웠다. 데파고는 기꺼이 벌목꾼과 사냥꾼이 힘겨운 노동의 짐을 덜기 위해 부르던 애처롭다 못해 울적하기까지 한 뱃노래를 가벼운 목소리로 부르기 시작했다. 그의 노래에는 호소력 짙고 낭만적인 정취가 풍겼다. 무언가 옛 개척자 시절, 인디언들과 황무지가 함께 결탁해 전투가 자주 일어났던 시절, 구대륙이 오늘날보다 훨씬 멀었던 시절의 분위기를 상기시키는 면모가 있었다. 노랫소리는 물결 위로 기분 좋게 울려 퍼졌다. 하지만 등 뒤에 자리한 숲은 단숨에 그 소리를 집어삼키는 것 같았다. 그리하여 메아리도 공명도 일어나지 않았다.

심슨이 무언가 특이점을 알아차린 건 3절 중간쯤이었다. 뭔가가 그의 생각을 먼 옛날의 장면으로부터 급속도로 다시 현재로 돌려놓았다. 데파고의 노랫소리가 이상하게 변해 있었다. 심지어 심슨이 그게 무언지 깨닫기 전부터 불안이 그를 엄습했다. 고개를 들어 바라보니 데파고가 여전히 노래를 부르면서도 뭔가를 보았는지 들었는지 숲속을 곁눈질하는 모습이 보였다. 그는 목소리가 점점 작아지다가 속삭임으로 변했고, 급기야 완전히 멈추고 말았다. 그 순간 놀랍도록 기민한 동작으로 자리에서 벌떡 일어나 허리를 꼿꼿이 세우고 똑바로 섰다. 그러고는 킁킁거리며 대기의 냄새를 맡았다. 그는 사냥감의 냄새를 맡은 사냥개처럼 콧구멍으로 날카롭게 숨을 들이켰다. 그러면서 사방으로 몸을 돌리다가 마침내 동쪽 호수 연안을 '가리켰다.' 그것은 불쾌한 암시를 내포하면서도 동시에 매우 독특하고 극적인 행동이었다. 심슨은 그런 모습을 보면서 심장이 불안하게 벌렁거렸다.

"맙소사! 사람을 완전히 기겁하게 만드네!"

심슨이 자리에서 벌떡 일어나 데파고 옆에 서며 입을 열었다. 그는 그러면서 어깨 너머 어둠의 바다를 곁눈질했다.

"뭐예요? 겁을 먹은 게……."

그러나 그는 질문이 자기 입 밖으로 다 나오기도 전에 그게 어리석은 짓이라는 걸 깨달았다. 캐나다인의 온몸이 새하얗게 질렸다는 걸 알아차렸기 때문이었다. 아무리 태양에 그을리고 활활 타는 불길을 받고 있어도 그걸 감출 수는 없었다.

신학생은 겁에 질린 그의 모습에 무릎에 힘이 빠지면서 온몸이 떨려왔다.

"뭐예요?"

그가 재빨리 반복해 물었다.

"무스 냄새라도 맡았나요? 아니면 뭔가 이상한 거……뭐가 잘못된 건가요?"

그는 본능적으로 목소리를 낮췄다.

숲이 벽처럼 에워싸며 그들 주변을 압박해왔다. 불빛에 근처 나무줄기들이 청동 비늘처럼 반짝거렸다. 그 너머는 암흑, 그리고 그가 분간할 수 있는 선에서는 죽음의 고요였다. 그들 바로 뒤편으로 살짝 한차례 부는 바람이 다른 잎을 건드리지 않은 채로 나뭇잎 하나를 들어 올렸다가 다시 살짝 내려놓았다. 마치 보이지 않는 백만 개의 원인이 결합해 그 하나의 가시적 결과를 만들어낸 것 같았다. 다른 생명이 그들 주변에서 고동치다가 금세 사라졌다.

데파고가 느닷없이 몸을 돌렸다. 납빛의 얼굴이 더러운 회색빛으로 변해 있었다.

"난 뭘 들었다든지 냄새 맡았다고 말한 적 없소."

그가 천천히 강조하듯 내뱉었다. 기이하게 변한 목소리에 반항적 낌새가 느껴졌다.

"그냥, 그저 그냥 한번 휘 둘러봤을 뿐이라오. 당신은 항상 앞질러 질문하는 게 실수요."

그는 그렇게 말하더니 갑자기 좀 더 자연스러운 목소리를 내기 위해 애쓰며 덧붙였다.

"성냥 가진 거 있소, 심슨 대장?"

그는 노래 부르기 직전 반쯤 채워 넣은 파이프에 불을 붙였다.

두 사람은 더는 한마디도 하지 않고 다시 불가에 자리를 잡고 앉았다. 데파고는 바람이 불어오는 쪽을 마주 볼 수 있게 자리를 바꿔 앉았다. 심슨이 아무리 신출내기라 하더라도 데파고가 듣고 냄새 맡기 위해 자리를 바꾼 것쯤은 알 수 있었다. 듣고 냄새 맡을 만한 모든 것. 그리고 그가 지금 등을 숲 쪽으로 향한 채 호수를 마주하고 있었기에, 놀랍도록 단련된 그의 신경에 이상하고 갑작스러운 경고를 보내왔던 무언가가 숲속에 있던 것이 아니라는 사실은 명백했다.

"더 이상 노래는 하고 싶지 않소."

그는 묻지도 않은 말을 덧붙였다.

"그 노래는 나한테 괴로운 기억을 불러일으킨단 말이오. 처음부터 시작도 하지 말았어야 했는데. 그 노래 때문에 이상한 것들을 떠올리게 되었다오. 알겠소?"

데파고는 여전히 무언가 마음 깊은 곳에서 요동치는 감정과 씨름하고 있는 게 분명했다. 그는 심슨에게 변명을 늘어놓으려 했다. 그러나 그의 말은 그게 그저 진실의 일부일 뿐이라는 면에서 거짓이었다. 그는 심슨이 그 말에 넘어가지 않았다는 걸 완벽하게 이해했다. 그가 킁킁대며 공기의 냄새를 맡을 때 그의 얼굴에 드리운 오싹한 공포를 설명해줄 수 있는 게 아무것도 없었기 때문이었다. 그리고 아무것도—장작불을 활활 피워 올려도, 일상의 주제에 대해 떠들어대도— 이 야영지를 이전과 똑같이 되돌릴 수 없었다. 가이드의 얼굴과 몸짓에 한순간 섬광처럼 번쩍였던 숨겨진 공포의 그림자, 정체를 알 수 없는 적나라한 공포의 그림자가 동료에게 막연하게, 따라서 오히려 더 강력하게 타격을 가했다. 가이드가 눈에 띄게 진실을 감추려 들자 상황은 점점 더 악화될 뿐이었다. 더욱이 젊은이의 불안을 가중시킨 건 질문하기 어렵다는, 아니 불가능하다는 점이었다. 그에 더해 원인에 대한 자신의 완벽한 무지……인디언, 야생동물, 숲의 화재 등에 관한 완벽한 무지 또한 불안감을 증폭시켰다. 그 모든 것들에 대해 질문을 던지는 게 완전히 불가능했다. 그는 상상력을 총동원했으나 아무런 소용이 없었다.

그러나 불가에서 다시 담배를 피우며 오래 이야기를 나누고 불을 쬐니 어찌 된 일인지 갑자기 평화로운 야영지를 침범했던 그림자가 차츰 사라지기 시작했다. 아마도 데파고의 노력 덕분인지도 모르겠고, 또는 데파고가 평소의 조용한 태도로 되돌아와 그런 건지도 몰랐다. 어쩌면 심슨 자신이 진실을 과도하게 과장한 측면이 있는 건지도 몰랐다. 혹은 그것도 아니라면 황야의 원기 왕성한 공기가 그 자체로 치유의 힘을 불러온 건지도 몰랐다. 원인이 무엇이든 즉각적인 공포감은 덮쳤을 때처럼 신비스럽게 사라지는 듯했다. 더는 공포를 가중할 만한 일이 일어나지 않았다. 심슨은 어린아이같이 터무니없는 공포에 스스로 무너졌던 것뿐이라고 생각하기 시작했다. 자신이 느낀 두려움은 이 야생의 광활한 풍경이 자신의 혈관 속에 불러일으킨 어떤 무의식적 흥분에서 기인한다고 여겼다. 또 일부는 고독, 일부는 과도한 피로의 탓이라고 여겼다. 물론 가이드의 창백한 얼굴에 관해서는 설명하기가 굉장히 어려웠지만 그건 어쩌면 불빛의 효과, 또는 자기 자신의 상상력에서 기인한 것일지도 모른다. 그는 아쉬운 대로 그렇게 믿기로 했다. 자신은 실용적인 스코틀랜드인이지 않은가.

갑자기 엄습한 특이한 감정이 사라지면 인간의 마음은 항상 그 원인을 설명할 열댓 가지 방법을 찾기 마련이다. 심슨은 마지막 담뱃불을 붙이고 그저 웃어넘기려 애썼다. 고향 스코틀랜드로 돌아가면 멋진 이야깃거리가 될 것이다. 그러나 그는 이 웃음이 그의 영혼 깊숙한 곳에 공포가 여전히 매복해 있다는 사실을 나타내는 흔적임을 깨닫지 못했다. 사실 그건 인간이 심각하게 불안을 느끼면 자신은 그렇지 않다고 스스로 설득하는 일반적 방식 가운데 하나임을 알지 못했다.

데파고는 그의 낮은 웃음소리를 듣고 놀랐다. 그는 심슨의 얼굴을 올려다보았다. 두 남자는 잠자리에 들기 전 나란히 서서 잔불을 발로 툭툭 찼다. 10시였다. 사냥꾼들이 깨어 있기에는 늦은 시각이었다.

"뭐가 웃기죠?"

그는 평소의 말투로 진중하게 물었다.

"난……, 나는 여기에 비하면 장난감같이 작은 고향 숲이 생각났을 뿐이오. 딱 이 순간에 말이죠."

심슨은 웅얼거리며 대답했다. 그는 데파고의 질문에 자신의 진짜 속마음을 깨닫고 화들짝 놀랐다.

"그리고 그곳과 여기……, 이곳을 그저 비교해봤다는 말이오.”

그러고 나서 그는 팔을 휘둘러 숲속을 가리켰다.

둘은 아무 말도 하지 않았다. 잠시 침묵이 이어졌다.

“그래도 나 같으면 안 웃었을 것 같은데.”

데파고가 심슨의 어깨 너머 어둠을 응시하며 말을 이었다.

“저 안에는 아무도 들여다볼 수 없는 곳이 있소. 저 안에 무엇이 살고 있는지 아무도 모른단 말이오.”

“너무 크고, 너무 멀리 있어서 그런 거죠?”

가이드의 태도에 묻어나는 암시는 무시무시할 정도로 광막했다.

데파고는 고개를 끄덕거렸다. 표정은 어두웠다. 심슨 또한 불안을 느꼈다. 젊은 남자는 이런 광대한 오지에는 세상에 알려지지 않았거나 인간의 발길이 전혀 닿지 않은 깊은 숲이 있을 거라는 사실을 이해했다. 그런 생각은 기꺼이 즐거울 만한 건 아니었다. 그는 큰 소리로 이제 잠자리에 들 시간이라고 말했다. 그러나 가이드는 불을 만지작거렸고, 쓸데없이 돌을 다시 쌓았으며, 실제 별 필요가 없는 여러 일을 하며 머뭇거렸다. 무언가 하고 싶은 말이 있는 게 분명했다. 그러나 어떻게 ‘말문을 열지’ 모르는 듯했다.

“있잖소, 심슨 대장.”

그는 마지막 불꽃이 공기 중으로 날아갈 때 느닷없이 말을 꺼냈다.

"당신은 아무……냄새도 맡지 않았죠, 뭐……, 특이한 냄새 말이오?"

별것 아닌 상투적인 질문이었다. 하지만 심슨은 그 질문 속에 무시무시하게 심각한 불안이 숨어 있다는 사실을 깨달았다. 전율이 척추를 타고 흘렀다.

"장작 타는 냄새 말고는 아무 냄새 안 났어요."

그는 잔불을 발로 차며 단호한 목소리로 대답했다. 하지만 자기 자신의 발길질 소리에 깜짝 놀라고 말았다.

"그러면 저녁 내내 아무 냄새도 못 맡았소?"

가이드가 어둠 속에서 그를 곁눈질하며 집요하게 되물었다.

"특이한 거, 여태 맡아보지 못한 기이한 냄새 말이오?"

"안 났어요, 안 났다니까. 아무것도 없었다니까!"

그는 화가 난 듯 공격적으로 다그쳤다. 데파고의 얼굴이 어쩐지 밝아졌다.

"그거 좋네!"

그가 눈에 띄게 안도하며 소리 질렀다.

"듣기 좋은 소리구려."

"당신은 맡았나요?"

심슨은 날카롭게 질문을 던졌다. 그와 동시에 후회했다.

캐나다인은 어둠 속에서 그에게로 다가왔다. 데파고는 고개를 가로저었다.

"아니오."

그러나 그의 말에 뚜렷한 확신은 없었다.

"그저 내가 부른 노래 때문이었소. 벌목장이나 뭐 그따위 빌어먹을 곳에서 사람들이 부르는 희한한 노래 말이오. 사람들이 식겁할 땐 웬디고가 주변에서 후다닥 움직인 거라는 말⋯⋯."

"웬디고가 뭔데요?"

신경에 갑작스럽게 전율이 이는 걸 막지 못하자 짜증이 난 심슨이 재빨리 물었다. 그는 자신이 데파고의 공포와 그 원인에 바싹 다가섰다는 사실을 눈치챘다. 그러나 열정적인 호기심이 물밀듯 밀려와 판단력과 두려움을 누르고 그렇게 질문을 던지고야 말았다.

데파고는 잽싸게 몸을 돌려 그를 바라보았다. 그의 얼굴은 마치 비명을 지르는 듯했다. 눈은 빛나고 있었으나 입은 활짝 벌어진 상태였다. 그러나 고작 그가 한 말, 아니 아주 낮은 목소리로 거의 속삭인 말은 이것뿐이었다.

"아무것도 아니오, 아무것도. 그냥 저 추잡스러운 인간들이 술을 진탕 마시고 떠드는 헛소리가 있소. 거대한 짐승이 저기에 살고 있다고."

그는 북쪽을 향해 머리를 홱 흔들었다.

"번개처럼 잽싸게 내달리고 숲속 그 어느 짐승보다 크고 끔찍하게 생겼다고. 그게 다요!"

"오지의 미신이라⋯⋯."

심슨은 자신의 팔을 붙잡은 가이드의 손을 떨쳐내기 위

해 텐트 쪽으로 급히 몸을 돌리며 말했다.

"자, 자, 서두릅시다. 랜턴을 켜시오! 내일 해가 뜨자마자 출발하려면 어서 잠자리에 들어야 해요⋯⋯."

가이드는 그를 바짝 따랐다.

"가요."

그는 어둠 속에서 재촉하듯 말했다.

"간다고요."

그리고 잠시 뒤 그는 랜턴을 가지고 나타나 텐트 기둥 앞 못에 걸었다. 랜턴이 움직이는 동안 100그루가 넘는 나무 그림자가 쉬쉭식 자리를 바꾸었다. 그가 비틀거리며 밧줄을 넘어 안으로 잽싸게 들어왔을 때, 마치 돌풍이 몰아치듯 텐트 전체가 흔들렸다.

두 남자는 옷도 갈아입지 않은 채 노련한 솜씨로 만든 발삼나무 가지 침대에 누웠다. 텐트 안은 따뜻하고 안락했다. 그러나 바깥은 몰려드는 나무들이 그들을 에워싸며 수많은 그림자를 드리우고 있었다. 그러면서 가공할 숲의 바다를 마주한 아주 작은 흰색 조개껍데기처럼 그곳에 서 있는 작은 텐트의 숨통을 조였다.

그러나 밤의 그림자뿐이 아니었다. 또 다른 그림자가 텐트 안에 있는 외로운 두 인간을 압박하고 있었다. 그것은 노래하는 와중에 급작스럽게 데파고를 덮친, 결코 완전하게 몰아내지 못한 기이한 공포가 드리우는 그림자였다.

그리고 텐트의 열린 틈을 통해 어둠을 내다보며 향기로

운 잠의 심연으로 빠질 준비를 하고 누운 심슨은 원시림의 독특하고 심오한 고요를 처음으로 느끼게 되었다. 바람 한 점 일지 않고…… 밤이 무게와 실체를 지니고 영혼 안으로 들어와 장막을 칠 때…… 그때 잠이 그를 압도하며…….

3

적어도 그에게는 그런 것 같았다. 그러나 텐트 바로 아래쪽 찰싹이는 물결이 느려지는 그의 맥박과 여전히 박자를 맞추고 있을 때, 심슨은 자신이 눈을 뜨고 누워 있고, 찰싹찰싹 치는 잔물결 사이사이로 또 다른 소리가 교묘하고 부드럽게 다가오고 있다는 걸 깨달았다.

그것은 그가 무슨 소리인지 이해하기 한참 전부터 이미 그의 내부에서 연민과 불안의 중추를 자극했다. 그는 쫑긋 귀를 세우고 들어보았다. 처음에는 뭐가 뭔지 알 수 없었다. 미친 듯 날뛰는 피가 귓전을 두방망이질하고 있었기 때문이었다. 호수에서 나오는 소리인가, 아니면 숲에서?

그때 갑자기 가슴이 쿵쾅거렸다. 그러면서 그는 그 소리가 바로 옆에서 들린다는 걸 알 수 있었다. 더 잘 듣기 위해 몸을 돌렸다. 소리가 나는 곳은 분명 보폭으로 두 걸음도 안 되는 것 같았다. 그것은 분명 울음소리였다. 데파고가 어둠 속 나뭇가지 침대에서 가슴이 찢어질 듯 흐느끼고 있었다. 소리를 막기 위해 이불로 입을 틀어막은 소리였다.

왜 우는지 이유를 생각하기도 전에 든 첫 번째 느낌은 통절하게 스며드는 애틋함이었다. 그들을 둘러싼 황야 한가운데에서 들리는 친밀한 인간의 소리가 연민을 불러일으켰다. 그것은 너무나 조화롭지 못한 것, 너무나 처량 맞게 앞뒤가 맞지 않는 것이었고, 또 너무나 부질없는 것이었다! 눈물이라니! 이 광막하고 잔인한 황무지에서, 갑자기 왜? 무슨 쓸모가 있나? 그는 대서양 한가운데에서 울고 있는 작은 아이를 생각했고……. 그때 아! 좀 전에 벌어졌던 일이 떠올랐다. 그에게 공포가 찾아왔다. 피가 차가워졌다.

"데파고, 무슨 일인가요?"

심슨이 다급히 속삭였다. 그는 부드러운 목소리를 내려 애쓰며 다시 물었다.

"어디 아픈 건가요, 어딘가 불편하다거나?"

대답이 없었다. 그러나 급작스럽게 소리가 멈췄다. 그는 손을 뻗어 데파고를 건드렸다. 그는 꿈쩍도 하지 않았다.

"깨어 있는 거죠?"

데파고가 혹시 잠결에 운 건 아닌지 하는 생각이 들었다.

"추워요?"

그는 데파고의 맨발이 텐트 입구 밖으로 빠져나간 걸 알아차렸다. 그는 자신의 이불을 펼쳐 발 쪽을 덮어주었다. 가이드는 잠자리 아래로 미끄러져 내려가 있었고, 이부자리들이 같이 아래로 끌려 내려와 있었다. 그는 데파고를 깨울

까 봐 그의 몸을 다시 위로 잡아당길 엄두가 나지 않았다.

낮은 목소리로 한두 가지 질문을 던져보고 몇 분을 기다려 보았으나 대답이 없었다. 아무런 움직임도 없었다. 그는 이내 데파고가 규칙적으로 조용히 숨 쉬는 소리를 들었다. 살짝 손을 가슴에 대보니 규칙적으로 오르내렸다.

"무슨 문제 있으면 말해요. 아니면 내가 뭐라도 해주길 바라면 다 말해요. 뭔가…… 이상하다고 느끼면 즉시 날 깨워요."

심슨이 속삭였다. 그는 더 이상 무슨 말을 해야 할지 몰랐다. 다시 자리에 누워 이 모든 게 무슨 의미인지 생각해보았다. 분명 데파고는 잠결에 운 것이었다. 악몽을 꾸었건 무엇이건 뭔가가 그를 괴롭혔을 것이다. 그러나 그는 살아가면서 그토록 가여운 흐느낌 소리를 결코 잊지 못할 것이다. 끔찍한 황야 전체가 귀를 기울여 듣고 있는 느낌 또한……

그의 마음도 이제껏 벌어진 미스터리들로 오랫동안 분주했다. 지금 이 일도 그중 한 자리를 차지했다. 그는 달갑지 않은 모든 암시를 이성으로 물리쳤다. 그러나 불안한 느낌은 완전히 떨쳐지지 않았다. 그 느낌은 그대로 남아 매우 깊은 곳, 평범한 것 저 너머 특별한 장소에 자리 잡았다.

4

그러나 잠은 장기적으로 모든 감정보다 더 위대하다. 심슨의 생각은 이내 다시 흩어졌다. 그는 포근하게 누운 채 극도의 피로를 느꼈다. 밤은 기억과 불안의 칼날을 무디게 만들며 그를 달래고 위로했다. 그는 30분 후 바깥세상의 모든 것을 망각했다.

그러나 이런 경우 잠은 크나큰 적이었다. 잠은 다가오는 모든 것을 감추고 신경에 와닿는 경고를 압살한다.

때로 악몽 속에서 사건들이 무시무시한 현실감으로 서로 이어지며 몰려온다. 하지만 일부 일관성 없는 디테일이 전체 그림의 불완전성과 기만성을 폭로하듯, 지금 이어지는 사건들은 실제로 벌어진 것이긴 하지만 사건들을 해명할 수 있는 디테일이 혼돈 속에 간과되었다. 따라서 그것들은 일부만 사실이고 나머지는 환영일 뿐이라고 자신을 설득했다. 잠든 이의 마음 한구석은 깨어난 상태로 판단을 내릴 준비를 하고 있을 수 있다.

'이 모든 것은 진짜가 아니야. 잠에서 깨면 이해할 거야.'

그리고 그런 일이 실제로 심슨에게 일어났다. 그 자체로 완전히 설명이 불가하거나 믿지 못할 사건이 아니지만, 그것을 보고 들은 사람에게는 싸늘한 공포를 안기는 별개의 사실들이 연이어 이어진 것으로 남는다. 퍼즐을 명료하게 완성해줄 수 있는 그 작은 조각이 감춰지거나 간과되기 때문이었다.

심슨이 기억하는 한 그가 다시 잠에서 깬 이유는 텐트에서 후다닥 입구 쪽으로 이어지는 격렬한 움직임 때문이었다. 그러고는 동료가 그의 옆에 똑바로 곧추선 자세로 앉아 떨고 있다는 사실을 인식했다. 잠자리에 들고 몇 시간이 흐른 뒤인 것 같았다. 새벽의 희미한 여명으로 텐트에 어린 그의 윤곽을 볼 수 있었기 때문이었다. 데파고는 이번에는 울고 있지 않았다. 대신 사시나무처럼 떨고 있었다. 이불을 통해 그 떨림이 온몸으로 고스란히 전해졌다. 그는 텐트 입구 날개 근처에 몸을 숨기고 있는 무언가 때문에 잔뜩 겁을 먹고 몸을 한껏 웅크리고 있었다.

심슨은 그 즉시 큰 목소리로 무언가 질문을 던졌다. 어리둥절한 채 잠결에 던진 질문이라 정확히 무슨 말이었는지 기억하지 못했다. 데파고는 대답하지 않았다. 진정한 악몽의 느낌이 아직 그대로 살아 있는 상황이었다. 심슨은 움직이거나 말하는 게 둘 다 어려웠다. 사실 처음 깼을 때는 자신이 어디 있는지조차 몰랐다. 여행을 처음 시작할 때의 야영지인지, 아니면 애버딘 고향 저택의 침실인지도 인지하지 못했다. 혼란스러운 감각이 더욱 크게 불안을 초래했다.

그리고 다음 순간—깨어난 순간과 거의 동시인 것 같았다— 바깥에서 새벽의 깊은 고요가 아주 희한한 소리에 산산이 부서졌다. 그것은 아무 경고나 예고도 없이 느닷없이 벌어졌다. 또 형언할 수 없을 정도로 오싹했다. 그것은 무언가의 목소리였다. 심슨은 어쩌면 인간의 목소리일지도 모른다고 생각했다. 거칠지만 애처로운 소리, 텐트 바로 바깥에서 낮게 포효하는 목소리, 바닥에서 난다기보다 머리 위에서 나는 소리. 어마어마하게 큰 성량이었다. 그러면서도 매우 기이할 정도로 아주 예리하면서도 유혹적이고 달콤한 소리였다. 그것은 또한 세 가지 별개의 또렷한 음절, 또는 외침으로 울렸다. 굉장히 특이한 울림으로 믿기지는 않지만, 가이드의 이름과 닮았다는 점을 알 수 있었다.

"데-파-고!"

신학생은 자신이 그 소리를 꽤 식별력 있게 묘사할 수 없다고 인정한다. 그것은 이제껏 그가 살아오면서 들어본 그 어떤 소리와도 닮지 않았다. 매우 모순되는 특성들이 서로 결합한 기묘한 소리였기 때문이었다. "일종의 바람 같은, 우는 목소리. 외롭고 길들지 않은 무엇, 야생이면서, 극악한 힘을 지닌 어떤 존재의 목소리"라고 그는 나중에 묘사한다.

그리고 그 소리가 멈추자 광막한 침묵의 심연으로 빠지

기도 전에 옆에 있던 가이드가 자리에서 벌떡 일어서더니 응답하는 고함을 외쳤다. 무슨 의미인지 알아들을 수 없었다. 그는 마구잡이로 어정버정 나아가다 텐트 기둥에 부딪히며 텐트 전체를 뒤흔들었다. 그런 다음 앞을 가로막는 것들을 치우고 공간을 확보하기 위해 미친 듯이 팔을 내둘렀으며, 발목에 감긴 이불을 차버리려고 맹렬하게 발길질을 해댔다. 그는 1초, 또는 2초가량 텐트 입구에 똑바로 서 있었다. 희미한 새벽 여명에 그의 모습이 검은색으로 보였다. 그런 다음 그를 붙잡기 위해 동료가 뻗은 손길보다 더 빨리 맹렬하고 거친 속도로 쏜살같이 밖으로 뛰쳐나가 사라졌다. 그리고 그렇게 뛰어갈 때—내지르는 목소리가 삽시간에 멀리서 사그라질 정도로 무시무시한 속도였다— 그는 불안에 찬 공포의 어조로, 그러면서도 동시에 기이하고 광포한 환희와도 같은 큰 소리로 외쳤다.

"오! 오! 내 발! 불! 불타는 발! 오, 오! 이 높이! 불같은 속도!"

그 후 거리가 멀어지면서 금세 아무 소리도 들리지 않았다. 이내 평소처럼 매우 이른 아침의 깊은 적막이 숲에 내려앉았다.

그 일은 너무나 급작스럽고 순식간에 벌어졌다. 심슨은 잠자리가 비어 있지만 않았다면 자다가 꾼 악몽의 기억이라고 믿었을 것이다. 그는 자기 옆자리 사라진 인간의 따뜻한 기운을 여전히 느낄 수 있었다. 그 자리엔 뒤죽박죽 엉킨 이불만이 남아 있었다. 맹렬하게 진동한 힘 때문에 텐트 전체가 아직도 흔들렸다. 그 이상한 외침이 아직도 멀리서 들리는 것처럼 귓전에 울렸다. 느닷없이 공포에 질린 마음에서 나오는 광기의 말들. 더 나아가 그의 두뇌에 특이한 상황을 보고하는 건 단지 시각과 청각만이 아니었다. 심슨은 가이드가 비명을 내지르며 내달릴 때조차 희미하지만 날카롭고 기이한 냄새가 텐트 내부에 스며 있다는 사실을 인지했다. 바로 그 순간에야 그가 콧구멍으로 그 지독한 냄새를 빨아들여 목구멍 안으로 밀어 넣었다는 사실을 의식하고 퍼뜩 정신을 차릴 수 있었다. 그러자마자 그는 용기를 내어 잽싸게 벌떡 일어나 밖으로 뛰쳐나갔다.

나무들 사이에서 새벽의 회색빛이 차갑게 가물거렸다. 어렴풋이 풍경이 드러나기 시작했다. 그의 뒤로 서 있는 텐트는 이슬에 푹 젖어 있었다. 재가 된 장작은 여전히 온기를 품고 있었다. 안개 장막 아래 새하얀 호수 위 섬들은 마치 양털에 싸인 검은 물체들처럼 떠오르고 있었다. 삼림지대 안쪽 트인 부분들 사이로 눈밭도 보였다. 모든 사물이 차갑고 고요한 모습으로 태양을 기다리고 있었다. 그러나 사라진 가이드의 흔적은 어디에도 보이지 않았다. 분명 아직도 미친 듯한 속도로 차갑게 언 숲속을 달리고 있을 것이다. 멀어지는 발소리도 사그라지는 메아리도 들리지 않았다. 그는 가버렸다, 완전히.

아무것도 없었다. 그저 그가 얼마 전까지 존재했다는

느낌만이 남았다. 그리고 야영지 주변에는 너무나 강력하게 그 흔적이 남아 있었다. 강한 침투력으로 사방에 스며드는 기이한 냄새.

이제는 그 냄새마저 급속도로 사라지고 있었다. 심슨은 과도한 마음의 혼란에도 불구하고 그 냄새의 본질을 탐지하고 규정하려 애썼다. 그러나 잠재의식에서조차 즉각적으로 인지되지 않는 파악하기 어려운 냄새를 규명하는 것은 매우 정교하고 미묘한 정신 작용이다. 그리고 그는 실패했다. 냄새는 제대로 포착해 규정하기도 전에 사라졌다. 대략적인 묘사조차도 어려웠다. 그가 알고 있는 그 어떤 냄새와도 달랐기 때문이었다. 사자의 냄새와 유사하면서도 좀 더 부드럽고 또 완전히 불쾌한 것만도 아닌 자극적인 냄새라고 그는 생각한다. 무언가 거의 달콤하기까지 한 것이 함께 섞여 있었다. 심슨은 썩어가는 정원 초목의 잎사귀와 흙, 그리고 거대한 숲의 냄새를 이루는 무수히 많은 이름 없는 향기들이 생각났다. "사자의 냄새"라는 말은 그가 보통 그 모든 걸 아울러 요약하는 말이다.

냄새가 완전히 사라졌다. 그는 놀람과 망연자실한 공포에 휩싸인 채 잿더미 옆에 서 있었다. 그저 알 수 없이 벌어진 사건 앞에서 무력한 먹잇감처럼 그렇게 멍하니 서 있었다. 그 순간에 사향뒤쥐 한 마리가 바위 위로 그 뾰족한 주둥이를 찔러보거나 다람쥐 한 마리가 나무를 타고 후다닥 내려왔더라면, 그는 아마도 더 이상의 소동 없이 기절해 뻗었을 것이다. 그는 그 모든 일에서 거대한 외부의 공포가 손길을 뻗는 걸 느꼈고…… 산산이 흩어진 그의 힘은 아직 자기 통제력을 발휘할 여력이 없었기 때문이다.

그러나 아무 일도 일어나지 않았다. 위대한 바람이 잠에서 깨고 있는 숲에 부드럽게 입을 맞췄다. 얼마 남지 않은 단풍나무 잎사귀들이 여기저기서 땅으로 흩날리고 있었다. 하늘은 불현듯 훨씬 밝아지는 것 같았다. 심슨은 모자를 쓰지 않은 머리와 뺨에 닿는 차가운 공기를 느끼며 자신이 추위에 떨고 있다는 사실을 깨달았다. 그렇게 어렵사리 정신을 차리자 삼림이 펼쳐진 오지에 홀로 남았다는 사실을 깨달았다. 그다음에야 사라진 동료를 찾아 구조하기 위해 즉각적인 조처를 해야 한다는 생각이 들었다.

그는 모든 노력을 기울였다. 그러나 그 노력은 판단 착오이자 소용없는 짓이었다. 나무들이 빼곡한 황야, 길을 가로막는 호수, 그리고 혈관을 파고든 그 미친 비명의 공포 때문에 그는 경험 없는 사람이 당황한 상황에서나 할 만한 일들을 했다. 그는 미친 아이처럼 방향 감각 없이 여기저기 뛰어다니며 끊임없이 가이드의 이름을 큰 소리로 불러댔다.

"데파고! 데파고! 데파고!"

그는 소리 질렀다. 그저 나무들이 조금 낮아진 소리로 그 이름을 되울릴 뿐이었다.

"데파고! 데파고! 데파고!"

그는 눈밭을 가로질러 멀지 않은 곳에 있는 길을 따라

나아갔다. 그러다가 나무가 너무 빼곡해 눈이 쌓일 수 없는 곳에서 다시 길을 잃었다. 그는 대답 없이 듣기만 하는 세상에서 목이 쉴 때까지, 제 목소리조차 무섭게 느껴질 때까지 고함을 질렀다. 혼란은 혼신의 힘을 쏟을수록 그 격렬함과 정확히 비례해 커져갔다. 고통은 가공할 만큼 날카로워졌다. 그러다 마침내 전력을 다한 그의 노력이 목적 자체를 허물어뜨렸다. 그는 모든 힘을 완전히 소진한 후에야 다시 야영지로 향했다. 길을 찾은 것 자체가 기적이었다. 매우 힘겹게, 무수히 많은 잘못된 단서들을 찾아 헤매고 나서야 마침내 나무들 사이로 흰 텐트를 보았다. 겨우 안전을 되찾았다.

심슨은 피로에 절어 쉴 수밖에 없었다. 얼마간 쉰 다음에야 차분해졌다. 그는 불을 지피고 아침 식사를 했다. 뜨거운 커피를 마시고 베이컨을 먹었더니 판단력과 감각이 돌아왔다. 그제야 자신이 아이처럼 행동했다는 사실을 깨달았다. 그는 이제 침착하게 상황을 직면하기 위해 다시 노력했다. 그리하여 담대하게 마음을 다잡고 최대한 철두철미하게 수색해본 다음, 그래도 데파고를 찾지 못하면 본부 야영지로 돌아가 도움을 요청하기로 했다.

그는 식량과 성냥과 소총을 챙겼다. 그리고 돌아오는 길을 표시하기 위해 나무를 찍을 작은 도끼도 챙긴 후 출발했다. 시각은 태양이 구름 없는 하늘에서 나무들 꼭대기로 빛을 발하기 시작하는 8시였다. 자신이 없는 동안 데파고가

돌아올 경우를 대비해 메모를 남기고 불가 옆 막대기에 핀
으로 꽂아두었다.

주의를 기울여 짠 계획에 따라 이번에는 새로운 방향으
로 향했다. 최대한 폭넓게 훑고 나아가며 가이드가 남긴 흔
적을 찾아낼 생각이었다. 500미터도 지나지 않은 상황에서
그는 눈 속에 찍힌 커다란 짐승의 발자국과 마주쳤다. 그리
고 그 옆에 의심의 여지 없이 인간의 것으로 보이는 작고
가벼운 발자국이 보였다. 데파고의 발자국이었다. 그는 자
연스럽게 즉각적으로 짧은 안도감을 느꼈다. 이 흔적들을
보자마자 일이 어떻게 돌아갔는지 간단하게 설명되는 것
같았다. 이 큰 짐승 발자국은 분명 수컷 무스가 남긴 것이
리라. 무스는 맞바람을 맞고 나아가다가 실수로 야영지에
이르렀다. 실수를 깨달은 짐승은 그 독특한 경고의 울음소
리를 냈을 것이다. 완벽한 사냥 본능이 초자연적 경지까지
다다른 데파고는 몇 시간 전부터 바람을 타고 오는 짐승의
냄새를 맡았을 것이다. 가이드가 흥분한 상태로 뛰어 사라
진 것은 물론 그의……그…….

그때 그가 펼친 그 불가능한 설명이 힘을 잃었다. 상식
적으로 생각해볼 때 그 모든 게 사실이 아님을 깨달았다.
그 어떤 가이드도, 하물며 데파고 같은 노련한 가이드는 그
런 식으로 분별없이 행동하지 않는다. 소총조차 챙기지 않
고 그렇게 뛰쳐나가다니……! 그 세부적인 상황들이 떠오르
자 훨씬 복잡한 설명이 필요했다. 공포에 질린 비명, 그 이

상한 외침, 새로운 냄새를 감지했을 때 보였던 불안한 잿빛 표정, 어둠 속 짓눌린 흐느낌, 그리고—지금 이것도 그의 마음속에 희미하게 떠올랐다— 그 남자가 처음부터 특별히 이 지역을 혐오했던 사실 또한……

게다가 짐승 발자국을 자세히 살펴보니 전혀 수컷 무스의 자국이 아니었다! 행크는 수컷 무스의 발굽, 암소의 발굽, 송아지의 발굽 모양에 관해 설명해준 적이 있었다. 그는 자작나무 껍질에 또렷하게 그림을 그려가며 설명해주었다. 지금 이 발자국 모양은 완전히 달랐다. 이건 크고 둥글고 폭도 넓었으며, 날카로운 발굽과는 달리 뾰족한 부분이 없다. 그는 한순간 곰이 이런 발자국을 가진 건 아닌지 생각해보았다. 생각나는 다른 동물이 없었다. 순록은 이 계절에 이렇게 남쪽까지 내려오지 않기 때문이었다. 내려온다고 하더라도 발굽 자국을 남겼을 것이다.

불길한 징조였다. 한 인간을 홀려서 끌고 간 알 수 없는 생명체가 눈에 남긴 이 미스터리한 흔적이라니. 심슨은 상상 속에서 그 발자국의 흔적과 새벽의 고요를 깼던 괴이한 소리를 연결해보았다. 그러자 순간적으로 현기증이 일면서 믿을 수 없을 정도로 큰 고통을 느꼈다. 그는 모든 일의 위협적인 면모를 새삼 느낄 수 있었다. 그 흔적을 좀 더 자세히 들여다보기 위해 몸을 숙였을 때 그의 코에 희미하지만 달콤하면서도 똑 쏘는 강렬한 냄새가 훅 와닿았다. 그 즉시 저절로 몸이 벌떡 세워졌다. 구토가 일어났다.

그때 다시 한번 불길한 그림이 떠올랐다. 그는 갑자기 텐트 밖으로 쭉 뻗어 나갔던 데파고의 맨발이며 텐트 밖으로 끌려 나간 듯한 자세, 입구 쪽 무언가에 겁을 먹고 움츠러들던 그의 모습이 떠올랐다. 이제 그 디테일들이 동시에 폭격을 가하듯 떨리는 그의 마음을 방망이질해댔다. 그를 둘러싼 조용한 숲의 저 깊은 공간에서 무언가가 몰려드는 것 같았다. 주위를 둘러싼 나무들은 그가 무엇을 하려는지 귀를 기울이며 지켜보고 있었다. 숲이 그를 에워싸고 압박했다.

그러나 심슨은 굳건히 용기를 다지면서 앞으로 나아갔다. 최대한 그 발자국을 따라, 마음을 꺾는 추한 감정들을 억누르며 전진했다. 그는 그렇게 나아가면서 돌아오는 길을 찾지 못할까 봐 수많은 나무에 표식을 새겼다. 그러면서 몇 초의 간격을 두고 가이드의 이름을 큰 소리로 불러보았다. 거대한 나무줄기에 꽂히는 둔탁한 도끼 소리와 자기 목소리의 부자연스러운 억양은 마침내 소리를 내는 것도 두렵고 듣기조차 두려운 소리가 되었다. 그 소리가 끊임없이 자신의 존재와 자신이 있는 곳이 어디인지 환기시켰기 때문이었다. 만약 자신이 사냥하는 것과 똑같은 방식으로 무언가가 자신을 사냥한다면…….

그는 힘겹지만 단호한 마음으로 그런 생각이 떠오르는 순간을 억눌렀다. 그는 그런 생각이 지독한 당황의 시작이며, 만약 그에 굴복한다면 끝내 빠른 속도로 자신이 파멸에 이를 것임을 깨달았다.

  트인 공간에 얇게 흩날려 쌓인 눈길이 계속 이어지진 않았다. 그래도 처음 몇 킬로미터는 발자국을 추적하는 것이 어렵지 않았다. 발자국은 나무 간격이 벌어진 곳에서는 자로 그은 듯 곧게 이어졌다. 이내 발걸음의 간격이 커지기 시작했고, 그러다가 마침내 평범한 짐승이라면 절대적으로 불가능한 간격을 보이기 시작했다. 마치 거대한 비행체가 도약하는 듯한 발걸음이었다. 그는 그중 하나를 쟀다. 550센티미터에 달하는 폭은 분명 무언가 잘못된 것으로 보였다. 게다가 눈 위로 난 극단적인 양 지점 사이에 왜 다른 흔적이 없는지 전혀 갈피를 잡을 수 없었다. 시력에 큰 문제가 생긴 게 아닌가 싶을 정도로 그를 더욱 당황스럽게 만든 것은 인간의 발자국, 그러니까 데파고의 발걸음 역시 똑같은 간격으로 늘어나다가 마침내 믿을 수 없이 똑같은 보폭을 보였다는 사실이었다. 마치 거대한 짐승이 그를 들고는 그 어마어마한 보폭으로 끌고 간 것처럼 보였다. 데파고보다 훨씬 키가 크고 팔다리도 긴 심슨이 온 힘을 다해 펄쩍 뛰어도 그 보폭의 절반도 채 안 된다는 걸 알 수 있었다.

  이렇게 거대한 발자국들이 나란히 찍힌 것은 공포나 광기로 인해 불가해한 결과가 일어났다는 무시무시한 행로의 조용한 증거였다. 발자국을 목격하는 것만으로도 가슴속이 심하게 울렸다. 그것은 그의 영혼 깊숙한 비밀스러운 장소에 커다란 충격을 주었다. 이제껏 경험했던 그 무엇보다 훨씬 더 무서운 일이었다. 그는 넋이 나간 채 기계적으로 발자국을 따라가기 시작했다. 그러는 내내 그 자신도 거인 같은 발걸음을 지닌 그것에게 추적당하고 있는 건 아닌지, 계속해서 어깨 너머 뒤를 살펴보곤 했다. 그리고 이내 더 이상 그 흔적이 무엇을 의미하는지 알 수 없음을 깨달았다. 무언가 이름 없고 길들지 않은 것이 눈에 남긴 이 흔적들, 불과 몇 시간 전까지 자신과 한 텐트를 쓰며 함께 웃으며 이야기 나누고 옆에서 노래 부르던 그의 가이드, 그의 동료, 작은 프랑스계 캐나다인의 발자국과 함께 이어지는 이 거대한 흔적들…….

5

경험도 없고 나이도 많지 않은 이 젊은이가 어쩌면 상식에 기반하고 논리가 정립된 신중한 스코틀랜드인이었기에 그 모든 일을 겪고도 그나마 이 정도의 균형 감각을 유지할 수 있었을지도 모른다. 그렇지 않다면 용감하게 전진하다가 이내 목격한 두 가지 사실 때문에 비교적 안전한 야영지 텐트로 줄행랑을 쳤을 것이다. 그는 대신 위 커크 교회의 일원으로서 조용히 기도를 올리며 소총 개머리판을 더욱 꽉 움켜쥐었다. 두 존재의 발자국에 변화가 일어났다. 이 변화는, 적어도 그중 인간의 발자국에 관해 말하자면 해독할 수 없는 특이한 방식으로…… 섬뜩했다.

심슨이 변화를 알아차린 것은 먼저 큰 발자국이었다. 그는 오랫동안 자신의 눈을 믿을 수 없었다. 바람에 날리는 나뭇잎 때문에 빛과 그림자가 기이하게 작용한 건가? 아니면 곱게 빻은 쌀가루처럼 흩날리는 건조한 눈이 음영을 드리운 건가? 그것도 아니라면 거대한 발자국 자체가 희미하게 채색된 게 진짜 사실인가? 깊게 쑥 들어간 짐승 발자국 주변으로 정체를 알 수 없는 불그레한 색조가 나타났다. 그 색조는 눈 자체에 색을 입힌 어떤 색소라기보다 그저 빛의 효과처럼 보였다. 모든 발자국에 색이 있었고 점점 커지고 있었다. 이 불분명한 불 같은 붉은 색조는 그렇지 않아도 불가사의한 상황에 무시무시한 공포의 기미를 새로이 더했다.

그는 온전히 이해할 수도 믿을 수도 없는 상태에서 비슷한 흔적이 있는지 살펴보기 위해 다른 발자국으로 시선을 옮겼다. 그 발자국은 더 끔찍했다. 그 흔적은 훨씬 더 무시무시한 일이 일어났음을 보여주고 있었다. 작은 발자국은 약 100미터 전부터 점차 큰 발자국과 유사점을 띠고 있었기 때문이었다. 변화는 감지하기 어려울 정도로 미세했지만, 의심의 여지가 없었다. 그 변화가 어디서부터 생긴 건지는 분간하기 어려웠다. 그러나 결과는 분명해 보였다. 더 작고 더 말끔하고 더 깨끗한 형태로 보일 뿐, 작은 발자국은 나란한 큰 발자국과 정확하게 일치했다. 따라서 자국을 남긴 발에 틀림없이 어떤 변화가 생겼다. 그 흔적을 보자 마음속에 무언가가 떠오르며 혐오와 공포가 일었다.

심슨은 처음으로 머뭇거렸다. 그러다가 자신의 불안감과 우유부단함에 수치심을 느끼고는 몇 발짝 서둘러 나아갔다. 그러다 다음 순간 그 자리에서 딱 멈추고 말았다. 이제 모든 흔적이 사라졌다. 두 발자국이 급작스럽게 사라지고 말았다. 그는 희미한 흔적이라도 찾으려고 100여 미터 사방을 살펴보았지만, 아무것도 보이지 않았다.

그곳은 나무들이 매우 빼곡했다. 가문비나무, 삼목, 솔송나무 등 모두 큰 나무들이었다. 낮게 자라는 덤불은 없었다. 그는 심란한 마음으로 사방을 둘러보았다. 아무런 판단이 서지 않았다. 그는 다시 찾아보고 또다시 찾아보았다. 그러고는 또다시 반복해 찾아보았지만 언제나 같은 결과였다. 이 지점까지 눈밭에 찍혔던 발자국이 지표면을 떠나버렸다!

비통한 혼란에 빠진 그 순간, 공포가 그의 가슴에 아주 예리하게 계산된 채찍질을 가했다. 그것은 가슴의 가장 쓰라린 부분에 치명적 일격을 가해 그를 완전히 무력화시켰다. 그는 실상 추적하는 내내 이런 일이 생길까 봐 남몰래 두려웠던 참이었다. 그리고 실제로 그 일이 벌어진 것이다.

머리 위 높은 곳에서 가이드 데파고의 울부짖는 소리가 들려왔다. 너무 먼 거리라서 약하게 들리긴 했지만 기이하게 가느다란 소리였다.

그 소리는 정체된 겨울 하늘에서 그에게로 툭 떨어졌다. 비명에 묻어나는 혼란과 공포는 비할 데가 없었다. 심슨은 발치로 소총을 뚝 떨어뜨렸다. 순간 꼼짝도 하지 못하고 그 자리에 얼어붙었다. 그저 몸 전체로 소리를 들을 뿐이었다. 그러다가 가까이 있던 나무에 비틀거리는 몸을 기댔다. 어찌해볼 힘도 없이 혼이 나가버렸다. 그것은 이제껏 그가 경험한 모든 일 중에서 가장 충격적이고 혼란스러운 일이었다. 가슴속으로 급작스럽게 폭풍이 몰아치듯 모든 감정이 일거에 휩쓸려 나갔다.

"오! 오! 이 불타는 높이! 오, 불붙은 내 발! 불타는 내 발……!"

고통으로 울부짖는 목소리, 애간장을 끊는 목소리가 하늘에서 내려왔다. 소리는 딱 한 번 들려왔다. 그런 다음 귀를 기울이는 오지의 모든 나무 사이로 침묵이 내려앉았다.

심슨은 자신이 무얼 하는지 알지 못한 채 그저 미친 듯이 날뛰었다. 비명을 내지른 사람의 이름을 소리쳐 불렀다. 나무뿌리와 바위에 걸려 넘어지기도 했다. 그는 그렇게 넋이 나가 마구잡이로 사방을 돌아다녔다. 믿을 수 없는 경험을 한 그는 기억과 감정의 장막 뒤로 반쯤 정신이 나간 채, 마치 항해 중인 선박이 가짜 빛에 홀리듯 날뛰며 곤두박질 쳤다. 눈과 가슴, 영혼에 공포만이 그득 들어찼다. 그 까마득한 목소리—길들지 않은 원경遠景의 힘—로 인해 광대한 황무지의 공포가 그에게 파괴로 이끄는 적막감의 유혹을 불러일으켰다. 그 순간 그는 헤어 나올 수 없이 길을 잃은 자의 그 모든 고통, 궁극의 고독에 빠진 영혼의 갈망과 고통을 이해할 수 있었다. 하늘같이 광대한 고대의 숲을 가로질러 추적당하며 영원히 사냥당하는 데파고의 환영이 어두운 폐허 같은 그의 마음속을 불꽃처럼 쏜살같이 스쳐가고…….

모든 감각이 제 기능을 잃은 혼란스러운 상황에서 자기

자신을 잠시나마 진정시키고 똑바로 생각할 수 있을 때까지 억겁의 시간이 필요한 것 같았다…….

비명은 다시 들리지 않았다. 심슨의 거친 외침에 아무런 응답이 없었다. 불가사의한 황야의 힘이 희생양을 소환했고, 닿을 수 없는 곳에서 그를 꼭 틀어쥐고 놓아주지 않았다.

그러나 그는 그 후로도 찾아 헤매며 울부짖었다. 수없이 긴 시간이 지난 것 같았다. 마침내 그가 소용없는 추적을 포기하고 피프티 아일랜드 워터의 연안 야영지로 돌아가기로 마음먹었을 때는 늦은 오후였다. 그렇지만 돌아가는 게 내키지 않았다. 울부짖던 목소리가 아직도 귓가에 맴돌았다. 그는 어렵사리 소총을 찾아들고 돌아가는 길을 되짚었다. 대충 표식을 한 나무들을 찾기 위해 필요한 집중력과 온몸을 찌르듯 갉아대는 허기가 정신이 나가지 않도록 도움을 주었다. 그렇지 않았다면 분명 정신착란을 일으켜 상황이 더 악화되었을 것이다. 분명 재앙으로 치달았을 것이다. 그는 점차 안정을 되찾으며 다소나마 마음의 평정을 회복했다.

그렇지만 점차 짙어지는 어스름을 뚫고 나아가는 길은 오싹하기 이를 데 없었다. 그는 자신을 쫓는 무수한 발소리를 들었다. 웃고 속삭이는 목소리가 끊임없이 이어졌다. 나무나 바위 뒤에 웅크린 존재들이 그가 지나치는 순간 일제히 공격하기 위해 서로 신호를 주고받는 모습을 보았다. 그는 바람이 속삭이는 소름 끼치는 소리에 화들짝 놀라며 귀를 기울였다. 몸을 숨길 만한 곳이면 어디든 움츠러들며 비밀스럽게 길을 나아갔다. 최대한 숨소리도 내지 않으려 애썼다. 지금까지는 보호자가 되고 은신처가 되어주던 숲의 그늘이 이제는 위협적이고 도발적으로 변했다. 놀란 마음을 가득 채우는 어지러운 환영들은 어둠 속에서 더욱 불길한 무수한 가능성을 품고 있었다. 그동안 벌어졌던 모든 일 뒤에 알 수 없는 파멸의 예감이 무섭게 도사리고 있었다.

결국 심슨이 승리한 것은 진정 경탄할 일이었다. 더 원숙한 힘과 경험을 지닌 남자라 하더라도 그런 역경을 이겨내는 건 매우 힘들었을 것이다. 모든 점을 고려해볼 때 그는 자신을 제법 잘 통제했다. 행동 계획이 그것을 증명한다. 잠을 자는 건 절대 불가능했다. 어둠 속에서 모르는 길을 나아가는 것 또한 소용없는 일이었다. 그는 그저 소총을 손에 쥐고 밤새 불이 꺼지지 않도록 살피며 그 밤을 꼬박 지새웠다. 밤새 시달린 고통스러운 불침번의 기억은 평생 그의 영혼에 지울 수 없는 흔적을 남겼다. 그러나 어쨌든 성공적으로 임무를 수행했다. 그는 새벽 첫 여명이 드러나자 구조 요청을 하기 위해 본부 야영지로 긴 여행길에 올랐다. 그는 그 어떤 인간의 손도 그 쪽지에 닿을 거라 기대하지 않았지만, 이전처럼 자신이 자리를 비운 이유를 설명하고 식량과 성냥을 숨겨 놓은 장소를 알리는 쪽지를 써놓았다.

심슨이 호수와 숲을 가로지르는 길을 홀로 어떻게 찾았는지는 그 자체로 하나의 긴 이야기가 될 것이다. 그의 이야기를 듣다 보면, 광활한 미개지가 그 광대한 손바닥에 한 인간을 잡아두고 비웃을 때 인간이 느끼게 될 맹렬한 영혼의 고독을 느낄 수 있다. 그에 더해 그가 보여준 불요불굴의 용기에 감탄하지 않을 수 없을 것이다.

그는 그 어떤 기술도 뽐내지 않았다. 그저 자신은 거의 보이지 않는 길을 기계적으로, 생각조차 지우고 그저 따랐을 뿐이라고 표현했다. 그리고 그것은 분명 진실이다. 그는 무의식적 마음의 안내, 즉 본능에 의지했다. 어쩌면 동물이나 원시인에게 있다고 알려진 일종의 방향감각이 도움을 주었을지 모른다. 그는 그 모든 얽히고설킨 지역을 관통해 데파고가 거의 사흘 전에 카누를 숨겨놓은 지점을 정확히 찾는 데 성공했다. 데파고가 "태양을 향해 정서쪽으로 방향을 잡고 본부 야영지로 가는 거요"라고 설명했던 바로 그 지점.

해가 거의 남지 않아 그는 최대한 나침반을 이용했다. 그 보잘것없는 카누에 의지해 20킬로미터가량을 나아간 다음, 마침내 숲이 그의 뒤로 물러난 것을 보며 말할 수 없이 큰 안도감을 느꼈다. 다행히도 호수는 잠잠했다. 그는 다시 32킬로미터가량 남은 거리를 연안을 에두르는 길이 아니라 호수 중앙을 관통하는 길로 잡았다. 그의 항해는 성공적이었다. 다행히 일행이 돌아와 있었기에 그들이 지펴놓은 불빛이 등대 역할을 해주었다. 그 불빛이 없었다면 그는 정확한 야영지 위치를 찾기 위해 밤새 헤맸을 것이다.

그의 카누가 모래만으로 상륙했을 때는 거의 자정 무렵이었다. 행크와 펑크와 그의 삼촌 캐스카트 박사는 외침 소리를 듣고 잠에서 깨어나 황급히 달려왔다. 그들은 녹초가 되어 쓰러진 심슨을 부축해 사그라지고 있는 모닥불 주위로 향했다.

6

이틀 밤낮 동안 끊임없이 심슨을 괴롭혔던 이 마법과 공포의 세계에서 갑자기 삼촌이 그를 붙잡고 "이런, 조카! 이 밤중에 무슨 일이야?"라며 사무적이고 활력 넘치는 목소리로 묻자, 삼촌의 그런 말투와 손길이 또 다른 판단 기준이 되었다. 혐오감이 온몸을 훑으며 지나갔다. 그는 스스로 터무니없이 자신을 '놓아버렸음'을 깨달았다. 심지어 어렴풋이 수치스러움도 느꼈다. 그는 자신의 피에 흐르는 현실적이고 실용적인 민족성을 되찾았다.

그러자 그런 상태가 불가에 둘러앉은 일행들에게 이제껏 벌어진 모든 일을 전하는 걸 굉장히 어렵게 만들었다. 어쨌든 그는 할 수 있는 만큼 이야기를 풀어놓았다. 그리하여 그들은 가능한 한 빨리 구조대가 출발해야 하지만, 심슨이 구조대를 제대로 이끌기 위해서는 우선 식사부터 하고 무엇보다도 잠을 자야 한다는 결론을 내렸다. 캐스카트 박사는 청년의 컨디션을 당사자보다 더 예리하게 간파하고는 그에게 소량의 모르핀을 주사했다. 그는 여섯 시간 동안 죽은 듯 잠에 빠졌다.

이 신학생이 나중에 주의를 기울여 기록한 묘사에 따르면 그가 놀란 일행들에게 전한 이야기에는 갖가지 필수적이고 중요한 세부 사항들이 빠져 있었다. 그는 삼촌이 건전하고 사무적인 표정으로 자신을 마주 보자 그것들을 언급할 용기가 나지 않았다. 구조대가 들은 정보는 그저 데파고가 밤에 알 수 없는 급성 광기 증상이 도져 누군가, 혹은 무언가에 의해 '부름'을 받고 식량이나 소총도 챙기지 않은 채 숲속으로 사라져버렸다는 사실이었다. 제때 발견되어 구조되지 않는다면 추위와 기아에 허덕이며 서서히 죽어갈 것이 틀림없었다. 더욱이 '제때'라는 것은 즉시를 의미했다.

그러나 그들은 다음날 7시에야 출발했다. 펑크에게 음식과 불을 항상 준비해놓으라는 지시를 내린 후였다. 심슨은 삼촌에게 이야기의 진정한 본질을 솔직하게 털어놓아야 한다는 걸 깨달았다. 물론 그는 삼촌이 매우 정교한 반대신문의 방식으로 사실을 도출해냈다는 점을 간파하지 못했다. 추적의 시작점에 카누를 준비할 때 그는 데파고가 어렴풋이 "'웬디고'인지 뭔지"에 관한 이야기를 했었다고 털어놓았다. 자다가 소리를 지르고 야영지 주변에서 특이한 냄새를 맡고 흥분 상태에 빠져 기이한 태도를 보인 것도 이야기했다. 그는 또한 "사자의 냄새처럼 톡 쏘는 자극적인 특이한 냄새"를 직접 맡고 크게 당황했던 일도 털어놓았다.

일행이 피프티 아일랜드 워터에 가까워졌을 때 그보다 더 자세한 사실을 실토하고 말았는데—나중에 느꼈듯이, 어리석게도 자신이 히스테리에 빠졌다는 사실을 공언한 꼴이었다— 그것은 사라진 가이드가 "도와줘"라고 외치는 소리를 들었다는 말이었다. 그는 실제로 데파고가 외친 그 독특한 어구를 직접 언급할 수 없었다. 그 터무니없는 외침을 스스로 반복할 엄두가 나지 않았기 때문이었다. 그는 또한 눈밭에 남은 인간의 발자국이 크기만 작을 뿐 깊이 팬 짐승의 발자국과 점차 똑같아졌다는 점을 전하면서, 그 발자국들이 믿을 수 없을 만큼 긴 간격이었다는 사실을 빼놓았다. 무엇을 드러내고 무엇을 감추어야 할지는 자존심과 정직함 사이에서 교묘하게 균형을 맞춰야 할 문제 같았다. 가령 그는 눈밭에 남은 불처럼 붉은 색깔은 언급했지만, 데파고의 몸과 이부자리가 텐트에서 일부 끌려 나갔다는 이야기는 차마 꺼낼 수 없었다.

스스로 능숙한 심리학자라고 자처하는 캐스카트 박사는 최종적인 결론을 내렸다. 심슨이 외로움과 당혹감, 긴장과 공포 때문에 망상에 빠진 거라며 명료한 말로 그를 설득했다. 박사는 그의 행동을 칭찬하면서도, 동시에 어디서 언제 어떻게 그의 마음이 갈피를 잃었는지 지적했다. 그는 조카를 칭찬함으로써 저 자신을 실제보다 더 훌륭하게 여기게 만들면서도, 동시에 증거의 가치를 경시한 점을 지적해 스스로 실제보다 더 어리석은 사람으로 여기게 했다. 달리 말해 그는 다른 많은 유물론자처럼 불충분한 지식을 근거로 재치 있게 거짓말을 했다. 자신이 판단하기에 제시된 사실이 인정할 수 없어 보였기 때문이었다.

"그토록 끔찍한 고독의 시간을 겪다 보면 그 어떤 사람이라도 영향을 받지 않을 수 없단다. 풍부한 상상력을 지닌 사람이라면 더욱 그렇지. 네가 이번에 겪은 것처럼 나도 네 나이 때 그랬단다. 야영지에 출몰했던 짐승은 분명 무스였을 거야. 무스는 때로 매우 독특한 울음소리를 내기도 하거든. 큰 발자국에 색이 덧칠해진 건 분명 흥분으로 인해 네 시각이 왜곡된 걸 거야. 발자국의 크기와 간격은 우리가 직접 가서 확인해보면 될 테고. 비명을 지르는 소리를 들었다는 건 물론 흥분했을 때 흔히 일어나는 환각 중 하나란다. 그래, 조카야. 그런 흥분은 충분히 이해할 수 있어. 그리고 덧붙이자면 넌 그런 상황에서 흥분 상태를 아주 훌륭하게 통제했단다. 난 네가 아주 훌륭하게 용기를 발휘했다고 말해주고 싶구나. 이 황무지에서 길을 잃었을 때의 공포는 차마 형언할 수 없을 만큼 지독하기 마련이지. 내가 네 입장이었다면 네가 발휘한 지혜와 결단력의 반만큼이라도 보일 수 있었을지 절대 장담할 수 없단다. 단 내가 설명할 수 없는 단 한 가지는 바로 그…… 빌어먹을 냄새란다."

"정말 토할 것 같았어요. 완전히 어질어질했습니다!"

삼촌이 그저 심리적 기제에 대해 더 많이 안다는 이유로 차분하게 모든 걸 다 이해한다는 태도를 보이자 심슨은 조금 반항심이 일었다. 누구나 자신이 직접 겪지 않은 일이라면 이러쿵저러쿵 설명하는 건 참으로 쉽다.

"일종의 황량하고 끔찍한 냄새라고밖에 달리 표현할 길이 없군요."

그는 옆에서 감정을 드러내지 않는 삼촌의 무표정한 얼굴을 흘깃거리며 말했다.

"그런 상황에서 네가 더 큰 타격을 받지 않았다는 게 놀라울 따름이구나."

심슨은 그 건조한 말이 진짜 진실과 삼촌 방식의 '진실'의 해석 사이 어딘가를 맴돈다는 사실을 깨달았다.

그들은 마침내 야영지에 도착해 텐트와 장작불의 흔적을 확인했다. 그 옆 말뚝에 꽂아두었던 종이쪽지도 그대로였다. 그러나 야생의 경험이 미숙한 심슨이 제대로 숨겨두지 못한 은닉물에는 뒤진 흔적이 남아 있었다. 사향뒤쥐나 밍크, 다람쥐 등이 벌인 짓이었다. 성냥은 여기저기 널려 있었지만, 식량은 마지막 부스러기까지 모두 사라지고 없었다.

"아이고, 이보쇼들, 그 친구 여기 없수다."

행크가 큰 소리로 떠들었다.

"저기 까만 숯댕이처럼 확실하네! 그런데 그 친구가 지금 어디로 내뺐는지 알 길이 있나! 저승 놈들이 뭐 처먹고 사는지 아는 사람이면 모를까 누가 알겠수."

신학생이 있건 없건 행크의 언어에는 아무런 장애가 없

었지만, 읽는 이를 위하여 매우 많이 편집되었다는 사실만은 참고하시길. 그는 덧붙였다.

"불난 지옥처럼 어여 그 친구를 찾아 당장 떠납시다!"

이곳에 남아 있는 데파고의 익숙한 흔적을 보자 결과가 뻔해 보이는 암울한 그의 운명이 소름 끼치도록 무섭게 그들을 짓눌렀다. 특히 텐트 안에 그가 누워 있던 발삼나무 가지 침대가 몸의 하중으로 아직 눌려 있는 상태를 보니 그가 가까이 있는 것처럼 느껴졌다. 자신이 믿고 경험한 세계가 흔들릴 수 있는 문제라고 느낀 심슨은 낮은 목소리로 이것저것 상세하게 설명했다. 그는 오랜 여행에 지쳐 매우 힘들어 보이기는 했으나 지금은 훨씬 차분한 상태였다. 아직도 괴롭도록 생생한 지난 일들에 대해 그의 삼촌이 세세하게 설명하는 태도—달리 말해 '해명해 넘겨버리기'— 또한 그가 감정을 차갑게 가라앉히는 데 도움이 되었다.

"그리고 데파고가 뛰쳐나간 방향은 저쪽입니다."

그는 두 명의 동료에게 가이드가 그날 아침 회색 여명 속으로 사라진 방향을 가리켰다.

"바로 저쪽으로 사슴처럼 뛰쳐나갔어요. 자작나무와 솔송나무 사이로……."

행크와 캐스카트 박사는 서로 눈빛을 교환했다.

"저쪽 직선으로 3킬로미터 정도였어요."

심슨이 말을 이었다. 목소리에 이전에 보였던 공포가 묻어 있었다.

"내가 그의 흔적을 찾아 추적한 거리 말입니다. 그러고는 거기서 딱…… 끊겼어요!"

"거기서 그 친구가 울부짖는 소리를 듣고, 그 고약한 냄새를 맡는 등 요상한 짓거리를 겪었다는 거구먼."

행크의 말이 길어지는 걸 보니 날이 선 듯 예민한 것 같았다.

"그러고는 흥분해서 환각의 지경에까지 이른 거겠지."

캐스카트 박사가 낮은 목소리로 중얼거렸으나 조카가 듣지 못할 정도로 작은 목소리는 아니었다.

그들은 아침 일찍 서둘러 이동했기 때문에 이제 시각은 이른 오후였다. 아직 해가 질 때까지 족히 두 시간은 남아 있었다. 캐스카트 박사와 행크는 즉각 수색에 돌입했지만, 심슨은 너무 녹초가 된 상태라 그들과 동행할 수 없었다. 그들은 나무에 난 표식을 따라 수색하다가 혹여 심슨의 발자국이 남아 있다면 그것을 따라갈 것이다. 그러는 동안 심슨은 야영지에서 불을 지펴놓고 쉬는 게 급선무였다.

어느새 벌써 어둠이 내렸다. 대략 세 시간가량 수색을 벌인 두 남자는 아무 소득 없이 야영지로 돌아왔다. 눈이 새로 내려 모든 흔적을 뒤덮었다. 심슨이 발길을 돌린 지점까지 나무 표식을 보고 따라갔지만, 인간의 흔적은 그 무엇도 발견하지 못했다. 짐승의 흔적도 마찬가지였다. 그 어떤 길도 새로 나 있지 않았다. 눈은 쌓인 그대로 온전했다.

무엇을 해야 할지 판단하기 어려웠다. 사실상 그들이 더 이상 할 수 있는 일은 아무것도 없었다. 그곳에 머물러 몇 주 동안 수색을 이어간다 하더라도 성공의 가능성은 극히 낮을 것이다. 새로 내린 눈이 그들의 유일한 희망을 파괴했다. 그들은 우울하고 의기소침한 표정으로 저녁 식사를 위해 불가에 둘러앉았다. 실로 현실은 슬프기 그지없었다. 랫포티지에는 데파고의 아내가 있고 그가 버는 돈이 가족의 유일한 생계 수단이기 때문이었다.

모든 진실이 그 추악한 모습을 다 드러낸 상황이기에 더 이상 뭘 숨기거나 가장할 필요가 없었다. 그들은 사실과 여러 가능성을 드러내놓고 이야기했다. 한 남자가 벽지僻地의 독특한 유혹에 굴복해 정신을 내려놓은 일은 처음이 아니었다. 캐스카트 박사도 마찬가지로 경험한 적이 있었다. 더욱이 데파고는 그런 부류의 정신착란을 겪을 소지가 있었다. 그는 이미 기질적으로 우울증 증세가 있었고, 한 번 빠지면 몇 주씩 이어지는 음주로 인해 기운도 많이 쇠한 상태였다. 이번 여행의 무언가—그게 정확히 무엇인지 절대 알 수 없지만—가 그를 궁지로 몰아넣기에 충분했다. 그렇다. 그리고 그는 사라졌다. 나무와 호수들로 이루어진 거대한 황무지로 뛰어들어 굶주림과 극도의 피로로 죽음을 맞이했을 것이다. 그가 야영지를 찾아 다시 돌아올 확률은 압도적으로 낮았다. 그에게 찾아온 정신착란 또한 더 심해졌을 것이고, 그 때문에 아마도 자해를 했을지도 모른다. 그는 그렇게 잔인한 제 운명을 서둘러 재촉했을 것이다. 사실 그들이 그렇게 이야기를 나누는 동안 이미 종말이 찾아왔을지도 모른다.

그러나 그의 오랜 친구 행크의 제안으로 그들은 조금 더 기다려 보고, 다음 날 새벽부터 어둠이 내릴 때까지 온종일 체계적으로 다시 수색해보기로 했다. 그들은 지역을 나누어 찾아보기로 했다. 그리고 수색 계획에 대해 매우 상세하게 논의했다. 할 수 있는 일은 뭐든지 다 해볼 것이다. 한편 그들은 오지가 주는 기묘한 공포가 불운한 가이드의 마음에 가한 공격에 대해서도 이야기를 나누었다. 행크는 오지의 여러 전설을 많이 알았지만, 대화가 그쪽으로 나아가자 싫은 내색을 보였다. 그는 말을 많이 하지 않았다. 그래도 그나마 그가 한 말이 큰 단서를 제공했다. 이 지역 일대에 도는 이야기가 있는데, 일부 인디언 부족 사람들이 작년 "가을"에 피프티 아일랜드 워터 연안에서 "웬디고를 보았다"는 내용이었다. 바로 그 점이 데파고가 이곳에서 사냥하는 걸 꺼렸던 진짜 이유라는 것이다. 행크는 자신이 오랜 친구를 지나치게 몰아붙인 바람에 친구를 죽음으로 몰아넣었다고 생각하고 있었다.

"인디언이 정신 줄을 놓고 미쳐버릴 때는……"

그는 혼잣말하듯 말을 이었다.

"항상 '웬디고를 봤구먼'이라고들 하죠. 그 딱한 데파고는 뼛속까지 미신에 사로잡힌 친구였으니……!"

그때 분위기가 좀 더 자신에게 공감하는 쪽으로 무르익

었다고 생각한 심슨은 자신이 겪은 믿지 못할 이야기를 속속들이 다시 들려주었다. 이번에는 아무런 디테일도 빼놓지 않았다. 그는 자기가 느꼈던 느낌, 엄습했던 두려움에 대해 솔직히 털어놓았다. 그저 데파고가 내질렀던 그 불분명하고 이상한 말만 빼놓았다.

"하지만 데파고가 분명 너한테 웬디고의 전설을 속속들이 말해주었을 거 같은데."

박사가 주장을 꺾지 않았다.

"그러니까 내 말은 그가 그 이야기를 먼저 했을 테고, 따라서 네 마음에 온갖 상상을 불어넣었다는 거지. 나중에 흥분 상태에 빠진 네가 그걸 부풀린 게 아닐까?"

그래서 심슨은 다시 벌어진 사실들을 되풀이해 말했다. 그는 데파고가 그 짐승 이야기는 거의 꺼내지 않았다고 단언했다. 심슨 자신은 그 이야기를 전혀 몰랐으며, 자신이 기억하는 한 어디서 읽은 적도 없다고 했다. 심지어 그 이름 자체도 낯설었다고.

물론 그는 진실을 말하고 있었다. 캐스카트 박사는 마지못해 이 사건의 유례없는 면모를 인정하지 않을 수 없었다. 그러나 그는 말로 인정하기보다 그저 태도로 인정했다. 그는 튼튼한 나무에 등을 기댔다. 그러고는 장작불이 사그라지는 낌새를 보이자 불을 쑤석거려 다시 타오르도록 했다. 그는 밤에 주변에서 나는 아주 작은 소리를 그 누구보다 예민하게 감지했다. 호수에서 튀어 오르는 물고기 소리, 숲에서 나뭇가지 꺾이는 소리, 머리 위 나뭇가지에 얼어붙어 있던 눈이 이따금 녹아서 떨어지는 소리. 목소리도 조금 변했는데, 음조가 다소 낮아지며 자신감이 줄어든 듯했다. 간단히 설명하자면 그 작은 야영지에 두려움이 내려앉았다. 세 남자는 다른 이야기로 화제를 돌리려고 애썼다. 그러나 매번 돌아오는 주제는 바로 그것, 두려움의 정체였다. 다른 이야기를 꺼내도 소용없었다. 딱히 할 이야기도 없었다. 행크는 그들 중 가장 정직한 사람이었다. 그는 거의 입을 다물고 있었다. 그러면서도 절대 어둠에 등을 지지 않았다. 그는 계속해서 숲을 마주하고 있었고, 땔감이 필요할 때도 필요 이상 멀리 가지 않았다.

7

침묵의 벽이 그들을 둘러쌌다. 눈은 두껍게 쌓이지는 않았지만 모든 소음을 덮어버리기에 충분했다. 그에 더해 서리가 모든 것을 꽉 움켜잡고 있었다. 들리는 소리라곤 오직 그들의 목소리와 조용히 타닥거리는 모닥불 소리뿐이었다. 이따금 솔나방의 날갯짓처럼 부드러운 무언가가 대기를 가르며 그들을 지나쳤다. 누구도 얼른 잠자리에 들려 하지 않았다. 시간은 자정을 향했다.

"전설이 그림같이 생생하군."

한동안 침묵이 흐른 후에 박사가 입을 열었다. 하고 싶은 이야기가 있어서라기보다 그저 침묵을 깨고 싶어서 말을 꺼낸 것 같았다.

"웬디고는 의인화된 '야성의 부름'일 뿐이야. 스스로 파멸에 이르는 자연의 소리인 셈이지."

"바로 그거죠. 그런 소리를 들으면 오해고 뭐고 할 거 하나도 없다고요. 그게 바로 딱 사람을 지목해서 이름을 부르니까요."

행크가 말했다.

또다시 침묵이 이어졌다. 그러더니 캐스카트 박사가 급작스럽게 금지된 주제로 다시 돌아와 말을 꺼냈다. 다른 두 남자는 깜짝 놀랐다.

"의미심장한 비유로군."

그는 주변 어둠을 둘러보며 말을 이었다.

"왜냐하면 사람들 말로는 그 소리가 숲속의 온갖 자질구레한 소리와 닮았다더군. 그리고 일단 희생자가 그 소리를 들으면 사라지는 거야, 물론 영원히! 더욱이 가장 취약한 부분은 발과 눈이라고들 해. 발은 돌아다니고 싶은 욕망으로, 눈은 아름다움에 대한 욕망으로. 희생자는 아주 무시무시한 속도로 달려서 눈에서 피가 나고 발은 타버린다고 해."

캐스카트 박사는 계속해서 불안한 눈빛으로 주변 어둠을 살펴보았다. 거의 들리지 않을 만큼 낮은 목소리였다.

"웬디고는 마찰력으로 자기 발을 태운다고들 하지. 그 어마어마한 속도 때문에. 그러다가 마침내 그 발이 떨어져나가고 새로운 발이 정확히 똑같은 모양으로 만들어진다는 거야."

심슨은 공포와 놀라움에 질린 채 이야기를 들었다. 그러나 무엇보다도 그를 사로잡은 것은 하얗게 질린 행크의 얼굴이었다. 그는 차라리 귀를 막고 눈을 감고 싶었다.

"그렇다고 또 항상 바닥에 붙어 다니지도 않는답니다."

행크는 느릿느릿 무거운 목소리로 말했다.

"아주 높이 올라가다 보니 별이 자신에게 불을 붙인다고 생각하는 거죠. 그리고 쿵쾅쿵쾅 뛰어오르고 때로는 잡은 사냥감을 가지고 나무 꼭대기를 밟고 달리다가 물수리가 사냥한 강꼬치 고기를 떨어뜨리듯 먹기 전에 바닥에 떨어뜨려 죽인다고들 하죠. 그런데 웬디고가 먹는 건 숲속의 갖은 허섭스레기 중에서도 바로 이끼라고요!"

그러더니 그는 부자연스럽게 짧은 웃음을 보였다.

"이끼를 먹다니, 웬디고가!"

그는 흥분하여 동료들의 얼굴을 바라보았다.

"이끼를 먹는 놈!"

그러고 나서 그는 온갖 기이한 욕설을 연달아 내뱉었다.

그러나 심슨은 이제 그들이 늘어놓는 이 모든 이야기의 진정한 의미를 이해했다. 이 두 남자, 각자 강하고 나름대로 '경험이 많은' 남자들이 무엇보다 두려워하는 건 바로 침묵이었다. 그들은 침묵의 시간에 대항하여 이야기를 늘어놓고 있었다. 그들은 또한 어둠에 대항하여, 공포의 침범에 대항하여, 자신들이 적의 땅에 들어와 있다는 사실을 떠올리는 것에 대항하여, 그 모든 것들에 대항하여 이야기를 늘어놓고 있었다. 자신들의 가장 깊숙한 내면에 잠재한 공포가 지배력을 펼치는 걸 막기 위해 이야기를 늘어놓고 있었다. 심슨 자신은 공포에 질린 끔찍한 불침번을 이미 경험한 상태라서 다른 둘보다는 나았다. 말하자면 그는 이미 면역이 생긴 단계에 도달했다. 하지만 이 두 남자, 조롱을 일삼는 분석적인 박사와 정직하고 완강한 시골뜨기는 각자 자신의 존재 깊숙한 곳에서 덜덜 떨고 있었다.

그렇게 시간이 흘렀다. 그리고 그렇게 낮은 목소리와 팽팽한 긴장감을 유지한 채 일행은 황야의 아가리에 앉아 뇌리에서 떠나지 않는 끔찍한 전설에 대해 멍청한 이야기를 나누었다. 모든 걸 다 고려해보아도 불공평한 싸움이었다. 황야가 이미 첫 공격을 가했고 인질까지 잡아놓은 상황이었기 때문이었다. 사라진 동료의 운명이 그들의 뇌리에서 떠나지 않았다. 그 압박감이 점점 버거워지며 마침내 참을 수 없는 지경에 이르렀다.

누구도 깨트릴 수 없을 것 같은, 이전보다 더 긴 침묵이 이어졌다. 그러고는 매우 예기치 못한 방식으로 그 모든 억눌린 감정을 쏟아낸 사람은 행크였다. 그는 갑자기 벌떡 일어나더니 고막을 찢을 듯 엄청난 목소리로 밤을 향해 고함을 내질렀다. 더 이상 자신을 통제하지 못하는 것 같았다. 그는 소리가 더 멀리 날아가도록 손을 입가에 대고 고함을 쳤다.

"데파고를 위해서 그런 거라우."

그는 도전적이면서도 기묘한 눈빛으로 두 남자를 내려다보며 말했다.

"내 오랜 친구가 지금 바로 이 순간 우리에게서 멀지 않은 곳에 있다는 게—중간에 낀 욕지거리는 생략한다— 내 생각이니까요."

행크의 외침이 하도 맹렬하고 무모해서 심슨 또한 놀라 자리에서 벌떡 일어났다. 박사 역시 입술에 물고 있던 파이프를 떨어뜨렸다. 행크의 얼굴은 송장 같아 보였다. 캐스카트는 갑작스럽게 나약함을 드러냈다. 아무래도 모든 정신 능력이 느슨해진 듯했다. 그러더니 순간적으로 눈에 분노가 활활 타올랐다. 물론 습관적인 자기통제에서 유래한 신중함을 보이긴 했지만, 자리에서 벌떡 일어나 흥분한 가이드를 마주 보았다. 행크의 갑작스런 행동이 허용할 수 없는 어리석고 위험한 짓이었기 때문이었다. 그는 그걸 싹부터 도려내려 했다.

바로 다음 순간 벌어진 일은 그저 추측만 할 뿐 절대 이유를 알 수 없는 일이었다. 행크의 포효 뒤 이어진 깊은 침묵 뒤로 마치 그에 대한 답이라도 하려는 듯 머리 위 어둠 속에서 무언가가 무서운 속도로 날아왔다. 그것은 크기가 매우 큰 것이 분명했다. 하늘을 뒤덮었기 때문이었다. 그러는 와중에 그 아래 나무들 사이에서 희미한 인간의 외침이 바람을 타고 들려왔다. 형언할 수 없는 불안에 찌들어 애원하는 목소리였다.

"오, 오! 이 불타는 높이! 오, 오! 불붙은 내 발! 불타는 불의 발!"

온통 새하얗게 질린 행크는 멍한 눈빛으로 아이처럼 주

변을 둘러보았다. 캐스카트 박사는 알아들을 수 없는 외침을 내뱉었다. 그러면서 알 수 없는 공포에 본능적으로 텐트쪽으로 다가가다가 순간 그 자리에 얼어붙고 말았다. 심슨은 셋 중 유일하게 다소나마 정신을 차리고 있었다. 그렇지만 그 역시 자기 안의 공포에 너무 깊이 빠져 있어 즉각적인 반응을 하지 못했다. 그 외침은 그가 이전에 홀로 들었던 비명과 똑같은 것이었다.

그는 충격받은 동료들을 돌아보며 차분한 태도로 입을 열었다.

"바로 저거요. 저게 내가 들은 비명이었어요. 데파고가 외쳤던 그대로 똑같아요!"

그런 다음 그는 하늘을 향해 머리를 들고 큰 소리로 외쳤다.

"데파고, 데파고! 여기 우리에게로 내려와요! 내려오라고……!"

누가 어떤 식으로 움직이기도 전에 무언가가 나무들 사이로 무겁게 털썩 떨어지는 소리가 들렸다. 떨어지며 나뭇가지들을 부러뜨렸다. 그러고 나서 얼어붙은 땅에 무시무시한 퍽 소리가 났다. 그 벼락같은 충돌은 정말로 어마어마했다.

"그 친구예요. 젠장, 어서 가서 도와줘요!"

행크가 목이 막힌 듯 낮게 소리 질렀다. 그의 손은 자동으로 벨트에 꽂혀 있던 사냥칼로 향했다.

"그 친구가 오고 있어요! 오고 있어요!"

그는 눈을 밟는 무거운 발걸음 소리가 점차 또렷하게 들리자 공포로 정신 나간 듯한 웃음을 지었다. 어둠을 뚫고 불빛을 향해 무언가가 다가오고 있었다.

비틀비틀 비척거리는 누군가가 그들을 향해 점차 가까워졌다. 세 남자는 불가에 꼼짝도 하지 못한 채 멍청하게 서 있었다. 캐스카트 박사는 갑작스럽게 쇠약해져 보였다. 그는 눈도 깜박이지 못했다. 심한 고통을 겪고 있는 행크는 또다시 돌발적인 행동을 벌일 것처럼 보였으나 아무 짓도 하지 않았다. 심슨 역시 마찬가지로 조각상처럼 굳어 있었다. 그들은 마치 공포에 질린 아이들 같았다. 섬뜩한 상황이었다. 걸음 소리를 내는 자는 아직 모습을 드러내지 않았다. 그저 언 눈을 바삭바삭 깨뜨리며 끊임없이 가까워지고 있었다. 박자에 맞춰 다가오는 이 무자비한 발걸음은 현실로 여겨지지 않을 만큼 오랫동안 이어졌다. 도저히 끝날 것 같지 않았다. 너무나도 끔찍하고 오싹한 발걸음.

8

그 순간 마침내 어둠이 그렇게 공들여 품고 있던 존재를 토해냈다. 그것은 불과 어둠이 뒤섞인 불분명한 빛의 지대로 들어섰다. 불과 3미터가량 거리였다. 그러더니 걸음을 멈추고 그들을 노려보았다. 그러고 나서 마치 줄에 매달려 움직이는 사물처럼 발작 같은 동작으로 다시 앞으로 다가오기 시작했다. 이제 그들에게 더 가까이 다가와 불빛에 고스란히 모습을 드러냈다. 그들은 그 순간에야 그게 남자라는 사실을 인지했다. 분명 이 남자는…… 데파고였다.

그 순간 공포의 외피外皮 같은 것이 눈에 띌 정도로 모두의 얼굴에 드리워졌다. 세 남자의 눈이 정상 시력의 경계 너머 미지의 세계를 본 듯 그 공포의 외피 너머에서 빛나고 있었다.

데파고는 앞으로 다가왔다. 불안정하고 비틀거리는 발걸음이었다. 그는 곧장 일행 모두에게 향하다가 급작스럽게 몸을 틀어 심슨의 눈을 똑바로 쳐다보았다. 입술 사이로 소리가 새어 나왔다.

"자, 나 여기 왔소이다, 심슨 대장. 누가 날 부르는 소리를 들었다우."

엄청나게 힘을 쥐어짜듯 씨근거리고 헐떡거리는 희미하고 건조한 목소리였다.

"난 완전히 지옥 불 같은 여행을 하고 왔수다."

그는 그러고서 머리를 심슨의 얼굴에 들이밀며 웃음을 지었다.

그가 지은 웃음은 백랍 피부의 밀랍 인형 같던 일행의 기계장치를 작동하도록 만들었다. 행크는 즉각 앞으로 튀어나와 욕지거리를 쏟아내기 시작했다. 그 욕이 어찌나 부자연스럽고 기이한지 심슨은 그게 전혀 이 세상 언어가 아닌 것처럼 들렸다. 그가 인디언 말이나 또 다른 알 수 없는 말을 구사하는 게 아닌가 싶은 생각이 들었다. 심슨은 그저 자신과 데파고 사이에 그렇게 끼어든 행크의 존재가 반갑다고, 너무나도 반갑다고 생각했다. 캐스카트 박사는 좀 더 차분한 듯 보였지만, 엄청나게 비틀거리는 발걸음으로 그의 뒤를 따랐다.

심슨은 그다음 몇 초 동안 실제로 무슨 말을 하고 무슨 일을 했는지 흐릿하다. 그 혐오스럽고 빌어먹을 얼굴의 눈이 자신의 눈과 그렇게 가까이서 마주하고 있으니, 우선 그의 감각 전체가 혼란을 겪었기 때문이었다. 그는 그저 가만히 서 있었다. 아무 말도 하지 못했다. 그에게는 모든 감정적

스트레스를 무릅쓰고 행동에 나서는 경험 많은 남자들의 훈련된 의지가 없었다. 그들이 마치 거울 속에서 움직이는 것처럼 보였다. 현실감이 반쯤 지워진 것 같았다. 그 상황이 꿈같았고 비뚤어진 듯 보였다. 어쨌든 그는 폭포처럼 쏟아지는 행크의 의미 없는 말들을 뚫고 들린 삼촌의 권위 있는 말투—엄중하고 억지로 내는 소리—를 기억한다. 그는 삼촌이 식량과 온기, 이불, 위스키 등에 대해 이야기를 늘어놓았던 것을 기억한다. 그리고 무엇보다도 그 침투력 강한 낯선 냄새, 지독하면서도 무언지 달콤하게 혼란을 일으키는 그 냄새가 그 와중에도 코를 사로잡았던 걸 기억한다.

그러나 각자의 가슴 속에 있던 의심과 생각을 표현함으로써 그 끔찍한 상황에 어느 정도 안도감을 불러오는 말을 본능적으로 내뱉은 사람은 다름 아닌 그 자신—경험이 부족하고 따라서 능수능란함이 떨어지는—이었다.

"당신 맞죠, 그렇죠, 데파고?"

심슨이 공포에 사로잡힌 낮은 목소리로 소곤거리듯 물었다.

그러자 데파고가 입술을 움직이기도 전에 즉시 캐스카트가 큰 소리로 답했다.

"물론이지! 물론 그렇지! 그저…… 보면 모르겠어? …… 이 친구가 피로로 거의 죽을 뻔한 거? 추위와 공포로! 그거면 한 사람을 완전히 몰라보도록 변화시킬 만하지 않아?"

그 말은 다른 사람도 다른 사람이지만 자기 자신을 납득

시키려는 말이었다. 과도한 강조로도 그 점을 확인할 수 있었다. 그는 말을 하고 행동하면서 끊임없이 손수건으로 코를 막아댔다. 그 냄새가 야영지 전체에 진동했다.

활활 타는 장작불 앞에 이불을 뒤집어쓴 채 웅크리고 앉아 쇠약한 손에 음식을 들고 뜨거운 위스키를 마시는 '데파고'는 그들이 알던 가이드로 보이지 않았다. 그는 예순 먹은 남자의 사진과 지나간 세대의 의상을 입고 있는 젊은 시절의 은판사진이 전혀 딴판으로 보이는 것과 마찬가지로 보였다. 가장무도회에서 분장이라도 한 듯 불빛 속에서 데파고인 척하는 그 무시무시한 캐리커처, 그 모사본을 묘사할 방법은 아무것도 없었다. 아직 놓지 못하는 그 어둡고 끔찍한 기억의 폐허 속에서 심슨은 그 얼굴이 인간의 얼굴이라기보다 짐승의 얼굴에 가까웠고, 그 자태가 온통 인간의 비율을 벗어났으며, 피부는 마치 어마어마한 압력과 팽창에 시달린 듯 축 늘어진 모습을 떠올렸다. 그 모습은 마치 러드게이트 힐 행상인들의 부푼 얼굴을 생각나게 만들었다. 얼굴을 부풀릴 때 표정이 바뀌고 다시 바람을 뺄 때 가느다랗게 우는 소리가 나는 그런 얼굴. 얼굴과 목소리 둘 다 그렇게 혐오스러워 보였다. 그러나 오랜 시간이 흐른 후 캐스카트 박사는 공기가 희박한 대기 중에서는 압력이 감소해 얼굴과 몸이 그렇게 보일 수 있다고, 몸의 조직 전체가 산산이 흩어져 뒤죽박죽될 위험이 있다고 주장하며 설명이 불가능한 일을 묘사하고…….

곧바로 상황을 위기로 몰아넣은 건 감정이 자제할 수 없이 폭발해 온통 정신 나간 듯 부산을 떨던 행크였다. 그는 눈이 부신 듯 불에서 좀 떨어진 곳으로 가서 두 손으로 눈을 가리고는 분노와 애정이 뒤섞인 목소리로 무섭게 고함을 질러댔다.

"넌 데파고가 아니야! 넌 데파고가 아니라고! 젠장, 난 좆도 신경 안 써. 하지만 저건 내 20년 지기 친구였던 데파고가 아니라고!"

그는 웅크리고 있는 자를 눈빛으로 파괴하겠다는 듯 사납게 노려보았다.

"면봉으로 지옥의 바닥이라도 다 닦을 테니 나를 좀 도와주쇼, 제발 신이시여!"

그는 공포와 혐오가 뒤섞인 채로 날뛰었다.

흥분한 그를 가라앉히는 건 불가능했다. 그는 거기 서서 귀신에 홀린 사람처럼 끝없이 고함을 질러댔다. 보기에도 듣기에도 끔찍했다. 왜냐하면 진실을 말하고 있었기 때문이었다. 그는 50가지가 넘는 서로 다른 표현으로 같은 말을 반복했다. 각각의 말은 계속해서 더욱 기이해졌다. 숲이 메아리로 쩌렁쩌렁 울렸다. 한번은 그가 '침입자'에게 달려들 것처럼 보였다. 그의 손이 계속해서 벨트에 차고 있던 긴 사냥칼을 향해 움찔거렸기 때문이었다.

그러나 행크는 결국 아무 짓도 하지 않았다. 폭풍 같은 시간은 이내 눈물로 마감되었다. 그는 갑자기 목소리가 갈라지더니 바닥에 주저앉았다. 캐스카트 박사가 정신을 차리고 그를 설득해 텐트 안으로 들어가 가만히 누워 있으라고 지시했다. 그리하여 그는 사건의 나머지 경위를 텐트 안에서 지켜보았다. 새하얗게 공포에 질린 그는 텐트 입구 틈새로 눈빛을 반짝였다.

그때 캐스카트 박사는 이제까지 다른 사람들보다 조금 더 용기를 내고 있던 조카를 뒤따르게 하면서 불가에 웅크리고 앉아 있는 데파고로 추정되는 인물에게 다가갔다. 그는 단호한 태도로 상대의 얼굴을 마주 보며 말했다. 처음에는 굳건한 목소리였다.

"데파고, 무슨 일이 벌어진 건지 말 좀 해보게. 조금이라도 말을 해봐. 그래야 우리가 어떻게 도와줄지 판단할 수 있지 않겠나?"

그는 권위 있는 태도로 물었다. 거의 명령이나 마찬가지였다. 아니, 그 순간 그것은 명령이었다. 그러나 바로 뒤이어 그의 태도가 완전히 뒤바뀌었다. 상대가 아주 불쌍하고 너무나 끔찍하고 인간이라고 칭하기도 어려운 눈빛으로 그를 올려다보았기 때문이었다. 캐스카트는 영적으로 깨끗하지 못한 무언가를 목격한 것처럼 한 발짝 뒤로 움츠러들었다. 그의 뒤에 서서 가까이 붙어 바라보던 심슨은 그 인물이 이내 벗겨질 것 같은 가면을 쓴 것 같았다고 느꼈다. 그 가면을 벗기면 그 속에 무언가 어둡고 악마적인 면모가 고스란히 드러날 것 같았다.

"어서 말을 해봐. 어서!"

캐스카트가 소리 질렀다. 공포와 애원이 들쭉날쭉 섞인 목소리였다.

"우리 누구도 더 이상 참을 수가 없으니⋯⋯!"

그것은 이성을 누른 본능의 고함이었다.

그때 '데파고'는 하얗게 미소를 지으며 사그라질 듯한 가는 목소리로 대답했다. 목소리마저 이미 꽤 다른 인물의 소리처럼 들렸다.

"저, 그 거대한 웬디고 뭐시기를 봤다우."

그는 완전히 짐승처럼 코를 벌름거리며 속삭였다.

"그거하고 같이 있었고⋯⋯."

그 가련한 인물이 더 말을 이었는지, 캐스카트 박사가 그 불가능한 반대 신문을 이어갔는지 알 수 없었다. 그 순간 행크가 텐트 안에서 귀청이 떨어질 것처럼 큰 비명을 질렀기 때문이었다. 그 소리는 공포에 어린 행크의 눈만 빼고 모든 걸 덮어버렸다. 그런 포효는 이제껏 들어본 적이 없었다.

"저 발! 오, 맙소사! 저 사람 발! 저 거대하게 변한 발을 좀 보쇼!"

발을 질질 끌다가 자리에 앉은 데파고는 처음으로 자신의 다리와 발을 불빛에 온전히 드러냈다. 그러나 심슨은 행크가 본 것을 제대로 볼 틈이 없었다. 행크는 온전히 말을 전달할 수 있는 상태가 아니었다. 같은 순간 놀란 호랑이가 펄쩍 뛰는 것처럼 캐스카트가 데파고에게 달려들어 이불로 그의 다리를 둘둘 말았다. 너무나도 빠른 속도로 벌어진 일이라 젊은 신학생은 모카신을 신고 있어야 할 자리에 무언가 검고 이상하게 뭉뚱그려진 덩어리가 있는 걸 지나가는 눈길로만 살짝, 그것도 불분명한 시선으로 곁눈질했을 뿐이었다.

그때 박사가 무언가 더 시도할 틈도 없이, 심슨이 묻기는커녕 질문을 생각할 틈도 없이 데파고가 그들 앞에서 벌떡 일어났다. 그러고는 고통스러운 표정을 지으며 균형을 잡았다. 그자의 일그러지고 뒤틀린 얼굴은 매우 검고 사악한 표정을 짓고 있었다. 진정 괴물 같아 보였다.

"이제 당신들도 보았으니,"

그는 씨근거리며 말을 이었다.

"당신들이 불타는 내 발을 보았으니! 이제…… 당신네가 날 구하거나…… 그걸…… 막아주지 못할 거라면…… 이제 시간이 된 것 같아……."

비참하게 애원하는 그자의 목소리는 호수를 가로지르며 다가오는 바람의 포효에 가로막히고 말았다. 머리 위 나무들은 뒤엉킨 가지들을 세차게 흔들고 있었다. 활활 타던 장작불은 폭풍 앞에 선 것처럼 불길이 확 휘어졌다. 그러고는 야영지로 무언가가 무시무시한 속도로 돌진하는 소음이 들렸다. 아주 짧은 순간 야영지를 단번에 휘감았다. 데파고는 몸에 달라붙은 이불을 걷어차고 뒤쪽 숲으로 몸을 돌렸다. 그런 뒤 올 때처럼 휘청거리는 동작으로 사라져버렸다.

누구도 그를 막기 위해 움직일 틈을 주지 않은 채 그대로 사라져버렸다. 어정거리는 몸짓으로 놀랍도록 빨리 달아나 누구에게도 행동할 시간을 주지 않았다. 어둠이 단번에 그를 집어삼켰다. 그리고 10초도 되지 않은 시점에 흔들리는 나무와 급작스러운 바람의 포효 위로 저 높은 하늘에서 그들에게 비명이 내리꽂혔다. 세 남자는 공포에 질린 채 위를 올려다보며 귀를 기울였다.

"오, 오! 이 불같은 높이! 오, 오! 불붙은 내 발! 불타는 내 발……!"

그러고는 모든 것이 알 수 없는 공간과 침묵 속으로 사라져버렸다.

캐스카트 박사는 갑작스럽게 정신을 차리고 다시 대장 노릇을 했다. 갑자기 텐트에서 튀어나와 곧장 숲속으로 돌진하려는 행크의 팔을 힘껏 움켜쥐었다.

"그게 뭔지 알아야겠소!"

가이드는 소리 질렀다.

"나는 봐야겠소! 그건 데파고가 아니었다고! 데파고가 아니라 웬 악마가 그의 자리를 꿰차고……!"

박사는 어찌어찌—그는 자신이 어떻게 그럴 수 있었는지 모르겠다고 인정한다— 행크를 텐트 안으로 데리고 들어가 달랬다. 박사는 간신히 반응할 정신을 되찾고 내적인 힘을 발휘할 수 있는 단계에 달한 것 같았다. 분명 그는 경탄스럽게 행크를 '다루었다.' 그러나 이제껏 훌륭하게 자제심을 발휘하고 있었던 조카마저 불안을 유발했다. 이제껏 쌓인 극심한 스트레스 때문에 심슨은 눈물을 흘리며 히스테리 상태에 빠졌다. 캐스카트는 현재 상황에서 가능한 한 최대로 행크와 조카를 떨어뜨려야만 했다. 그는 나뭇가지와 이불로 만든 잠자리에 심슨을 격리해놓았다.

괴물이 출몰하는 적막한 밤의 야영지에서 이불에 둘둘 둘러싸인 심슨은 겁에 질린 말들을, 조각난 말들을 울부짖었다. 속도와 높이와 불에 관한 횡설수설이 수업 시간에 배운 성서의 기억 조각들과 묘하게 뒤섞여 터져 나왔다.

"온통 불이 붙은 깨진 얼굴의 인간들이 야영지를 향해 끔찍하고 끔찍하게 쏟아져 들어왔도다!"

그는 한순간 흐느끼다가 다음 순간 벌떡 일어나 숲속을 응시했다. 그러고는 귀를 기울이며 속삭였다.

"황무지에서 그 얼마나 무시무시한 일인가! 그들의 발이 얼마나……."

삼촌이 겨우 조카를 달래 제정신이 들 때까지 그는 그렇게 계속 헛소리를 지껄였다.

다행히도 일시적인 히스테리였다. 잠이 심슨을 치유했고 행크도 마찬가지였다.

캐스카트 박사는 5시가 조금 넘어 새벽 첫 여명이 오를 때까지 홀로 불침번을 섰다. 그 적막한 시간 내내 소름 끼치는 공포가 의지와 싸움을 벌였다. 그 싸움의 결과가 표면으로 드러났다. 그의 얼굴은 석회색으로 변했으며 눈가에 기이한 홍조가 엿보였다.

　동이 트자 박사는 직접 불을 지피고 아침 식사를 준비했다. 그러고는 일행을 깨웠다. 7시경 그들은 본부 야영지를 향해 길을 나섰다. 세 남자는 모두 혼란과 고통을 겪었지만, 각자 자신들의 방식대로 내면의 혼란을 다소 체계적인 질서의 상태로 되돌려놓았다.

9

일행은 말을 거의 하지 않았다. 입을 열어도 그저 가장 건전하고 일상적인 이야기만을 꺼냈다. 그들의 마음은 설명을 요구하는 고통스러운 기억들로 가득 찬 상태였다. 아무도 그런 말을 꺼낼 엄두를 내지 못했다. 원시 상태에 가장 가까운 인물인 행크가 가장 먼저 평상심을 되찾았다. 또한 그가 가장 단순한 성격을 지닌 덕분이었다. 캐스카트 박사는 '문명'이 아주 특출난 공격에 대항하여 자신의 힘을 지켜주었다. 어쩌면 오늘날까지 그는 특정 일들에 대해 확신을 얻지 못했는지 모른다. 어쨌든 그는 '자기 자신을 되찾는 데' 훨씬 오랜 시간이 걸렸다.

어쩌면 아주 과학적이고 체계적인 방식은 아니더라도 결론을 가장 잘 정리한 인물은 신학생 심슨일 것이다. 미개척된 황야의 심장부에서 그들은 분명 조악하고 본질적으로 원시적인 무언가를 목격했다. 문명의 전진을 이겨내고 살아남은 무언가는 무시무시한 모습으로 출현했다. 그것은 여전히 괴물 같고 생경한 단계의 생명을 드러내 보여주었다. 그는 선사시대를 엿본 것처럼 그걸 마음속에 그려보았다. 거대하며 거칠고 야만스러운 미신이 여전히 인간의 가슴을 짓누르던 때. 자연의 힘들이 아직 길들지 않았던 때, 태고의 우주를 괴롭혔을 힘들이 아직 물러나지 않았을 때. 그는 오랜 세월이 흘러 "인간의 영혼 뒤에 숨어 있는 야만적이고 막강한 힘, 그 자체로는 어쩌면 사악하지는 않더라도 인간에게는 본능적으로 적대적인 힘들"이라고 스스로 설교에서 지칭한 것을 오늘날까지 고민한다.

심슨은 삼촌과 그 문제에 대해 상세하게 논하지 않았다. 두 유형의 마음 사이에 놓인 장벽이 그걸 어렵게 만들었기 때문이었다. 몇 년이 흐른 후 딱 한 번 그들은 다른 일로 그 주제 비슷한 이야기를 나눈 적이 있었다. 아니, 그 주제의 딱 한 가지 디테일에 관한 말이었다.

"그저 그게 어땠는지 말해주실 수 없을까요?"

조카가 물었다. 삼촌의 대답은 지혜가 담긴 말이긴 했지만 고무적이지는 않았다.

"알려고 하지 않는 게, 또 찾아내려고 하지 않는 게 훨씬 좋아."

"그럼, 그 냄새는……."

조카는 끄덕졌다.

"그건 어떻게 생각하세요?"

캐스카트 박사는 그를 바라보며 눈썹을 치켜올렸다.

"냄새는 소리나 시각처럼 쉽게 정신에 감응하는 소통 방식이 아니야. 난 딱 그만큼만 알 뿐이야. 아니, 어쩌면 너처럼 그 정도 정보밖에 모르는 것일 수도."

그는 평상시처럼 입심 좋게 설명하지 못했다. 결국 그게 다였다.

날이 저물 무렵 춥고 기진맥진하고 굶주림에 허덕이던 일행은 긴 여정의 끝에 도달했다. 언뜻 보았을 때 비어 보이는 야영지로 몸을 질질 끌다시피 어렵게 나아갔다. 불도 없었고 펑크도 없었다. 세 남자는 감정적 힘이 모조리 소진된 상태라 놀라지도 않았고 짜증을 내지도 않았다. 그러나 불이 있던 곳을 향해 돌진하던 행크의 입에서 터져 나온 애정 어린 외침은 놀라운 일이 아직 끝나지 않았다는 걸 상징하는 경고처럼 들렸다. 그리고 캐스카트 박사와 그의 조카는 행크가 흥분한 상태에서 무릎을 꿇고는 꺼진 재 옆에서 살짝 움직이고 있는 무언가를 끌어안는 모습을 보았다. 그때 뼛속 깊이 이 "무언가"가 데파고임을, 진짜 데파고가 돌아온 것임을 느꼈다고 나중에 털어놓았다.

그리고 실제로 데파고였다.

이내 알 수 있었다. 힘이 모두 소진되어 초췌해진 프랑스계 캐나다인은—달리 말해 그 사람이라는 흔적이 그나마 남아 있다면— 거기 웅크려 불을 피우기 위해 재를 만지작거리고 있었다. 힘없는 손가락들이 잔가지와 성냥을 들고 일평생 익은 본능적 습관을 따르고 있었다. 그러나 그 단순한 작업을 따를 마음이 남아 있지 않았다. 그의 마음은 이미 되돌릴 수 없는 곳으로 멀리 달아나고 없었다. 그리고 그와 함께 기억도 떠나버렸다. 최근의 일뿐만 아니라 이전의 모든 삶이 백지가 되어버렸다.

믿을 수 없을 정도로 끔찍하게 쪼그라들긴 했지만, 이번에는 진짜 그 남자였다. 얼굴에는 공포, 환영, 인지 등 그 어떤 표정도 남아 있지 않았다. 그는 자신을 끌어안은 사람이 누군지, 밥을 먹이고 따뜻하게 덥혀주고 위안과 안도의 말을 건네는 사람이 누군지 전혀 몰랐다. 모든 인간의 도움에서 벗어나 버려지고 망가진 그 작은 남자는 그저 시키는 일을 온순하게 따를 뿐이었다. 그를 '개인'으로 구성하던 '무언가'가 영원히 사라지고 없었다.

어떤 면에서 그 장면은 그들이 지금껏 목격한 그 무엇보다도 더 끔찍하고 감동적이었다. 기억을 잃은 데파고였던 자는 부은 뺨 안에서 거친 이끼 뭉텅이를 꺼내며 바보 같은 웃음을 지었다. 그러고는 일행에게 자신이 "저주받은 이끼 먹는 자"라고 이야기했다. 거기에다 가장 단순한 음식마저 끊임없이 토해냈다. 그중 최악은 "불처럼 타고 있다"며 발이 고통스럽다고 말하는 그 불쌍하고 어린애 같은 목소리였다. 캐스카트 박사가 들여다본 결과 두 발 모두 끔찍하게 얼어붙은 상태였기에 당연한 일이었다. 두 눈 밑에는 피를 흘린 자국이 희미하게 남아 있었다.

그가 어떻게 그 오랜 시간 동안 야생에서 살아남았는지, 어디에 있었는지, 카누도 없이 호수를 우회해 어떻게 그렇게 먼 길을 걸어서 야영지로 돌아왔는지, 그 모든 궁금증을 풀 길이 없었다. 그는 완전히 기억을 잃었다. 그리고 초겨울에 이 기이한 일을 겪고 마음과 기억과 영혼을 잃은 데파고는 겨울과 함께 사라지고 말았다. 그는 단지 몇 주 동안만 살아남았다.

그리고 펑크가 이 이야기에 덧붙인 말은 더 이상 이야기의 진실에 아무런 빛을 비추지 못했다. 그는 저녁 5시경 호수 연안에서 물고기를 씻고 있었다. 구조대가 돌아오기 직전 시각이었다. 그때 펑크는 껍데기만 남은 가이드가 힘없이 야영지로 들어서는 모습을 보았다. 펑크는 그가 나타나기 직전 아주 독특한 냄새 한 줄기가 희미하게 풍겼다고 말했다.

그 순간 늙은 펑크는 즉시 집으로 돌아갔다. 그는 사흘간의 긴 여정을 오직 인디언의 피가 흐르는 사람만이 할 수 있는 방식으로 버티며 나아갔다. 종족 전체가 품은 공포가 그를 몰아세운 것이었다. 그는 그 모든 게 무엇을 의미하는지 이미 알고 있었다. 데파고는 "웬디고를 본" 것이다.

옮긴이의 말

「버드나무」, 의식에 가하는 자연의 습격

앨저넌 블랙우드의 「버드나무」는 H. P. 러브크래프트가 명명한 '코즈믹 호러', 즉 우주적 공포를 잘 구현한 작품이다. 러브크래프트는 자신의 작품 「크툴루의 부름」에서 블랙우드의 「더 센토」에서 따온 문구를 제명으로 삼는다.

위대한 힘이나 존재들의 의식이 발현된 모양 또는 형체가 아득히 먼 옛날 …… 인류가 번성하기 훨씬 전에 종적을 감추었으나 …… 시나 전설 속에서만 그 찰나의 기억이 남아 온갖 종류의 신이니 괴물이니 신화적 존재로 불렸는데 …… 어쩌면 그 힘이나 존재들의 흔적이 아직도 남아 있을지 모르는 일이다.*

*

Lovecraft, H.P. "The Call of Cthulhu." *H.P. Lovecraft Tales of Horror*. Canterbury Classic, Wildside Press, 2017.

346

러브크래프트는 이처럼 블랙우드의 우주적 통찰력에 자극받아 우주적이며 신화적인 공포 이야기의 근간을 세운다. 20세기 '위어드 스토리weird story'의 대가로 추앙받는 러브크래프트에게 영향을 끼친 작가는 에드거 앨런 포, 로드 던세이니, 아서 매컨 등 여러 작가를 꼽을 수 있다. 하지만 러브크래프트의 이른바 '코즈믹 호러'적 작풍에 가장 큰 영감을 선사한 작가는 아마도 블랙우드일 것이다. 러브크래프트 본인이 「버드나무」를 "이제껏 쓰인 가장 훌륭한 공포 이야기"라고 극찬했으며, 블랙우드를 "기이한 분위기를 만들어내는 한 명의 절대적이고 의문의 여지 없는 대가"라고 평가한 것을 보면 알 수 있다. "인류가 번성하기 훨씬 전 종적을 감춘 [의식이 취했던] 형체와 모양들", "위대한 힘이나 존재들"은 러브크래프트의 크툴루 신화에 나오는 "옛 지배자들"의 웅대한 우주론의 근간이 되었다.

블랙우드는 불교와 동양철학, '장미십자회(중세 후기 독일에서 형성된 신비주의적 비밀결사)'의 비전秘傳 지식, 신비 철학, 오컬트 등에 관심을 두고 연구했다. 또 평생 독신으로 살며 극심한 빈곤을 겪고 사기를 당하고 방화범으로 몰리는 등 사회생활에서 환멸을 맛보았다. 그러면서 작가는 고단한 도시 생활의 염증을 달래려 등산이나 오지 캠핑 등 야외활동을 즐겼는데, 이러한 경험을 자신의 작품에 반영했다. 작가의 삶을 반영하듯 그의 작품은 크게 두 가지 유형의 이야기로 나뉜다. 하나는 다뉴브 지역이나 북미 오지,

알프스 산악 등에서 캠핑과 오지 탐험의 경험을 토대로 쓴 대자연에서 벌어지는 '기이한 이야기'이다. 주로 화자가 동료와 함께 떠나 겪는 탐험에서 자연에서 벌어지는 기이한 현상이나 자연력 자체에 깃든 알 수 없는 힘이 유발하는 공포를 그린다. 「버드나무」가 가장 적합한 예라 할 수 있다. 그리고 다른 하나는 도시를 배경으로 하는 '유령 이야기'이다. 작가는 뉴욕에서 겪은 빈곤과 환멸을 토대로 대도시로 대변되는 문명과 인류의 부정적 측면을 파고들었다. 주로 비인간적이고 비도덕적인 익명성의 도시 세계가 개인에게 끼치는 악영향을 이용해 공포를 자아낸다. 본 작품집에 수록된 「엿듣는 자」가 그 예시를 보여준다.

블랙우드는 특히 독일의 물리학자이자 철학자, 정신물리학의 창시자인 구스타프 페히너의 범심론汎心論에 큰 영향을 받았다. 페히너가 주창한 범심론 철학의 핵심은 인간뿐만 아니라 모든 유기체에 의식이 깃들어 있으며, 우주가 의식을 가진 하나의 거대한 유기체이자 신의 현현이라는 주장이다. 블랙우드의 작품은 그 연장선상에서 인간 의식의 확장에 관심을 두고 있다. 작가는 작품을 통해 인간의 의식이 우주 만물의 의식에 가닿으려는 시도를 그린다.

"나의 근본적인 관심은 우리 모두에게 다른 힘이 숨겨져 있음을 증명하는 표시와 증거를 찾는 데 있다. 달리 말해 인간 정신 능력의 확장을 말한다. 따라서 내가 쓴 많은 이야기가 의식의 확장을 다룬다. ……매우 한정적인 우리의 보통의 의식을 확장하면 새롭고 비범한 힘들이 드러날 수 있는데, '초자연적'이란 말은 픽션에서 이런 것들을 다루는 데 최적의 단어로 보인다. 나는 우리 의식이 변화하고 성장할 수 있다고 믿으며, 그러한 변화로 우리는 새로운 우주를 인지할 수도 있다."[*]

블랙우드의 작품은 "우리가 아는 세계는 그저 저 아래 광대한 진실을 감추고 있는 얇은 막"[**]에 불과하다는 믿음을 드러낸다. 다만 그는 그 막 안쪽이나 이면에 무엇이 존재하는지는 분명하게 명시하지 않는다. 그저 인간이 알고 있는 것은 불완전한 지식일 뿐이며, 인간은 이 광대한 우주에서 아주 하잘것없는 존재에 불과하다는 점을 강조할 뿐이다.

이러한 관점에 근거해 현대의 평자들은 블랙우드의 작품이 '인간중심주의'의 탈피를 내포하고, 또 세계와 인간 사이 관계의 재설정을 촉발하는 측면이 있다고 평한다. 달리 말해 '문명'이라는 이름으로 인류가 초래한 환경 파괴와 걷잡을 수

---

[*]

Penzoldt, Peter. *The Supernatural in Fiction*. P. Nevill, 1952.

[**]

Katz, Nathaniel. "Algernon Blackwood: Ancient Sorceries and Other Weird Stories."

없는 기후 위기 등 현재 '인류세'의 재앙이 본격적으로 드러나기 직전 위기의식의 발현이라는 것이다. 또한 '인간중심주의'가 불러온 만물의 위계 설정을 뒤집는 시도로도 볼 수 있다는 것이다. 그러한 맥락에서 조너선 뉴웰 같은 일부 평자들은 작가의 작품을 '비-인간으로의 전환nonhuman turn' 철학의 기본사상이 잘 드러난 작품으로 보기도 한다.

'비-인간으로의 전환'은 20세기 후반과 21세기에 걸쳐 진행되고 있는 철학·인문·예술·사회과학 분야의 운동이다. 그 주요 사상은 외부에 실재하는 객관세계와 그것을 인지하는 인간 인식의 관계 사이에서 사회문화적 맥락을 강조하며, 자연을 다루는 과학 또한 객관적이 아니라 사회적 조건에 얽매인다는 주장을 펼치는 기존의 사회구성주의에서 벗어나자는 것이다. 따라서 '비-인간으로의 전환'은 기존 철학의 인간중심주의, 신인동형론을 벗어나 비-인간 또는 인간 이외의 세계의 작용력을 강조하는 철학이다. 주로 동물학, 신유물론, 객체지향 존재론 등의 분야에서 벌어지는 다양한 논의를 한데 묶는 용어라고 할 수 있다. 여기서 신유물론은 들뢰즈, 가타리의 철학에 기반하여 20세기 후반부에 출현한 문화이론으로, 문화/자연, 정신/육체, 마음/물질, 인간/비-인간 등으로 나누어 인간을 우위에 두는 이원적 존재론을 거부한다. 그리고 객체지향 존재론은 인간과 세계가 불가분의 관계라는 칸트 철학을 거부하고, 인간 존재와 비-인간 존재의 종속적, 또는 위계적 사고를 부정한다. 따라서 객체지향 존재론은 객체가 인간의 지각 작용과는 무관하게 독립적으로 존재하며 인간이나 다른 사물과의 관계에 영향받지 않는다고 주장한다.

'괴기물怪奇物'이라 불리는 위어드 픽션weird fiction은 외부 세계를 감지하는 인간 주체의 인식에 중점을 두는 기존의 리얼리즘 문학과는 확연히 대별된다. 기이한 존재의 출현을 통해 인간의 관점과 인식 범위에 의심의 시선을 던진다. 위어드 픽션의 진수인 블랙우드의 작품은 알 수 없는 힘의 출현으로 인간 인식의 한계를 적나라하게 보여준다. 그러한 점에서 '비-인간으로의 전환' 철학이 추구하는 인식의 전환과 일맥상통하는 면이 분명히 드러난다. '버드나무'로 상징되는 자연력은 바로 '인지 불가능함'을 무기로 인간에게 공포를 가한다.

이전의 고딕소설은 선과 악으로 대변되는 인물 간의 갈등을 이용하거나, 인간의 상상력으로 만들어낸 초자연적 존재 또는 괴물이 인간과 대치하며 공포를 자아냈다. 그 과정에서 무대의 배경이 되는 자연은 그저 인간에게 '숭고the sublime'를 선사하는 대상으로 여겨졌다. 숭고는 천둥 번개가 몰아치는 높은 산이나 집채만 한 파도가 포효하는 바다 등 압도적인 대자연이 인간에게 선사하는 경이감을 이른다. 달리 말해 인간의 한정된 인식으로서는 감당할 수 없을 정도로 압도적인 규모의 현상을 접했을 때 주체가 맛보는 미학적 경험이다. 즉 '알 수 없음' 또는 '불확실함'에서 유래하는 경이감이다.

칸트는 그런 숭고를 통해 인간 의식의 확장이 가능하다고 주장한다. 단 의식의 확장이 가능한 숭고를 경험하려면 주체가 경이감을 고취하는 대상에 완전히 압도당해 허물어져서는 안 된다는 전제가 존재한다. 고딕소설을 대중적으로 각인시킨 고딕 장르의 대모인 앤 래드클리프는 숭고의 감정을 고취하는 풍광을 접했을 때 인간이 느끼는 공포의 감정을 '테러terror'와 '호러horror' 두 가지로 구분한다. 래드클리프는 공포를 고취하는 대상과 주체 사이에 안전이 보장되는 심리적 거리가 있을 때 의식이 확장하는 경험을 할 수 있으며, 그것이 바로 '테러'라고 설명한다. 반면 공포를 고취하는 대상과 주체의 거리가 없을 때 그것은 순전한 공포로 다가와 인간의 의식을 허물어뜨리며, 그것을 '호러'라고 설명한다.

「버드나무」의 화자는 자신이 직접 숭고를 말한다.

"위대한 자연의 계시는 어떤 식이건 우리에게 감명을 주는 데 절대 실패하지 않는다. …… 산은 위압하고 대양은 공포를 고취하며, 거대한 숲의 미스터리는 특별히 저만의 방식으로 주문을 건다. …… 그리고 일반적으로 마음을 고양하기 마련이다."

이것이 바로 숭고다.

그러나 처음에 버드나무 바다에서 숭고의 경험을 한 화자는 이내 또 다른 경험을 한다. 블랙우드의 자연은 숭고의 대상에 머물지 않고 한발 더 나아가 그야말로 '알 수 없는' 우주의 상징이 된다. 화자는 버드나무 숲이 본질적으로 다르다며 이렇게 말한다.

"그러나 이 무수한 버드나무들은 완전히 달랐다. 나는 느꼈다. 어떤 정수精髓가 그 버드나무들에서 분출해 내 가슴을 에워쌌다. 경외심이 들었던 건 확실하지만 그 경외심 어딘가에 막연한 공포가 일었다. 그림자가 깊어질수록 내 주변 사방에서 점점 더 검게 물들며 빽빽이 늘어선 그 행렬, 광포한 바람 속에서 기묘할 정도로 부드럽게 움직이는 버드나무들이 내 안 어딘가에 달갑지 않은 암시를 보내고 있었다. 우리의 존재가 필요치 않은 낯선 세상에 초대받지도 않은 우리가 무단 침입했다는 암시였다. 우리는 침입자였다. 위험한 모험을 품은 이 낯선 세상에서!"

화자가 끝없이 펼쳐진 버드나무 숲을 보다가 공포에 사로잡힌 이유는 자연을 '탐험'하고 '향유'하던 인간이 어느 순간 자연이 '인간을 위한' 탐험과 향유의 대상이 아님을 직감했기 때문이다. 즉 최소한 이곳은 인간이 '주인 노릇'을 할 수 없는 그들의 땅이기에, 인간이 '무단 침입자'가 될 수밖에 없음을 깨달은 것이다.

깨달음의 순간은 인간중심적으로 자연을 해석하고 판단하는 인간이 스스로 절대적이라고 믿는 이성과 인지력에 대한 믿음이 깨지기 시작하는 지점이다. 블랙우드와 똑같이 탐험과 오지 캠핑이 취미인「버드나무」속 이야기로 미루어 알 수 있듯이, 화자는 이제껏 인간의 인지력으로 파악할 수 없는 경계의 지대가 존재할 수 있음을 상상하지 못했다. 그래서 카누 여행 초반 다뉴브강을 따라 더욱 깊숙이 들어가는 일을 만류하는 현지인들의 경고를 "헝가리 사람들"의 "별 허튼소리", 즉 동유럽인들의 미신이라 치부하며 웃어넘기고 물이 붙건 말건 사람의 흔적이 있건 없건 전혀 개의치 않는다. 화자가 야영지에서 이성적 판단 범위를 넘어서는 현상을 목격하며 더욱 충격을 받는 이유는 바로 그러한 태도 때문이었을지도 모른다.

'미신'은 인간의 이성적 판단을 넘어서는 모든 존재가 얻는 불명예스러운 낙인이다. 그 낙인화의 기저에는 인간의 이성이 언제나 절대적으로 옳다는 오만이 자리하고 있다. 블랙우드는 작품에서 익숙한 것, 당연시되는 것에 의문을 제기하기 위해 대자연 앞에 선 인물들이 경험하는 경이감이 변질되는 과정을 그리며 프로이드의 '언캐니uncanny' 모티프를 이용한다. 익숙한 대상에게서 낯섦이 느껴지는 현상인 언캐니는 무의식 깊은 곳에 자리한 것이 한순간 특정한 계기로 인해 의식의 표면으로 올라와서 벌어지는 낯선 경험이다. 즉 이미 알고 있던 것, 또는 경험한 것, 또는 무의식을 통해 조상으로부터 물려받은 것이 미묘하게 변한 모습으로 인해 유발되는 감정이다.

화자는 야영지 사방으로 뻗은 물길과 버드나무 숲만 펼쳐진 광대한 지역을 관찰하고는 "인간 세상과 동떨어진 느낌, 완전한 고립, 이 독특한 버드나무와 바람과 물로 이루어진 매혹적인 세상이 즉각 우리에게 마법을 걸었다"라고 묘사한다. 인간 세상에서 벗어나 태고의 자연과 같은 원시 자연을 접하자 곧바로 문명의 사고방식이 아니라 '마법'이 지배함을 직감한 것이다. 하지만 아직 초반부에서는 "그들은 우리의 성공을 칭찬하듯 수천 개의 작은 손을 반짝반짝 빛내며 손뼉을 치고 있었다"라고 표현하며 자연을 의인화한 인간중심적인 사고를 드러낸다. 그러나 아름다움에 취한 기쁨은 이윽고 다른 감정으로 변모한다. 그는 텐트를 치고 나서 섬을 둘러보다가 물이 붇는 강과 숲을 바라보며 "버드나무 숲은 무슨 대홍수 이전의 괴물 같은 생명체 무리처럼 한데 몰려 물을 마시러 다가오는 것 같았다"라는 인상을 받는다. 그리고 "야생의 아름다움에 기뻐하던 마음 한중간에 갑자기 나도 모르게 기이하게도 공포에 가까운 불안한 느낌이 스멀스멀 올라오고 있었다"라는 감정의 변화를 느낀다. 인간에게 경이감을 선사하는 대자연이 한순간 다른 모습으로 변한 것이다. 바로 언캐니 모티프다.

버드나무 숲이 '살아 움직이는' 듯한 기이한 경험은 화자의 인지력에 강한 타격을 준다. 언캐니 모티프 중 하나인

무생물이 생명을 얻은 것이다. 물론 버드나무는 생물이지만 인간의 시선으로 볼 때 '정적'이고 '수동적'이며 그저 '향유'의 대상인 식물일 뿐이다. 그런 버드나무 숲이 보란 듯이 능동적이고 의식을 지닌 모습을 보이자 인간의 인식 기준이 허물어진다. 버드나무는 자연을 대변하면서도 인간이 인지할 수 없는 또 다른 세계의 존재로 상징된다. 따라서 블랙우드의 버드나무는 의지를 지니고 살아 움직이는 존재로 묘사되는 것이다. 이때부터 화자에게 현실과 외부 세계의 경계가 모호해진다. 강물에 떠가는 게 그저 수달인지 인간의 시신인지, 배를 타고 급류를 빠르게 지나며 경고의 몸짓을 보내는 이가 인간인지, 또 다른 존재인지 확실하게 답을 내릴 수 없다. 화자는 미지의 세계 경계선에서 벌어지는 기이한 현상에 대해 인간의 언어로 정의 내리고 싶어 한다. 화자가 스웨덴 친구에게 주변에서 일어나는 기이한 현상을 이성적 언어로 설명하려는 시도를 거듭하는 걸 보면 간절함마저 느껴진다. 이성적 자아가 허물어지는 걸 막기 위해서 필사적으로 저항하는 모습이라 할 수 있다.

외부 세계의 모호해진 경계는 화자와 친구에게 무언가 위험을 경고하고 위기감을 느끼게 만든다. 실제 그들이 느낀 경고와 위기감은 점차 실체를 드러내며 곳곳에 비현실적인 현상을 일으킨다. 그곳의 알 수 없는 힘은 그들의 존재가 못마땅하다는 듯 노와 식량을 없애고, 카누에 손상을 가하고, 그들 주변에 덫과 같은 구멍을 만든다. 또한 어디서 나는지 분간할 수 없는 청각을 교란하는 소리를 낸다. 인간의 의식을 확장시키면서 자아에 안정적인 기쁨을 안기는 숭고와는 완전히 반대 상황으로 치닫는 과정이다. 그들이 겪는 총체적 위기의 최종 도착점은 화자의 스웨덴 동료가 통찰력을 발휘해 간파한 것처럼 죽음보다 더 끔찍한 자아의 상실이다.

"그거보다 훨씬 더 나쁜 거지. 죽음은 개인의 믿음에 따라 절멸을 뜻하거나, 혹은 감각의 한계로부터 해방되는 걸 뜻해. 거기엔 캐릭터의 변화는 없어. 우리 몸이 없어진다고 우리가 갑자기 바뀌지 않는다는 말이야. 하지만 이건 근본적인 변화, 완전한 변화, 대체代替로 인한 자아의 끔찍한 상실이 될 수 있단 말이지. 그건 죽음보다 훨씬 나쁘고 심지어 절멸보다도 나쁜 거야."

이것이야말로 래드클리프가 말하는 자아를 허물어트리는 호러이자, '주체와 외부 세계 간 경계 짓기'의 실패라 할 수 있다.

숭고가 호러로 변질된 것은 공포를 불러일으키는 대상을 접한 주체가 외부 세계를 인간 인식의 범위로 끌어들여 해석하고 소화하는 과정을 거쳐야만 가능한 '자아와 세계 사이의 경계 짓기'에 실패했기 때문이다. 인간의 인식 범위는 우주 만물을 모두 자신의 경험으로 소화할 수 없다. 작품에서는 그것이 '불길한' 버드나무 바다로 상징되었을 뿐이다. 조너선 뉴웰은 이렇게 분석한다.

> 블랙우드의 자연은 주체를 왜소하게 만들면서 주체에게 안정감을 주는 절대적 타자성이 되는 대신, 주체를 파괴하는 아브젝트한 힘이 될 수 있다. 달리 말해 초월적이고 개인적인 작인作因이라는 판타지를 허무는 힘, 또 자아 및 자아의 경계선이란 개념이 허구임을 폭로하는 힘을 말한다.[*]

'살아 움직이는 버드나무 숲'이라는 언캐니한 경험은 그 원천을 찾을 수 없다는 점에서 고딕적 언캐니와는 분명 성격이 다르다. 억압되었던 무의식이나 조상의 과거가 모르는 사이에 회귀함으로써 벌어지는 기이한 경험과는 성격이 전혀 다르기 때문이다.

차이나 미에빌은 프로이트의 언캐니에 '정상에서 벗어남'을 의미하는 abnormal의 ab, 그리고 줄리아 크리스테바의 아브젝트(the abject, '몸 밖으로 유출된 체액'이란 개념에서 출발하여 더럽고 역겹고 혐오스러운 것, 주체도 객체도 아닌 것, 정체성이나 질서 등을 혼란시키는 것을 이르는 개념)를 결합하여 '애브캐니abcanny'란 개념을 도입하여 위어드 픽션을 분석한

*

Newell, Jonathan. *The Daemonology of Unplumbed Space: Weird Fiction, Disgust, and The Aesthetics of The Unthinkable*. The University of British Columbia, 2017.

다. 즉 '애브캐니'란 "재현할 수 없는 것, 알 수 없는 것, 의미를 포착할 수 없는 것"*을 일컫는 미에빌의 용어이다. 언캐니의 개념에 "상상할 수 없기에 상상된 적 없는 것"**의 습격이 더해진 것이다. 한밤중 깨어 목격한 버드나무 숲 정수리에서 나뭇잎들이 하늘에 문양을 새기는 모습, 후두두 소리를 내며 텐트를 조여오는 압박감, 모래사장에 파인 무수한 깔때기 모양의 구멍, 바람이 잦아들자 사방에서 울리는 징 소리 같은 소리, 마침내 거대한 짐승 무리 또는 버드나무 덤불같이 보이는 형상이 텐트를 습격하는 모습, 이런 기이한 현상들이 모두 애브캐니라는 것이다.

이렇듯 「버드나무」의 자연은 본질적으로 다름이 강조된다. 버드나무가 상징하는 자연력은 기존 문학에서 언제나 다루어졌던 인간에게 압도적인 재앙을 불러오는 홍수나 가뭄, 폭풍 같은 그저 가공할 스케일의 자연이 아니다. 블랙우드가 표현한 자연력은 그 자연력에 '의식'이 담겼으며, 그것이 우주의 의식과 연결된 것인지도 모른다는 사실, 또 그것이 인간에게 본질적으로 '적대적'임을 암시한다는

*

Miéville, China. "On Monsters: Or, Nine or More (Monstrous) Not Cannies." *Journal of the Fantastic in the Arts*, vol. 23, no. 3, 2012, pp. 377-392.

**

Faassen, Kahn. Performing Pandemonium: The Sublime in the Works of Arthur Machen, Algernon Blackwood, and William Hope Hodgson. KU Leuven, 2021.

점에서 차이점이 확연히 드러난다. 따라서 블랙우드의 위어드 스토리는 고딕소설에서 한발 더 나아가 인류라는 종 전체가 지닌 인식의 틀을 흔드는 인식론적 공포를 환기시킨다. 결과적으로 인간이 어떻게 자연을 대해야 하고, 자연의 보복에 대해 어떻게 대응할 수 있을지 원점에서 되짚어보아야 한다는 점이야말로 블랙우드의 작품이 드러내는 명확히 추론 가능한 결론이다. 따라서 작가의 작품은 앞서 언급한 인간중심주의, 신인동형론 비판으로 해석할 수 있을 것이다.

물론 칸 파센 같은 평자는 그것이 과도한 해석이라고 선을 긋기도 한다. 파센은 블랙우드의 작품이 비인간으로의 전환 철학의 사상과 일맥상통하는 인간중심주의의 탈피가 아니라 "낭만주의적 상상력의 재구성"을 통해 피폐해진 현대 세계를 다시 매혹적으로 보이게 만드는 시도라고 해석한다. 인간중심주의의 탈피냐, 아니면 반대로 낭만주의로의 회귀냐 하는 문제는 본질적으로 매우 다른 해석이다. 그러나 적어도 블랙우드의 「버드나무」는 기존의 인간중심적 문학에서 벗어나 인간이 주인공이 아닌, 또는 기존 인간의 인식을 뛰어넘어 생각해볼 수 있는 자연과 인간, 환경과 인간의 관계를 재고할 수 있는 기회를 제공하는 작품으로 볼 수 있다.

이처럼 블랙우드의 작품은 여러 측면에서 해석할 수 있는 다양한 매력을 지니고 있다. 하지만 한 가지 확실한 것은 내레이션의 주체와 상관없이 작품의 주인공이 인간이 아니라는 사실만은 분명하다. 작품 말미에서 스웨덴 친구가 "제대로 된 매장"을 해야 한다며 그들 대신 희생된 이름 모를 남자의 시신을 거두는 데 실패하는 장면에서 명확히 드러난다. 인간의 시신은 인간중심적 제의의 대상이 아니라 버드나무 뿌리가 감아쥐고 강물이 데려가야 할 그곳, 바로 자연력의 처분의 대상인 것이다.

옮긴이 장용준

한국외국어대학교, 성균관대학교, 동국대학교 등에서 주로
'문학 번역', '영상 번역' 등을 강의했다. 현재 고딕, 공포, 판타지,
스릴러, 추리 등 장르 소설 위주로 번역과 출판 일을 하고 있다.
옮긴 책으로는『신들의 전쟁』(상), 『신들의 전쟁』(하), 『비트 더
리퍼』, 『리포맨』, 『숲속의 로맨스』, 『공포, 집, 여성: 여성 고딕 작가
작품선』, 『이동과 자유』, 『엉클 사일러스』, 『나의 더블: 도플갱어
작품선』, 『기후 리바이어던』, 『직감과 두려움』 등이 있다.

버드나무·웬디고

초판1쇄 발행 2024년 12월 27일

지은이 앨저넌 블랙우드
옮긴이 장용준
펴낸이 장용준
편집 허승
디자인 박연미

펴낸곳 고딕서가
출판등록 2020년 5월 14일 제2020-000054호
주소 서울시 동대문구 왕산로 86,
      동대문푸르지오시티 오피스텔동 924호
이메일 27rui05@hanmail.net
팩스 0504-202-9263

값 18,500원
ISBN 979-11-976141-6-3 03840

◆ 잘못된 책은 구입하신 서점에서 바꿔드립니다.